只有我懂他的柔情

陌言川　著

下　册

青岛出版社
QINGDAO PUBLISHING HOUSE

第九章
你当我死了吗

明烛换了一件白色毛衣、格子家居裤，开始整理行李。第一版剧本已经完成，她今天下午三点刚从宿舍搬回来，睡了个午觉，洗了个澡，神清气爽。

她收拾好行李，去厨房倒了杯水，觉得饿了，给自己订了份外卖。她点的那家店生意很好，现在又是用餐高峰期，外卖最早也要六点半才能送来。

她端着水杯回到客厅，在沙发上坐下，手机振动了几下。

唐馨在群里问："我想去吃火锅，现在约你们还来得及吗？"

"我已经点外卖了。"明烛回道。

"我约了客户。"尤欢回道。

唐馨在群里念叨着要吃火锅，明烛又回了句："要不，你去约唐总？"

一瞬间，唐馨安静了。

六点整，陆焯峰冷静下来，推开车门，从后座取出纸箱扛在肩上，走向楼梯口。此时，外卖小哥把电动车停在旁边，拎着外卖匆匆跑去按门铃。外卖小哥看了一眼旁边穿着军装、扛着纸箱的男人，笑道："我经常送外卖到这边，第一次知道这栋楼里还有军人，你住几层啊？”

这个小区每栋楼下面都设有门禁，需要刷门卡或有住户开门才可以进去。

陆焯峰想起明烛经常点外卖，道：“你送到几层？”

外卖员：“十五层。”

十五层的户主开了门。陆焯峰跟着外卖员进门，漫不经心地说：“我到十二层。”

外卖小哥低头看了一眼手机里的订单信息，笑道：“十二层我知道，经常送。”

送完这份外卖，外卖小哥就要赶回去取餐，给住在十二层的明小姐送餐。

两人走进电梯，外卖员还帮忙按了十二层。

叮咚！十二层到了。

陆焯峰走出电梯，扛着纸箱走到明烛家门前，并不急着敲门。他在门外站了两分钟，听见里面传出了声音，应该是影视视频中发出来的。

她在家，很好。

他抬手敲门。

明烛正抱着抱枕，用 iPad（平板电脑）看电影。她看到精彩之处，听见有人敲门，有些疑惑，今天的外卖来得这么快吗？她放下抱枕和 iPad，起身去开门。

门打开，她看清门外的人后，瞬间呆立在原地。

门外的男人穿着军装，身材高大，面容英俊，表情淡淡的，肩上扛着她前几天寄出去的纸箱。

她咬了咬嘴唇，心跳猛地加速，一种难言的情绪涌上心头。她微微地红了脸，不知道是因为紧张、心虚还是兴奋。

“你……”明烛仰头看着他，说了一个字，倏地停住。

她想问，嫁妆怎么会在他的手上？

陆焯峰平静地看了她一眼，推开门直接走进去。明烛下意识地往后退了两步，正好给他让了道。陆焯峰脱掉军靴，走到客厅环视了一圈，似乎在找什么东西。

明烛关上门，跟在他身后，看他扛着嫁妆从客厅走到书房，忍不住说："陆焯峰，你要找什么？"

陆焯峰没搭理她，脸色平静得过分，当真一点儿表情都没有，说是扑克脸也不为过。

他走进书房，在办公桌旁的角落里找到一个小型工具箱。他打开工具箱看了一眼，里面钉子、铁锤、无痕钉都有。

明烛站在他身后，不知道他要做什么，心里没来由地发慌，小声提醒他："陆焯峰，这是我家，你翻我家的东西干吗？"

他还是没理她。

男人直起身，拎着工具箱转身看着她，眼神深邃而平静。随后，他扛着嫁妆越过她，在卧室门外停下，当着她的面把纸箱拆开。

嫁妆第一次呈现在两人面前。

陆焯峰盯着那幅苏绣，眼神总算有了变化。他低头舔了下嘴角，转头看着她。

明烛感到有些羞耻，脚指头都蜷缩起来——他一定猜到她为什么绣这幅图了。

"你是什么时候回来的？"她故意问。

陆焯峰依旧没回答，扛起嫁妆、拎着工具箱，走进她的卧室，打开灯。明烛连忙跟过去，下一秒就看见陆焯峰把工具箱放在床边。随后，他极其利落地踩上她的床。

明烛愣了愣，终于反应过来他要做什么了，忙跑过去站在床边喊："你……别踩我的床，不准钉！"

陆焯峰像是没看见她，把钉子按在墙上，右手拿着铁锤，一下下地钉着。

砰砰砰，一声又一声，在明烛的心底荡起千层浪。

她仰头看着正专注地把嫁妆往她床头的那堵墙上钉的男人，觉得委屈极了，控诉道："陆焯峰，你凭什么？这是我家，这是我的房间，你问过我的意见吗？这幅真的很丑，野草、山峰都很丑。"她急了，去扯他的裤子，"你快住手。"

陆焯峰顿了一下，弯腰又拿起一颗钉子，起身钉得更用力了。他不用无痕钉，全部用长钉，直接钉进墙里，声音很大。

“你回来了都不联系我，如果不是……”她说不下去了。

如果不是唐馨的表妹，她都不知道他回来了。既然他能出现在别人的朋友圈里，为什么不能给她打电话？哪怕他给她发一条短信，她也不会把嫁妆卖了。

“你进门后就一句话都没对我说，一回来就对我使用冷暴力，我要……”她话说到一半，想想觉得不对，他们没真正在一起过，没法分手。

陆焯峰终于停下了。冷暴力？他深吸一口气，继续钉。

几分钟后，陆焯峰把最后一颗钉子钉进墙里，那幅嫁妆被他牢牢地钉在墙上。在确定以明烛一己之力绝对不可能将嫁妆拿下来后，他转身扔掉工具。

砰——铁锤掉进工具箱里，发出巨响。

明烛被吓了一跳，陆焯峰利落地下床，脸色阴沉得可怕。他看着面前的姑娘，冷声问道：“把嫁妆卖了，你当我死了吗？”

明烛心头一跳，半个字也说不出来。

陆焯峰逼近，明烛下意识地往后退，直到贴上衣柜，退无可退。

他垂眼看着她，低声问：“嗯？真当我死了是不是？”

明烛咬着唇，对上他漆黑的瞳仁，想起上次他说的——除非他死，否则那个嫁妆就该是他的，就算他死了，嫁妆也要烧到他的坟头上。

他怎么这么霸道强硬？！

她低下头，道：“我没有。”

陆焯峰看着眼前的姑娘，深吸了一口气，问：“没有的话，那东西怎么会在我的手上？”

明烛别过脸，脾气也上来了：“我不知道买家是你，知道的话，肯定不卖。”

陆焯峰被气笑了，抬手揉了揉她的脑袋解气，捏着她的下巴迫使她看着自己，说：“野草是我，山峰也是我，你还说跟我无关？就这么卖了，你真的舍得？”

明烛十八岁时借一根野草跟他表白，说：“我喜欢野草。”

当初他还以为小姑娘只是在开玩笑，毕竟，以她的性子，不可能当着别人的面表白。但他错了，十八岁的明烛很隐晦地说过喜欢他。

“舍得，反正那么丑。”明烛垂着眼眸道。

陆焯峰想起嫁妆的售价，忍不住咬牙切齿地说：“绣了一年多的东西才卖两百块。清仓大甩卖都不止两百块吧？亏你卖得出去！”

明烛心想：难道他最在意的是价格吗？

陆焯峰越想越生气，紧盯着她说：“还是说，你觉得我只值两百块？”

“……”

“不说话是什么意思？”

“我挂了半年，一直没人买。”

“……”陆焯峰不可思议地看着她，真是被她气死了，“半年？”

“嗯。”

他冷哼一声，道：“幸亏没人买！要是你真的卖了，看我怎么收拾你。”

说着，他又靠近她一分。

明烛心跳加快，推了一把，生气地道：“你一走就是两三个月，一个电话也没有，还偷偷养了童养媳……”

“等等。”陆焯峰抓住关键点，眉头紧蹙，“谁跟你说我有童养媳？”

“不是吗？”明烛还惦记着那张照片。

陆焯峰眯了眯眼，低头盯着她，忽然笑了：“安晴说的？”

明烛咬唇：“没有。”

安晴没有说，但明烛听见了。

明烛在意的不是安晴，是那张照片，是他回来后最先联系的人不是她，是他跟安晴同时出现在照片里。

陆焯峰依旧皱着眉，已经明白过来了，就算不是安晴说的，那明烛肯定也听说了什么。他低声问：“你都没等我回来问我，就直接判定我有罪了？”

明烛不说话。

陆焯峰扶着她的肩，叹息道：“明烛，你对我的信任值是不是太低了？”

明烛低下头，不知道怎么回答。

陆焯峰抿紧唇，有些无奈，但语气控制得很好：“说话。”

明烛想将他的手拿开，自己的手却被他握住。她挣了挣，没挣开。

两人沉默着对视了半晌，明烛先服软了："我没有不信任你，知道你不会……"她气的不过是他回来后，明明有机会，却没有联系她。

陆焯峰盯着她，确定她没有骗人，微微松了口气。他现在明白了，几年前的那件事是两人之间的一道坎。而且，他没带她认识他身边的人，她没有安全感。

"安晴跟我不是那种关系，她的爷爷和父亲都是英烈，她父亲在她六岁时就没了，她十岁时母亲也去世了。有亲戚愿意收养她，但她不愿意去。我爷爷跟她爷爷以前是战友，两人关系好，我爷爷又是个面冷心热的人，见不得小姑娘无依无靠，就把安晴接过来，当孙女一样养着。我读高中的时候，不知道谁在背后带头说她是我的童养媳。那时候大家都对安晴很好，安晴也没有一直住在我们家，高兴住哪儿就住哪儿。童养媳的说法传了半个月后，安晴就搬去贺程家了。后来我才知道，就是贺程那小子先传的。我揍了贺程一顿后，他就老实了。"

明烛没想到事情是这样的，低下头，嘴硬地道："说不定她喜欢你呢？"

"你想多了，安晴的男朋友是贺程，她从小就喜欢贺程。因为贺程是第一个拿童养媳开玩笑的人，现在两人一吵架，那丫头就喜欢拿这个去说贺程。"

明烛愣住了。所以，她那天其实是听到安晴跟男朋友吵架了？

"那俩人的故事很长，以后我慢慢说给你听。"陆焯峰现在没心思说别人的事，只顾着找明烛算账，"现在来算算你到底骗了我多少次！"

明烛咬了咬唇，不说话。

陆焯峰打定主意，今天一定要把嫁妆这笔账算清楚，不然谁知道这姑娘以后还会动什么心思？有时候他都不知道该拿她怎么办才好。她看似好拿捏，其实绵里藏针。

"你明明住在十六栋，却骗我说住在七栋；你把嫁妆挂在网上卖，却骗我说扔了。你骗我多少次了？你自己算算。"陆焯峰低头问道，"算出来了没有？"

明烛真的不记得了。而且，他离她太近，一副随时要亲上来的样子，让明烛紧张不已。

她用力推他，也有些生气，道：“你呢？你明明三天前就回来了，却一直不联系我。如果不是唐馨在她表妹的朋友圈里看见了照片，我都不知道你回来了。”

陆焯峰愣住了：“谁的朋友圈？”

明烛别过脸：“照片还在我的手机里。”

“手机在哪儿？”

“客厅吧……”

他转身去拿。明烛要跟着去，他回过头说：“你在这里等着。”

明烛顿住脚步，哼了一声，心想：等就等！

明烛坐到床上，仰头看了看那幅苏绣。苏绣端端正正地挂在正中央，倒也不是那么难看……她想起刚才男人站在床上憋着一股劲钉钉子的模样，心念一动，爬上床站在他刚才站的位置，伸手摸了摸那幅苏绣。

她的嫁妆在快递车上兜兜转转了一圈，又回来了。他扛着嫁妆出现在门口的时候，她就知道，她避不过也躲不了。明烛觉得眼眶莫名有些酸，在那幅苏绣上摸了又摸，两手抓住画框试图挪动它，看看是不是真的钉得那么牢固……

陆焯峰在客厅找到她的手机，刚回到卧室，就看见她站在床上，试图把他刚钉上去的嫁妆弄下来。他脸色一沉，走到床边，冷不丁地问：“你要干吗？还想拆下来再卖一次？”

明烛惊得收回手，回头道：“这么丑，我倒是想卖……”

“想都别想。”

陆焯峰一只手把她拽过来，另一只手抱住她的腿弯把她放倒在床上，倾身压下去，整套动作行云流水、一气呵成。明烛的长发散开，心如小鹿乱撞。她柔弱地躺在他身下，手刚动，就被他反手压住扣在头顶。

“还卖不卖？”他问。

明烛看着他，眼睛水润得像只小动物。她摸到了他手里的手机，小声问：“你不是要看照片吗？”

陆焯峰舔了下嘴角，盯着她看了几秒，松了手，也不打算起来，只是将手机放到她的手里，示意她打开相册。他要看看到底是什么照片。

明烛打开相册，把那张照片放到他眼前。照片显然是偷拍的。照片上，安晴和他靠得很近，几乎脸贴脸了。他拿着安晴的手机，安晴的手指戳在手机屏幕上。

陆焯峰皱眉，想起那个偷拍的女人，低头问明烛："知道我当时在做什么吗？"

明烛垂眼："不知道，我只知道你回来了。"

他用手肘抵着床，捋了捋她的头发，指了指墙上的嫁妆，压低声音说："我刚下直升机就跟着他们去参加婚礼，一空下来就找贺程要了手机，准备给你打电话。

"我知道你没扔嫁妆，但也肯定不会好好收着，猜你可能将嫁妆挂到网上了……

"结果，我刚打开网店就看到那幅嫁妆在低价甩卖，售价两百块。"

他深吸一口气，直接低头在她的下巴上轻咬了一口。明烛啊了一声，身体轻颤，跟过电似的，整个人都软了。她越这样，陆焯峰越想欺负她。欺负她前，他接着说："我没在网上买过东西，不太懂这些，就用安晴的账号买了，当时的情况就是这样。照片是偷拍的，我不知道怎么会传到你这里。"陆焯峰把手机扔到枕头上，瞪着她道，"不过你说说看，我在网店上看见嫁妆时应该是什么心情？当时的我该跟你说什么？"

明烛没想到情况是这样，有些尴尬："那你也不能不给我打电话。你要是给我打电话，我就……"

陆焯峰打断她的话："就怎么样？"

"就不卖了……"

"两百块！你怎么想得出来？"陆焯峰又咬了一口她的下巴。

明烛的耳根都红了："两百块就是……反正，最后还不是你买了？你……"

话未说完，她就被人吻住了。

陆焯峰顺着她的下巴，一口咬住她的唇，不准她再说出更扎心的话。她被亲到毫无抵抗力，意乱情迷地搂住他的脖子，闭上眼睛，任他亲吻。

这个吻比以往都激烈，也许是带了些怒意和惩罚的意味。慢慢地，这个吻有些变味。陆焯峰存心欺负她，将舌尖伸进去，吻得激烈又缠绵。

男人沉重的身体压在她的身上，明烛几乎透不过气来，只觉得整个人都陷入混沌，更别提腰上还有男人粗糙的手掌摩挲在皮肤上带来的战栗感。

陆焯峰已经不满足于简单的亲吻了。等明烛反应过来，她的毛衣已经快被陆焯峰脱了，男人的手在她的身上游移。她有些羞耻地想：我们刚刚不是在吵架吗？情况怎么变成这样了？

“陆焯峰……”

“嗯？”陆焯峰轻吻她的耳朵，低头认真地看着她，又从她的脸颊吻到耳朵，嗓音低哑，“我想你了。”

明烛心头一动，抱着他脖子的手往上挪，白皙细嫩的手指穿过他又黑又短的发楂……

二人正意乱情迷时，门铃忽然响了。

明烛睁开眼，清醒了一些，推推身上一身整洁的男人，再看看衣服凌乱的自己，整张脸都红了：“我……我点了外卖……”

陆焯峰嗯了声，声音闷闷的，还埋首在她的脖颈间，如山一般地压在她身上，一动不动，似乎并不想管门外的人。

他等了几秒，门铃停了。明烛有些恍惚，想等门铃再次响起时去开门，推推他：“你……起来啊。”

陆焯峰低头吻她，道：“没人，你听错了。”

明烛嗯了一声，心想：真的没人吗？

楼下，按了一次门铃的外卖小哥等不到户主开门，正好遇上刚回来的住户，忙跟着上了楼。一分钟后，外卖小哥站在明烛家门前，用力地敲门，喊道：“明小姐，您的外卖到了。”

屋内无人回应。

外卖小哥低头看了看手机，打了个电话。

枕头上的手机瞬间有了反应，铃声响了起来。

明烛面色潮红地推推陆焯峰，喘着气道：“真的是……外卖……”

陆焯峰深吸一口气，抱起她，帮她把衣服整理好，捋了捋她的头发，看着她满脸绯红的模样，低声叮嘱道：“你别出去，我去拿。”她这副模样，不太适合见人。

明烛看都不敢看他，以为他要去帮她拿外卖，就安心地坐在床上等，揉了揉脸，想冷静一下。

咔嗒一声，浴室门关上了。

她愣了一下，看向浴室那边，听见冲水的声音后才反应过来，刚才他们都那样了，陆焯峰不可能没反应。明烛的脸红得快烧起来了，她还是没明白，他们怎么吵着吵着就吵到床上去了？

陆焯峰撑在洗漱台上，往脸上扑了几捧冷水，低头看了一眼，中间鼓起来的那块轮廓明显，一点儿下去的迹象都没有。他看着镜子里的自己，满眼猩红，怎么看都有点儿欲求不满的样子。他叹了口气，直接低头把脑袋送到水龙头下，冰冷的水流从后脑勺冲刷而下。深秋的冷水还是能让人冷静的，两分钟后，他总算把那股冲动强压下去了。

外卖小哥把门敲得砰砰作响。他真的急了，明明听见里面传来电视机的声音，电话也打通了，有人在家啊！那她为什么不接电话，不拿外卖？时间到了她知不知道？他要被扣提成了，她知不知道？

外卖小哥正抬起手，准备再次敲门时，门忽然开了。

陆焯峰脱了外套，身上只穿了件T恤，脸上还滴着水。他平静地看了外卖小哥一眼，接过外卖，道："谢谢。"

然后，陆焯峰干净利落地关上门，留外卖小哥呆若木鸡地站在门口。

以男人的角度看，外卖小哥知道自己可能打扰了人家的好事，怪不得……那么久没人开门。这真是罪过。

陆焯峰把外卖放到桌上，回头看向站在卧室门口的明烛，温柔地说："过来，不是闹着要吃饭？"

男人的头上、脸上都有水，顺着脸颊往下滴，领口处湿了半圈。

明烛的脸上还泛着绯色，她走过去问："你呢，吃饭了吗？"

陆焯峰帮她把外卖盒打开，摆放好，将一次性筷子拆开塞到她手里："你先吃。"

明烛站着不动，问："那你呢？"

陆焯峰帮她把椅子拉开，转身去厨房，打开冰箱想自己弄点儿吃的。结果，冰箱里除了水和啤酒，什么都没有。他转头问她："你是不是太不食人间烟火了？冰箱里这么空。”

明烛忍不住笑出声：“我们之前在闭关写剧本，家里三个月没人住，我也是下午才搬回来的，还什么都没买。”她拿起手机，道，“我给你订外卖吧，你想吃什么？”

“外卖太扰民了。”陆焯峰从冰箱里拿了瓶水出来，拧开瓶盖，似笑非笑地看着她道。

明烛刚觉得脸上的温度降下去一些，又被他的一句话弄得面红耳赤：“那你是吃还是不吃？”

陆焯峰喝了口水，问她：“有面条吗？”

“好像有。”

明烛去厨房找了找，找出一把意大利面。她很少做饭，这次家里三个月没人住，锅碗瓢盆也很久没用了，她刚要去洗锅，就被陆焯峰拦下了。他在她的头上拍了拍，道：“我自己来，你去吃饭。”

“我来吧，我煮意大利面挺好吃的。”她记得之前买了意大利面酱，转身去找，果然找到了，看看日期，东西还在保质期内。

陆焯峰没给她表现的机会，把她赶出去，随后把水烧上，倚着门框看她吃饭。

其实刚才即便没有外卖小哥打断，他也没打算真的欺负她。他气归气，但没想借此机会占她的便宜，怕她事后想起来后悔。而且，一切都太仓促了，他舍不得。他们还是一步步来吧，都这么多年了，他不急于这一刻。

水烧开了，他把面倒进去。

明烛转头看向厨房，然后起身回卧室。一分钟后，她拿了件黑色毛衣出来。陆焯峰拿着筷子在锅里搅了搅，回头看她，挑眉笑道：“给我买的？”

“给我哥哥买的。”

“是吗？”

“是啊。”明烛把衣服塞进他的怀里，“你快去换上，不要感冒了。”

陆焯峰靠着壁橱，低头看她，眼底满是笑意：“我已经不记得有多少年没有感冒了。”

当兵的人，身体素质好得惊人，恢复力也比一般人强。他是真的不记得自己上一次感冒是什么时候了。

明烛摸摸他的领口，盯着他的喉结，道：“那也要换，湿的穿着不舒服。”

“好。”

他笑着点头，手抓着T恤的下摆往上提，明烛还没反应过来，就看见男人小腹上整齐漂亮的八块腹肌。她连忙转身，耳根微红。

男人笑着把T恤脱了，换上那件黑色毛衣：“上次没让你看，你不是挺生气的吗？”

明烛知道他说的是彭佳霓那件事，哼了一声，道：“谁要看你？我是要看你的伤口。”说着，她转身回去，继续吃饭。

陆焯峰吃了一大碗意面，解决了晚饭。

明烛坐在沙发上，看着他道：“衣服挺合适的。”

他穿起来很好看。

陆焯峰收拾好厨房，走进客厅，在她旁边坐下：“很合适，真不是给我买的？”

明烛低头道：“其实……是给你买的。”

陆焯峰将手搭在她的肩上，捋了捋她耳边的碎发，将头发别到耳后：“第一稿剧本写完了？”

“嗯，过几天去一趟部队，给你们首长看看，也给你和唐队长看看，到时候再结合你们的意见进行修改。这个急不来，还有三个多月的时间慢慢调整。我们之后还要去拍摄点取景、写分镜剧本，还有很长一段路要走。”

好剧本是改出来的，第一稿剧本明烛跟杜宏已经改了很多次，姜导还是有些不满意。但他们现在还没有找到突破口，打算先拿去给首长看看，说不定能有些新灵感。

陆焯峰对拍电影的流程不太懂，不过看看剧本是可以的：“等会儿你给我一份，我带回去。”明烛一听，就要起身去书房打印剧本，却被陆焯峰按了回去，“不着急，我晚点儿再走。”

现在才八点，时间还早。

“剧本很长，打印也需要时间，我先去打印，等会儿你要走时就可以带走了。”

“谁说我要走？”陆焯峰低头看着她，眼中尽是柔情，“我今晚不走了，好不好？”

明烛愣住了，然后呆呆地问：“你可以不走吗？”她问完这个问题，觉得有些羞耻，又补充了一句，“我的意思是，你可以不回去吗？”

今天他因为饭局，耽误了不少时间，王国洋说给他补一天假，他今晚可以不回部队。不过，陆焯峰当时回绝了。韩靖也等着休假，陆焯峰要是多休一天，韩靖得着急了。

陆焯峰拉着她站起来，道：“走吧，我跟你一起去打印。”

明烛撇撇嘴，还以为他真的不用回去了，其实她不介意他留宿。

明烛打开电脑，打印文件，想起安晴和贺程，抬头看了他一眼，问：“安晴、贺程跟你是一起长大的？跟我说说他们吧，我都没听你说过。”

陆焯峰弯腰捉住她的手，把人搂进怀里，问：“你想听什么？”

明烛用手抵着他结实的胸膛，道：“说点儿有趣的。”

陆焯峰回想了一下，笑着低声道：“有趣的？倒是有！贺程以前很欠揍，因为童养媳的事跟安晴结了仇。当时安晴才十三岁，在念初中，我跟贺程念高三。有一次做课间操，那丫头从初中部跑到我们的教室，在贺程的椅子上涂了一大瓶 502 胶。贺程做完操，回到教室后，没注意，一屁股坐下去，整个人都被粘住了，一上午没离开那张椅子。等中午教室里没人的时候，我才给他找了条裤子过来。他直接把裤子脱了，才离开那张椅子。安晴那丫头一直躲在教室外头，贺程一脱裤子，她就拿手机拍了照，之后一直拿照片威胁贺程。”

明烛听得目瞪口呆，半晌后叹道：“她很厉害啊。”

明烛从小到大没做过什么离经叛道的事，小时候……特别内向，尤其是跟沈曼如一起生活的那三年。

陆焯峰笑道：“是很厉害，下次带你去见见他们。不过，我不在的时候，你躲着点儿。”

“为什么要躲？”

“我怕他们欺负你。”他漫不经心地说。

明烛摇头：“不会，我也没那么容易被欺负。”

陆焯峰摸摸她的头，道：“嗯，回头我提醒提醒他们。”

那帮人里，徐敬余是知道明烛的，贺程隐约知道一些，安晴则什么也不知道。其他人也没告诉安晴，怕这丫头一时兴起跑去找明烛。这种事情安晴真的干得出来，徐敬余就被坑过一回。不过，他们坑谁都不敢坑到陆焯峰头上。

打印机传出咔咔咔的声音，陆焯峰低头在她的头顶蹭了蹭，亲了一口，低声问："现在是不是可以接受分配了？"

明烛搂着他精瘦的腰，还是没松口。

陆焯峰微眯着眼，又把人往怀里搂了搂，问："还不行？"

"我没说不行。"明烛小声说。

陆焯峰这才满意地笑了。不过，为了避免出现上次的情况，他揉着她的后脑勺，把话说得十分明白："好，那现在我们确定恋爱关系了，嗯？"

明烛抬头看着他，眼睛一亮，轻轻点头。

陆焯峰按着她的后脑勺，低头吻住她："以后试着多相信我，嗯？"

明烛点点头。

十点，陆焯峰要回去了。临走前，明烛拉着他问："能不能把钉在床头的嫁妆取下来？太丑了！而且，唐馨和尤欢来这里看见的话，会笑话我的……"

"不可能，想都别想。"

几天后，主创团队包括唐域在内，一起去了一趟军分区。

明烛这次是自己开车过去的。唐馨坐在她的车上，一边玩手机一边说："我听说了，林子瑜真的跟小班长在一起了，你知道他们是什么时候开始谈的吗？"

明烛扶着方向盘，直视前方："在 B 区的时候？"

唐馨点头："对，张武林受伤后，林子瑜一有空就去看他，慢慢地他们就在一起了。不过以林子瑜的个性，不知道能熬多久，小班长一看就是认真的，希望他们能修成正果吧。咱们去了一趟部队，主创团队的三个未婚姑娘中，两个都要做军嫂了，啧啧。"

"你跟唐域怎么样了？"

这几天唐馨没在群里说关于唐域的事，明烛也忙着写剧本，忘了问唐馨。

“我那天跟唐域一起吃火锅了。”唐馨想起前几天跟唐域吃火锅的场景，也不知道该笑还是该哭。

几天前，唐馨特别虚伪地给唐域发消息：“我承认，作为你的盟友，我半路跑了很不厚道，但现在大局已定……而且明烛是真的很难追，当初我们校草追了她三年都没追到手。”

唐域当时刚开完会，连口水都没来得及喝，看见她的消息，简直要吐血，冷着脸回道：“你是觉得在我的伤口上撒盐很快乐？”

他在她的伤口上撒盐的次数还少吗？唐馨心疼自己几秒，回复道：“为了表示我的歉意，我请你吃火锅？”

她本来以为唐域不会答应，没想到他回了个“好”。

还是上次那家火锅店，唐域那人挑剔得很，专挑贵的点，点了一大堆。唐馨心疼自己的钱包，问：“唐总，你今天很饿？”

唐域转头看她，微微一笑：“怎么？嫌我点太多了？”

唐馨立刻笑眯眯地说：“没有，你随便点……随便点。”

唐域点太多的结果是唐馨吃撑了。

明烛听唐馨吐槽了一路，脑壳有些疼，一下车就看见陆焯峰站在岗哨门内，跟之前站的位置一样。不过，这次陆焯峰是专程来等明烛的。

寒风吹过，明烛下车后，连忙紧了紧大衣，一抬头就跟他的目光对上。陆焯峰身上还穿着作训服，大步走过来，伸手帮她拢了拢围巾，道：“这里的温度比市区低，下次来多穿点儿。”

“好。”她乖乖答应。

唐馨站在旁边看了一会儿，默默转身走了。

姜导和杜宏笑了笑，也看向别处，不急于打扰这对小情侣。唐域往这边看了一眼，深吸了一口气，将手抄进裤兜，慢悠悠地走进去，眼不见为净。

偏偏唐馨走到唐域身边，问：“唐总，你看见了吗？明烛真的很喜欢陆焯峰，我就没见她对谁这么温柔过。”看见唐域面色不悦，她也不怕，淡淡地笑道，“我只是觉得喜欢上一个不喜欢自己的人，感觉真的不太好。趁感情还没那么深，早点儿脱身啊，唐总。”

唐域轻笑：“你挺有经验的。”

唐馨哼了声，没回答。

唐域问她："怎么不说话了？"

唐馨沉默了一会儿，忽然转头问他："唐总，你喜欢明烛，是因为她长得漂亮？"

这个问题唐域不知道该怎么回答，说是，那显得他太肤浅；说不是，也不对。

唐馨看了他几秒，摇摇头："果然男人都是用下半身思考的动物。"

唐域："你给我闭嘴。"

唐馨哼了声，转身走了。

陆焯峰领着明烛走过来，迎着寒风，声音没有被吹散，依旧沉稳有力："剧本我帮你们递给首长了，他昨晚已经看完了。"

姜导忙问："那首长有没有说什么？"

明烛仰头看他，发丝被寒风吹得四处乱飞。陆焯峰不动声色地把她吃进嘴里的头发别到耳后，漫不经心地说："救援行动是整个团队的任务，但你们的剧本过于凸显个人了。"

闻言，杜宏看了一眼明烛。明烛低下头。

姜导倒是乐观，大笑几声："我这几天反复看剧本，也有这种感觉。最后几个画面，确实过于侧重在狙击手上了，连队长的镜头都少了。没事，这个剧本的创作难度本来就很大，回头综合首长和你们的意见再修改。"

王国洋已经在办公室里等着他们了。

明烛走到办公楼楼下，忽然看见一个熟悉的身影。佟佳抱着一沓资料匆匆走过，看见他们，停下脚步笑了一下，又匆匆走了。明烛愣了，佟佳怎么在这里？

陆焯峰怕她乱想，连忙说："佟医生现在是我们队的心理医生，韩靖正在追她。"

明烛抬头道："我没乱想，就是忽然看见她出现在这里，有些好奇。"

上次在B区的时候，明烛就看出韩靖在追佟佳了。

"怕你一个不高兴，回去又把嫁妆卖了。"陆焯峰的嘴角挂着淡淡的笑意，他像在开玩笑，但语气很认真。

明烛哪儿敢啊，再卖也逃不出他的手掌心。而且，嫁妆被他牢牢地钉在墙上，这几天她试过几次，除非请装修工，否则根本弄不下来。

唐馨走在后面竖着耳朵听，等众人在办公室坐下后，唐馨凑到明烛的耳边问："陆焯峰知道你把嫁妆卖了的事？"

"嗯，知道了。"明烛还没跟唐馨说过这件事，主要是觉得自己太被动了，说出来有些丢人。

唐馨瞪大眼睛，刚要盘问，就被明烛拉拉衣角。

王国洋从门口进来，看了他们一眼，笑道："都来了啊！剧本我看过了，其实你们写得很好，剧本已经很还原这场救援行动了。我知道你们拍电影的，讲究商业价值，要考虑方方面面的事，但从军人的角度来说，个人英雄主义显然不如团队群像更令人有感触。"

明烛看了一眼陆焯峰，对王国洋说："对不起，后面这部分是我据理力争完成的，杜宏被我说服了，我比较倾向于个人英雄主义。"

那段日子她反复听陆焯峰的采访录音，想象中画面一帧帧地连成影像，在她的脑子里自动播放。陆焯峰语气平淡，她却听得心疼。

自从知道陆焯峰在追明烛后，王国洋对明烛的态度和蔼了许多。他笑了笑："不怪你，你还年轻，在某些方面有小姑娘的想法很正常，而且剧本已经写得很不错了。"

明烛知道这部电影非同一般，有国家和军队的支持。她怕写不好这个剧本，压力特别大。她不得不承认，有时候，自己的年龄和阅历是短板。

姜导笑着打圆场："除了这点，您还有什么意见吗？"

王国洋又说了几点意见，最后，看看身旁的陆焯峰："你来说说？"

陆焯峰坐得端正，手搭在桌上，瞥了一眼明烛，说："剧本写得很好，但确实有缺陷。我们不单是一个团队，还是一支军队！这场救援行动空军、陆军都参与了。我知道你们想表达国家和平来之不易，无论在哪里，只要是中国公民就有中国军人守护。但一个军人是做不到这些的……"

他一针见血地说出了所有问题。

明烛看着他，忽然觉得自己对他的了解还不够深，陆焯峰远比她想象中的热血。

会议结束时已经到中午了。

明烛站在走廊上。冷风吹在她的脸上，她不觉得冷，反而清醒了许多。

这个剧本她写得很艰难。她受陆焯峰的影响太大，下意识地想把他写得好一点儿、再好一点儿……她想让更多人了解、敬佩这群人，让大家珍惜这个和平的国家。

肩上忽然一沉，她惊讶地回头。陆焯峰把军大衣披在她的身上，搂着她的肩，低头问她："站在这里吹冷风？"

明烛摇摇头："想事情。"

陆焯峰轻揉她的后脑勺，目视前方："不用想着我，我只是一名最普通的军人，在做自己该做的事，没那么伟大，也不需要多少人来敬仰我。"

明烛忽然觉得眼眶发热，低头强忍住泪意。

"饿了吗？"他问。

到饭点了，大家都去吃饭了，整个办公楼里估计就剩他们两个了。

"嗯。"她点头。

陆焯峰拉着她往楼下走，道："走了，先去吃饭，有什么问题下午再说。"

明烛跟在他后面，拉了拉身上厚重的军大衣："衣服……"

"穿好了，别感冒了。"

"那我回去的时候还给你。"她一边下台阶一边道。

"不用还。"

陆焯峰走到二楼的楼梯口，忽然转身，停住脚步看着明烛。明烛站在比他高一级的台阶上，身高几乎与他齐平。她用一双乌溜溜的眼睛盯着他，心跳莫名地快了起来："你……"

他看着她说："你是不是害怕我跟徐睿一样？"

她一直小心翼翼地不让他发现她的心事。但陆焯峰知道，每次他出任务，她都担惊受怕，就连写剧本时都不敢直面他的真实处境，想把他塑造成打不死的超人。

但那是不可能的，他什么都可以答应她，唯独生死不行。

明烛愣了一下，低下头没说话。

陆焯峰把人搂进怀里，在她的耳边亲了亲："回答你一个问题。"

"什么？"她小声问。

"我不怕死，只怕你哭，怕你没人哄。"陆焯峰叹了口气，又想起二人第一次见面时，她坐在门槛上安静哭泣的模样。

徐奶奶说，如果陆焯峰真的跟明烛在一起，那对明烛来说太残忍了。

那时候，陆焯峰受了很重的伤，在鬼门关前走了几趟。当时他什么都不想要，只想见她。明明她每天都会来医院，每天都会经过他的病房，可他就是看不到她。

徐奶奶跟外婆，两个年近八十岁的老太婆坐在他的病床前。外婆说："明烛因为家庭关系，性格内向，不爱说话。我刚把她接到镇上的时候，她连外婆都不叫。徐睿那孩子天生是个乐天派，特别会逗人，明烛因为他的关系，才慢慢开口说话。我很喜欢徐睿，以为这两个孩子会在一起，可惜啊……"

徐奶奶抹着眼泪说："是我福薄，睿睿和明烛真是好孩子。你也很好……重情重义，徐睿有你这样的战友，我很感激。但你知道他在遗书里是怎么写的吗？"

徐睿的遗书不长，但关于明烛的内容占了一半。

徐奶奶说："徐睿说，如果明烛喜欢他，等他退伍或者转业了，就回来跟她结婚。如果明烛不喜欢他，那也挺好，毕竟他的职业很危险，他担心自己哪天残了、死了，会让明烛受委屈。徐睿让她别找军人做男朋友。徐睿还说，他只要守着国土，护她一世安宁就够了。"

陆焯峰躺在病床上看完了徐睿的遗书，遗书的最后一行是——

如果我不在了，希望我的姑娘有人守护。

那段时间，陆焯峰的病房里陆续来了很多人。他伤得重，没一年恢复不了，有人劝他退役或者转业。他刚立了功，退役或转业会有很多优待条件，但陆焯峰没有那样做。

陆焯峰收回思绪，听见明烛说：“我以后不哭了。我不需要你哄，你可以安心地做你的事，有任务就出任务，不用担心我。”

陆焯峰愣了一下，心里被幸福感填满。他按着她的后脑勺重重地吻下去，一边吻一边走上台阶，将人抵在护栏上，吻得更用力了。

明烛整个人有些晕，试着回吻他，忽然听见楼下有人经过的声音，蓦地清醒过来，推了推他。她怕有人上来，挣扎了几下，军大衣从她的肩上滑落。

“你怎么来了？”这声音是佟佳的。

韩靖笑了一声，听得出来心情很愉悦。他说：“给你送吃的，你不是没去吃饭吗？怎么，减肥啊？”

佟佳的语气十分娇嗔：“没有，我又不胖！刚才在给导师打电话……现在正准备去吃。”

“嗯，你一点儿也不胖，别减。”

“我没减……”

楼下的声音越来越近，陆焯峰像是没听见，继续吻明烛，吻得又深又狠。最后，他在明烛的唇上咬了一口，又在她的嘴角亲了一下，才帮她把军大衣重新披好，捋捋她的头发，摸摸她发烫的耳根，笑了起来。

明烛的脸很红，刚才他吻得太狠了，她差点儿喘不过气来。

陆焯峰听着楼下的动静，揽着她往下走：“走吧。”

他们没走几步就看见了韩靖和佟佳，四个人碰了个正着。

韩靖挑眉问：“你们也没去吃饭？赶紧去，不然没饭吃了。”他瞥了一眼陆焯峰：“你也是，女朋友追到手了，就连饭都不给人准备了？”

佟佳捧着饭，觉得有些尴尬，脸微微发热。她瞪了韩靖一眼，真不知道他是不是故意的。

陆焯峰对韩靖这种损人利己的行为十分不屑，正要开口，却被明烛抢先了。明烛说：“他没有不给我准备，我们现在就去吃。”

陆焯峰笑着低声道：“对。”他说完揽着明烛往楼下走。

韩靖看着两人的背影，心想：这两个人都护短得不行，倒是般配。

明烛走到楼下，回头看了一眼。陆焯峰好奇地问：“看什么？”

明烛摇摇头："我觉得韩靖跟佟佳挺合适的，他们会在一起吧？"

"会吧。"

韩靖的感情经历比陆焯峰丰富。

这些年，韩靖谈过两三个女朋友，不是家里介绍的就是首长介绍的，每段恋爱的时间最长也没超过一年。韩靖常说："姑娘挺不错的，我别耽误了人家。"

两年前，韩靖在出任务的时候受了重伤，差点儿没回来。身体恢复后，韩靖感叹道："幸亏去之前分手了。"

随后，韩靖踢了踢陆焯峰，问："你呢？这么多年就没个喜欢的姑娘？"

陆焯峰不爱说这些，因为一说起来就会特别想明烛，便一根接一根地抽烟，不回话。

韩靖觉得奇怪："你什么时候这么爱抽烟了？"

陆焯峰灭了烟头，低头看着地面，嗓音都哑了："就刚刚，忽然想抽了。"

前几天，陆焯峰因为嫁妆的事，心情有些差。韩靖看出来了，特意来到他的宿舍门口，问："你不是跟明姑娘吵架了吧？"

陆焯峰冷着脸，心想：我要是能跟她吵架，就不至于这几天都在部队里生闷气了。陆焯峰根本不敢给明烛打电话，怕控制不住脾气，对她说出什么不好听的话，道："没有。"

韩靖一屁股坐在门槛上，抬头看着他道："现在可以说说了吧，明烛到底是不是你的前女友？"

其实答案很明显。

韩靖在知道徐睿、明烛的关系后，隐约猜到明烛和陆焯峰之间有过一段感情，只是没想到陆焯峰会将这段感情藏这么多年。韩靖更好奇的是，既然陆焯峰这么喜欢明烛，那为什么会跟明烛分手？

陆焯峰眯着眼对韩靖道："说了不是前女友，我们没分手。"

"行吧。"韩靖笑了笑，"不过你也没把她哄好，是吧？"

陆焯峰想起那两百块的嫁妆，气得笑出声来，这种事情就她干得出来。他叹了口气，说："不哄了，得治治。"

"怎么治？"韩靖哈哈大笑。

陆焯峰踹他一脚，警告道："收起你的那点儿心思，别瞎想。"

"开个玩笑。"韩靖举手投降，随后算了算时间，问，"那你跟明姑娘认识得有八年了吧？我算是知道你这些年怎么没找别人了。你喜欢她八年了？"

陆焯峰有些恍惚，八年？大概不止。

徐睿还在的时候，总喜欢跟陆焯峰说明烛。在部队，大家除了训练就是训练。或许徐睿是真的太想明烛了，找到一个愿意听的人，就一遍遍地对那个人说自己跟明烛的事。大概是徐睿说得多了，或者是徐睿描绘的那个姑娘给人的感觉太美好了，久而久之，陆焯峰的脑子里就多了一个影子。

那个模糊的影子，在陆焯峰第一次见到明烛时清晰了，陆焯峰觉得自己好像本来就认识她一样。这么说起来，陆焯峰确实很早就喜欢上明烛了。

"嗯，喜欢很多年了。"陆焯峰说完看着前方的黑夜，忽然后悔了。

兜兜转转，两人又回到了原点，谁也忘不了谁。幸好，她还喜欢他。

韩靖拍拍他的肩膀，道："我觉得吧，能真正分开的感情有两种，一种是不够喜欢，一种是太喜欢。"

很显然，陆焯峰是后者。

陆焯峰笑道："你懂得倒是不少！"

韩靖笑了："那当然！所以这回是我追的佟佳，我挺努力的。咱们比比，看谁先打结婚报告。"

"不比。"

"为什么？"

"不想拿她跟人比较。"

话虽如此，韩靖却暗自跟陆焯峰较上劲了。在韩靖看来，以前佟佳年纪小、不懂事，盲目暗恋陆焯峰，这让韩靖很不爽。韩靖非要在陆焯峰之前打结婚报告不可。

吃完午饭，主创团队回到办公室继续开会。王国洋特意腾出两个小时跟他们一起讨论，给了很多建议。关于军事方面的问题，则由陆焯峰和唐海程解答。

唐海程担任军事顾问一职，但前段时间腿伤复发，情况不是很好，最近还在医院。他的职位由陆焯峰暂代。

会议进行到最后，王国洋看向陆焯峰，道："这样吧，没任务的时候，你自己拿着手机，主创团队有什么问题就直接找你。"

"嗯。"陆焯峰靠在椅子上，想起之前说要换个手机的事。

王国洋站起来，背着手走了。

陆焯峰看了一眼明烛，问："什么时候回去？"

明烛是自己开车过来的，就是为了能多陪他待一会儿，不用将就姜导他们的时间。她有些不好意思地说："我……想在这里吃完晚饭，不然回去还要订外卖。"

唐馨憋笑。

林子瑜跟着小声说："我也想吃部队的晚饭。"

陆焯峰眼底含笑，起身对明烛道："好，我要去训练场看看，你在这里等我？"

明烛道："我跟你一起去，可以吗？"

陆焯峰笑着点头。

她刚走两步，发现陆焯峰绕到她的椅背后面，把那件军大衣带上了。

"训练场风大。"陆焯峰把军大衣挂在手臂上，随口解释道。

两人一前一后走出办公室。

下楼的时候，明烛悄悄去牵他的手。她的手指有些凉，陆焯峰直接把她的手包进掌心。

他的手干燥而温暖，明烛抬头看着他，弯起眉眼："我给你买手机吧，等你下次休假的时候给你。"

陆焯峰垂眸看着她，不忍拒绝："好。"

明烛又问："你喜欢什么样的？"

明烛心想：要不给他买个跟自己同款的手机？

到了楼下，陆焯峰松开她的手，揉揉她的后脑勺，漫不经心地说：

“都可以，但我有一个要求……”

明烛仰头看着他：“什么？”

“买国产的。”

明烛扑哧一声笑了：“好。”

陆焯峰看着她，也笑了：“没其他要求了，买你喜欢的。”

明烛乖乖点头：“好。”

训练场内风很大，明烛的长发松松地扎在脑后。她脸小，皮肤又白得过分，一低头半张脸都藏在围巾里，一双眼湿漉漉的，眼神明亮。

陆焯峰把军大衣披到她的身上，低声交代道：“那边的枪声有些大，你等会儿在边上站着就好。”

“嗯，我在旁边等你。”

陆焯峰摸摸她的头，大步走过去。

靶场上，一群新兵正在训练，一看见陆焯峰，都绷紧了。陆焯峰走过去，一脚踹在曹铭的小腿上：“看什么看？瞄你的靶。”

曹铭连忙把枪架上：“是！”

明烛看准时间往靶场那边走，走了没多远，训练就结束了。陆焯峰在训张武林，余光瞥见明烛，顿了一下，对张武林说：“行了，去吃饭吧。”

张武林如释重负，立刻往外跑，不小心撞上了明烛。明烛整个人往后退了两步，军大衣落在地上，沾满了灰尘。她捂着肩，疼得直皱眉。

陆焯峰冷着脸，一把扯住张武林的后衣领，把人拽了回来，骂道：“跑什么？”

张武林满脸羞愧地挠挠脑袋，忙跟明烛道歉。

明烛缓了过来，知道张武林在急什么，说：“没事，你去吧，林子瑜还在办公室。”

“好，谢谢明小姐。”张武林涨红了脸，忙把军大衣捡起来递过去。

陆焯峰接过军大衣，在张武林的脑袋上拍了一下，道：“去吧。”

张武林嘿嘿一笑，一阵风似的跑了。

陆焯峰低头看明烛，把人拉到跟前仔细检查：“撞到哪里了？”

明烛揉揉肩膀小声说：“肩膀。不怎么疼，你别骂他，他不是故意的。”

陆焯峰在她的肩上按了按：“这儿？”

“嗯，不疼了。”明烛抬头看着他道，“你知道小班长跟林子瑜谈恋爱了吗？”

陆焯峰点头：“知道。”

张武林今年二十四岁，比林子瑜小两岁。林子瑜平时娇气得很，还有些大小姐脾气，说不上多好相处，但也不坏，偶尔还很好骗。张武林憨得很，没谈过恋爱，浑身都透着一股傻劲。这样的两个人在一起了，真的很奇妙。

陆焯峰不管底下的兵谈不谈恋爱，只要不影响训练、不破坏纪律，什么都好说。他在她的肩上按了几下，看着她说：“走吧，不是说要吃部队的晚饭吗？给你加个鸡腿。”

明烛说：“不要，我不喜欢吃鸡腿，吃不完你骂我怎么办？”

“还记仇？”陆焯峰看了她一眼，那件事就过不去了吗？

明烛冲他笑笑，挽着他的胳膊往外走。

两人回到办公楼楼下，唐馨跟唐域刚好从楼上下来，身后还跟着唐域的助理。唐馨好像挺高兴的，但唐域的脸色不太好。

明烛问唐馨：“姜导他们回去了吗？”

唐馨说：“姜导约了主演吃饭，和杜宏他们先走了。林子瑜……去吃饭了，说等会儿想搭你的车回市区，让你等她。”

《反恐》明年年初开机，男主角是当红影帝季东阳。季东阳几年前凭借一部缉毒题材的电影《黑白》获得“影帝”称号，演技自然不用说，身材和长相偏硬汉型。更重要的是，他以前为了演好《黑白》，去部队训练了三个月，非常敬业。姜导早在半年前就跟他联系了，希望他能演《反恐》的男主角。

姜导敲定了男主角，心中的石头落地了一半，但还得确定其他几个主要角色。主创团队和整个剧组都在为这部电影而努力，前期工作多而烦琐，很多事情姜导必须亲力亲为，他比明烛他们忙多了。

明烛点头，看了一眼唐域，还是问了句：“我们现在去吃饭，唐总去吗？”

唐域瞥了一眼明烛身旁的陆焯峰，两个男人的视线在空中对上。陆焯峰的脸上没什么表情。唐域则对明烛微微一笑，道："我还有事，先回去了，你们去吧。"

明烛说："好，唐总慢走。"

唐域拿出手机，一边看信息一边向前走，似乎真的在处理什么重要的事。

明烛推了一把愣在原地的唐馨，唐馨有些茫然，问："怎么了？"明烛弯起眉眼，唐馨瞬间回过神来，立刻叫住唐域："唐总，等我一下。"

唐域回头，问唐馨："有事？"

唐馨笑眯眯地走过去，撒谎不眨眼："我忽然想起我还有事，搭你的顺风车回去行吗？"

唐域哼了声，笑道："是吗？刚才你怎么不说？"

"刚才我没想起来，现在说晚了吗？"唐馨忍不住唾弃自己，脸皮真是越来越厚了。

唐域淡淡地道："没有，走吧。"

在他看不见的角度，唐馨回头冲明烛比了个爱心，收起笑意，亦步亦趋地跟在唐域身后，问："唐总，你要去哪里？"

唐域："去医院看我小叔。"

唐馨哦了声，犹豫要不要跟他一起去。

等人走远后，陆焯峰低头看看明烛，笑出了声，问："唐馨这撒谎的技能是跟你学的？"

明烛的脸立即烧了起来，她道："我没教她。"

她只是提醒了唐馨……

"唐馨喜欢唐域？"

明烛点头。

陆焯峰瞥了她一眼，勾了勾嘴角，漫不经心地说："那挺好，唐馨跟唐域挺合适的。"

明烛听着觉得有些怪，问："真的吗？"

他真诚又意味深长地说："真的，唐馨最好趁早收了唐域，让唐域别再打你的主意了。"

明烛愣了一下，小声嘀咕："你在吃醋吗？"

“没有。”他否认道。

“真的？”

陆焯峰没回答，往前走了几步，忽然停住脚步，转头看着她说：“唐馨知道你把嫁妆卖了两百块的事吗？”

明烛一愣，然后低头小声说：“知道……”

陆焯峰回想起在B区的那晚，皱眉啧了声，怪不得那两天唐馨看他的眼神那么……怜悯。他觉得自己的脑门上像贴了张两百块的标签似的。

明烛抬头看着他，小声安慰道：“没事，她不会笑你的。”

陆焯峰在她的后脑勺上拍了一下，哼了声：“是不敢笑吧？”他皱着眉继续说，“以后别做这种傻事了。那是你绣了一年的东西，就值两百块？”

“那……两千块？”她见他脸色不好，又改口道，“二十万？”

陆焯峰还是看着她，表情没变。

明烛想了想，小声嘀咕：“总不能要两百万吧……”

陆焯峰忽然轻笑出声。明烛有些不懂他到底在不满什么，想了想，说：“可是，如果真的卖两百万……你就买不起了啊……”

陆焯峰被气笑了，故意逗她，说：“我卖房子行不行？”

明烛无辜地眨了眨眼。

“好好反省一下。”他留下一句话，转身走了。

明烛站在原地瞪着他的背影，轻轻哼了声，跟了上去。

夜幕降临，寒风萧瑟。

晚上七点，陆焯峰把明烛送到门口，明烛给林子瑜打了个电话。挂断电话后，明烛把手机放回大衣口袋，把身上的军大衣拿下来递给他，说：“你的衣服。”

陆焯峰接过军大衣，又披到她的身上，替她整理好领口，说：“你穿着，夜里凉。”

“那你穿什么？”

“队里每年都会发。”

她不再拒绝。北城好像一夜之间入了冬，现在的温度比上午时低，确实很冷。

林子瑜很快跑了过来，脸上红彤彤的，不知道是被风吹的，还是因为别的。她跑到他们跟前，有些不好意思地看了一眼陆焯峰，对明烛说："我们走吧。"

明烛点点头，对陆焯峰道："那我回去了。"

陆焯峰看着她，在她的脸上捏了一下，绕过她打开车门。明烛坐进驾驶室，陆焯峰在林子瑜上车时低头在明烛的耳边亲了一口，低声说："开车小心，有事给我打电话。"

明烛弯起眉眼："好。"

车平稳上路。

林子瑜安静了一会儿，转头问明烛："你跟陆队在一起觉得辛苦吗？"

明烛目视前方，没有回答她的问题，反问道："你跟小班长在一起觉得辛苦吗？"

"有点儿，如果不是因为工作，我们可能很久才能见一次吧……"林子瑜失落地说。

林子瑜没在家人面前提张武林，连朋友也不知道她交了男朋友。明烛、唐馨跟她的关系其实一般，但几个月相处下来，三人还算熟悉。得知明烛和陆焯峰谈恋爱后，林子瑜忽然觉得找到了同伴，有了倾诉的欲望。

"其实我也不知道能坚持多久，我爸妈肯定不同意我找个当兵的。先不说见面时间少，就说家庭条件吧，我爸妈希望我找个条件好一点儿的，至少得有房。"

"如果张武林跟陆焯峰一样，是队长，或许我爸妈还能同意……"林子瑜一直看着明烛，发现明烛的脸色好像不太好，叹了口气继续说，"我不是要拿他们做比较，只是在说一些事实。我知道张武林还年轻，也许几年后能成为队长，可是我不知道自己能不能等得起，也不知道怎么面对我爸妈……我都可以想象到他们到时候会怎么骂我了。本来我想就这么算了，反正我和他才开始。但是，我从没遇见过像张武林这么真诚、认真的人。我舍不得！不知道是不是当兵的人都像他这样……"

明烛安静地听她说完，目视前方，轻声说："不是当兵的人都这样，是因为你遇见的这个人，刚好是这个样子。"

窗外寒风呼啸，车在黑夜里疾驰，公路旁的白杨像一排排卫兵，让人心生安定之感。

林子瑜被明烛的话打动，愣了许久，慢慢低下头。

明烛没再说话。谁也不知道未来会怎么样，每个人都要为自己的选择负责任。

手机铃声打破了平静。明烛瞥了一眼，电话是唐馨打来的。

明烛接通电话，问："你到家了吗？"

唐馨此时正站在医院门口，郁闷地说："我现在在医院。你到市区后顺便来这边接我吧。"

明烛心里一惊，以为她出什么事了，忙问："怎么去医院了？"

"没事，我没受伤，你听我说……"

半小时前，唐域的车开进市区。

唐域跟唐馨一起坐在后排。唐域一上车就一直低头看手机、处理工作，放下手机后也没跟她说话。

助理问："唐总，是不是要先送唐小姐回去？"

唐馨的脑子飞快地转动起来，她问唐域："你要去医院看唐队长是吧？"

唐域嗯了一声，闭目养神。

唐馨笑了笑："我跟你一起去吧。"唐域愣了一下，还没回答，唐馨就笑着说，"之前姜导说了，有空要一起去看看唐队长。唐队长是我们的军事顾问，以后很多事情要仰仗他。既然你要去医院，我就跟你一起去看看吧。"

"你不是有事？"

"啊？"唐馨差点儿忘了，咳了声，"我本来跟朋友约好了，但她临时有事……"

她撒谎的功夫真是越来越厉害了。

唐域半信半疑地看着她，问："唐队长是我的小叔，能不帮忙吗？"

唐馨努力保持微笑，道："我都忘了。那这样的话就靠边停车吧，我打车回去。”

助理刚要停车，唐域懒洋洋地说：“算了，一起去吧，晚点儿再送你回去。”

刚才的遭遇让唐馨觉得特别没面子，需要明烛来救救自己：“你来接我吧，太尴尬了，我越想越觉得没面子！我觉得就差一点儿……唐域就知道我喜欢他了。”

明烛哭笑不得，问：“那你想他知道吗？”

“现在不想，太亏。”

“嗯，也是。”

明烛亲身经历过，觉得女孩子先开口是有点儿亏，当初她自己就是没忍住，现在才被陆焯峰吃得死死的。

到了市区，明烛把林子瑜放下后直接去了军分区医院。

明烛将车停在医院门口，正打算通知唐馨，忽然看见明家的车开进了医院。明烛一直看着那辆车，直到看不见了才给沈曼如打了个电话：“妈妈。”

沈曼如有些高兴：“丫头。”

明烛问：“爸呢？”

“你爸啊……”沈曼如顿了顿，“他在医院，血压有些高，住两天就好。你要回来吗？”

明烛把车开进医院的停车场，问了父亲的病房号。

沈曼如忙说：“你不用来，他真的没什么事。等你爸出院后，你回家吃饭。你算算，都多长时间没回来了？”

明烛闭关写剧本之前回去过一次，到现在已经三个月了。

明烛找到车位：“我现在就在医院这边。”

挂断电话，明烛给唐馨拨过去。

唐馨很快赶过来，担心地问：“叔叔怎么了？”

明烛一边走向电梯一边说：“高血压。可能是工作压力太大了，或者是被我哥哥气的吧，我去看看。”

“你哥哥没这么……叛逆吧？”

“他不叛逆，但是总有让他们不满意的时候。”明烛轻描淡写地说道。

唐馨只见过明烛的父母几次，还是来北城上大学后才见的，看得出来明烛跟父母的关系不太好。她们高中时开家长会，都是明烛的外婆去的。

刚到病房门口，她们就听见了里面的谈话声，听起来里面的人不少。

明烛敲了几下门，推门进去，几个穿军装坐在病床边的中年男人齐刷刷地看向她。沈曼如笑道："来啦！"沈曼如见到明烛身后的唐馨，更热情了："唐馨也来啦，快进来坐。"

唐馨有些窘迫，看见这么多军官，有点儿想走了。

明烛抓住唐馨的手，跟屋子里的人打招呼："刘叔叔、莫叔叔、张叔叔……"明烛挨个打完招呼，拉着唐馨进去。

"明烛丫头，好久没见了，多久没回大院了？"

沈曼如忙说："她前段时间回去过，没住在家里，也没出来晃，所以你们不知道。"

"又漂亮了，上次见你好像是去年过年。今年二十五岁了吧？"

明烛点头："嗯。"

沈曼如笑笑："十一月过完生日就二十五岁了。"

明烛像是没听见。她的生日……正好是徐睿的忌日，她已经很多年不过生日了。

明烛走到病床前，看向精神还可以的明成军，问："爸爸，你好点儿了吗？"

明成军笑着拍拍床板，明烛坐过去。

他说："好多了，怎么会来医院？"

明烛说："跟唐馨来看朋友。"她拿过桌上的苹果和水果刀，一边削皮一边说，"是哥又气你了吗？"

"没有，那浑小子好几个月没回来了，出任务去了。"

"哦。"

唐馨在旁边陪沈曼如说话，顺便被拉进几个军官的谈话中，尴尬又窘迫。沈曼如问唐馨有没有男朋友，又旁敲侧击地问明烛有没有男朋友……

明烛也听见了，回头道："妈妈，你别问了，有男朋友我会说的。"

她还没跟外婆说陆焯峰的事，主要是不知道怎么开口。她知道外婆和徐奶奶都不希望她跟陆焯峰在一起，不然外婆早就撮合他们了。

明烛跟外婆亲近。她跟陆焯峰的事，她想先跟外婆说。

沈曼如叹了口气："你们俩年纪也不小了，有合适的就谈吧。馨馨，要不要阿姨给你介绍个男朋友？"

正在吃葡萄的唐馨咳了声："不用了……不用了，谢谢阿姨。"

明烛把苹果递给明成军，明成军接了苹果说："你妈说得对。你年纪不小了，回头我跟你妈帮你看看。"

其实明成军的心里早就有人选了，从政从商的都有，不说远的，就说屋子里他这几个战友中就有儿子还单身的，长得不错、人品端正，就看明烛喜不喜欢了。

旁边几个叔叔也跟着说："对，我儿子还单身呢！丫头，来我家做儿媳妇算了。"

"要来也是来我家。"

几个老爷们就这么吵起来了，明烛哭笑不得。

半小时后，明烛跟唐馨离开病房。

唐馨拉着她直摇头："你妈妈想给你介绍男朋友，都说到我的头上来了。"

明烛笑了笑："他们也不是没给我介绍过。"

唐馨想起什么，笑了声，道："好吧，差点儿忘了。不过你怎么不说你跟陆焯峰的事？你爸爸应该很喜欢陆焯峰吧！"

"以后再说。"

上车后，明烛看了看唐馨，问："唐总回去了？"

唐馨无精打采地道："嗯……女追男不是人干的事，你当初是怎么追的陆焯峰啊？"

"我……绣了幅嫁妆。"

"我现在学还来得及吗？"

"可以，我让外婆收你做关门弟子，不收学费，你去不去？"明烛说着就要打电话。

"不要，我可没耐心。"唐馨忙拉住她。

明烛低头笑笑，把手机放回去。

其实，明烛没怎么追陆焯峰。她以前虽然懵懂，但一直觉得陆焯峰也喜欢她，因为他对她是真的好，好到骨子里的那种。如果那都不是喜欢，还有什么能算喜欢？

接下来的日子，明烛又开始不分昼夜地改剧本了。

陆焯峰现在有手机，不训练、不出任务的时候可以用。他偶尔会给她打个电话，那时候北城还没供暖，明烛敲键盘的时候，手指头冻得都快僵硬了。她跟他抱怨道："天气太冷了。"

陆焯峰知道她特别怕冷，哄她："家里有小桌子吗？搬到床上去。"

南方的冬天是没有暖气的，天气湿冷，比北方的冷更刺骨。

一到冬天，明烛就没办法好好地坐在桌前写作业，经常把小桌子放到床上，钻进被窝里写作业。有一次她没关房门，陆焯峰过来的时候倚着门敲敲门板，笑着问："有那么冷？"

明烛有些害羞，看了看他身上的羽绒服，小声说："冷啊，就你不怕冷……"

"一到冬天就到床上写作业？"

"也不是……特别冷的时候才这样。"明烛爬下床，有些窘迫地站在他面前，急着解释道。

"走了，去街上逛逛。"陆焯峰在她的脑袋上揉了揉，转身走了。

"去哪儿？"明烛跟在他身后问。

那天下午陆焯峰就带她去买了个取暖器。外婆觉得这东西不安全，一直不让她买，还说冬天冷是正常的。陆焯峰把取暖器放到她的桌子底下，取暖器很小巧，拧开开关后暖烘烘的。他拍拍她的脑袋，小声道："以后写作业的时候偷偷打开，不告诉外婆，嗯？"

明烛忍不住笑道："好。"

十一月中旬，北城终于开始供暖了。

晚上，她窝在书房改剧本的时候，陆焯峰给她打来电话，明烛高兴地接通。他那边风很大，明烛问他："你还在训练场吗？"

"没，回宿舍了。"陆焯峰走进宿舍楼，风声一下子没了，"还在改剧本？”

明烛嗯了声，站起来道：“差不多改完了，改完拿去给首长和你看。”

陆焯峰走上楼，脚步顿了顿，低声笑了笑：“过两天去看你好不好？”

明烛去商场买了个手机，华为最新款的智能机，黑色的，用起来手感还不错。她想了想，又去楼上买了两件男款羽绒服。陆焯峰常年待在部队，便服就那么几套，也不挑款式，好在长得好看、身材好，穿什么都好看。

晚上明烛约唐馨、尤欢一起吃饭，等上菜的时候，唐馨才想起之前在部队时没问完的话，兴致勃勃地问：“你那天说陆焯峰知道了，那他有什么反应啊？”

明烛正在试用新买的华为手机，感觉不错，淡淡地道：“他很平静。”

他确实很平静，类似于冷暴力。

尤欢盯着明烛，不信：“没干点儿别的？”

唐馨也不信，用手肘碰碰明烛，兴奋地问：“陆焯峰看见自己只值两百块的时候，没把你按倒收拾一顿？我不信。上次他逼供的时候，你的嘴都肿了。这次他知道自己只值两百块，我不信他能轻易放过你。”

明烛回想起那天的事，如果外卖小哥没来，说不定他们……明烛收回思绪，一本正经地说：“没有，他舍不得。”

尤欢看了看明烛，毫不留情地戳穿她：“这不是舍不舍得的问题吧？这种事情不是你情我愿的？”

明烛脸一红：“能别聊这个话题了吗？”

唐馨支着下巴，笑眯眯地问：“我就是想知道，陆队长的身体素质是不是特别好？”

服务员过来上菜，明烛还在试用手机，觉得很不错。等服务员走后，唐馨在明烛的腰上挠痒痒。明烛最怕痒了，忙往沙发的角落处躲，一边用手挡一边忍不住咯咯笑：“别……别，我……我以后告诉你，行不行？”

唐馨这才满意地收手。

第十章

从来就只有你

第二天上午十点，明烛一下楼就看见陆烜峰的车停在楼下。她将手中的两个袋子放到后座上，自己坐进副驾驶座。陆焯峰倾身过来给她系上安全带，笑着在她的耳边低声说：“又给我买衣服了？”

明烛嗯了声，系上安全带，道：“你衣服少，估计也没时间去买。”又问，“我不可以买吗？”

陆焯峰捋捋她的头发：“你喜欢就买，我休假的时候穿。”

他确实没什么衣服，也没时间去买，反正也穿不上几次。这会儿车上开着暖气，他身上只穿了件黑色毛衣，羽绒服丢在后座上。明烛弯起眉眼，把围巾取下来，从包里拿出一个手机盒：“我给你买手机了，把你的旧手机给我，我帮你换卡。”

陆焯峰从兜里摸出手机给她，看了一眼手机盒，低头笑笑：“给我买这么多东西，回头我把工资卡给你？”

明烛愣了一下，没太听清，有些茫然地看着他：“啊？”

“工资卡。”陆焯峰又重复了一遍，左手搭在方向盘上，转头看着她问，“不要？”

明烛低头说：“也没花多少钱，而且我有钱。”

她写剧本能赚不少，以前上大学的时候跟唐馨在网站上写过小说，各类版权费也有不少。她还跟尤欢一起开了家网店，虽然不怎么管理，但毕竟是老店，每个月还是有盈利的。

“你的是你的，这是我给你的，不一样。”陆焯峰启动车子，掉了头，发现明烛还在看他，抬抬下巴，道，“钱包在外套的口袋里，自己拿？”

明烛盯着他看了一会儿，低下头把手机盒打开，拿出那个新手机，小声嘀咕：“还是结婚了再给吧，比较正式。”

陆焯峰忍不住乐了，将车开往小区门口：“这也要有仪式感？”

“嗯。”她是一定要有仪式感的。

明烛打开他的旧手机，这个手机真的快成老古董了。她琢磨了一会儿，才把后盖掰开。手机里的 SIM 卡（用户识别卡）还是以前的那种，现在用的都是小卡，这个得剪。

明烛：“有剪刀吗？”

陆焯峰瞥了一眼，道：“没有，不用急，等到了再换。”

她又把手机的后盖装回去，把新手机放到他面前，问：“喜欢吗？”

陆焯峰瞥了一眼，低头舔了下嘴角，单手握着方向盘，把手机拿到手上试了下手感。手机是黑色的，屏幕大小跟韩靖的那个差不多，比陆焯峰之前的那个大了不少，手感还不错。

他把手机放回她的手上，说：“嗯，很合适。”

明烛弯起眉眼，解锁手机。她已经把微信和其他常用的软件下载好了：“我们去哪里？”

“去徐敬余那里。”

徐敬余，挺有名的拳击手。明烛知道徐敬余的俱乐部，上次嫁妆的收件地址就是那里。她平常开车经常经过那里，但没进去过。上次陆焯峰扛着嫁妆上门，脸色阴沉，明烛都没敢问他怎么会认识徐敬余。

“你跟徐敬余……很熟吗？”

明烛问得小心翼翼，心想：那徐敬余知道嫁妆的事吗？她有些窘迫，这件事说出去有些丢人，她不太想让陆焯峰的朋友知道。但她转念一想，陆焯峰是让安晴帮忙下的订单，安晴和贺程肯定知道……

陆焯峰打方向盘，在路口等绿灯，漫不经心地说：“穿一条裤子长大的。”

“那他知道我吗？”

“知道。”

陆焯峰很内敛，把明烛藏在心里。平时在部队里韩靖怎么问他，他都不说，徐敬余是极少数知道明烛的人。

几年前陆焯峰受了重伤，一时半会儿没办法恢复，需要休养，队里给他放了近一年的假。那段时间，他在家和徐敬余的俱乐部里待的时间最多，挺颓废的。

他情绪低落，连徐敬余都看出来了。徐敬余问了几次，他就是不肯说。有一次他没忍住，在明烛的学校外面守了半天，总算看见明烛从校门口出来了。但她不是一个人，跟她一起出来的还有那个军科院的男人，两人一起上了一辆奔驰车。

那天晚上，徐敬余赢了比赛，一伙人跟着庆祝。陆焯峰当时在养伤，本来不能碰烟酒，但那晚没控制住，喝了很多酒。

这么多年来，陆焯峰第一次知道什么是放纵。

晚上他在徐敬余的俱乐部里过夜，整个人倒在沙发上，跟废人没两样。徐敬余就坐在地板上，手边还拿着一瓶酒，把他拉起来：“心情不爽？继续喝。”

陆焯峰当时只有五分醉，坐起来，抢了酒就喝。两人勾肩搭背，没个正形。

徐敬余问：“说说呗！你这样，说没女人我都不信。”

大概是喝醉了，陆焯峰没忍住，将一切都说了出来，也不记得自己说了多少。

陆焯峰以前酒量还可以，但当兵后自律得很，很少喝酒，这些年酒量就慢慢差了。这还是陆焯峰第一次喝醉。

第二天，陆焯峰问徐敬余自己说了什么。徐敬余说：“也没说什么，就是抱着我哭了一会儿。我这件衣服上的水，就是你的眼泪。”

陆焯峰感觉头疼欲裂，骂道：“滚。”

徐敬余凑过来问：“说真的，你真的喜欢上自己战友的女朋友了？”

陆焯峰：“不是他的女朋友，你别胡说八道。”

徐敬余啧了两声：“行，叫明烛是吧？回头我告诉安晴，安晴一定很感兴趣，能把人的生辰八字扒出来。”

“你试一下看看？”

徐敬余一顿，当然没有真的做什么，但还是记住了明烛。

明烛听到陆焯峰的答复，有些郁闷：“你上次为什么把地址填那里？”

陆焯峰瞥了她一眼，伸手揉了一把她的脑袋：“现在知道错了？”

明烛握着他的手机，脸转向车窗的方向，不说话。

等了几分钟，没听到她说话，陆焯峰看了她一眼，在她的耳垂上轻轻地捏了一下：“放心吧，有我在，没人敢笑话你！而且，他们就算要笑话，也是笑话我。”

明烛眨了眨眼睛，问：“因为两百块吗？”

陆焯峰叹了口气：“你说呢？”

别人会不会笑，他不确定，但安晴肯定会笑。即便安晴不敢在他面前笑，也能在背后偷偷乐上几个月。

“安晴和贺程也在俱乐部？”

“嗯，他们听说你要来，都在那边等着。”

明烛有些紧张。她之前误会了安晴，幸亏安晴不知道，不然就尴尬了。

俱乐部距离明烛家车程差不多一个小时，从门外看根本看不出来那是个拳击俱乐部，倒是有些像健身俱乐部，看着十分低调。

陆焯峰把车停好，从后座拿起外套，正要套上，明烛拉住他的衣角：“穿新的吧。”

她把购物袋里的新羽绒服拿出来，递给他。陆焯峰低头笑笑，把兜里的钱包拿出来，塞到她的手上，又把旧衣服扔到后座，接过她手上的黑色羽绒服套上。

明烛拿着他的钱包，忍不住嘀咕：“钱包也很旧了。”

他的钱包还是几年前的那个。

陆焯峰锁上车，把人搂到怀里，低头在她的头顶上蹭了蹭：“还想给我买钱包？”

“嗯。”明烛毫不犹豫地点头。

陆焯峰低头看着她，目光里的柔情都快把她融化了。明烛被他看得有些不好意思，低下头的时候听见他说：“行，你想买就买吧。”

他碰碰她的脸，她的皮肤很细腻，摸起来手感很好。他伸手在她的脸上蹭了蹭："先进去，外面很冷。"

俱乐部今天有比赛，里面战况激烈、热火朝天。陆焯峰和明烛站在门口就听见里面热血沸腾的声音了。有几个姑娘穿着露脐装、超短裙，在旁边充当啦啦队，她们腰肢纤细、双腿修长。

"有比赛？"明烛愣了一下，"还有拳击宝贝？"

陆焯峰往里面看了一眼："嗯，今天不是正式比赛，估计是自己组织的。"

他推开门，热浪扑面而来。明烛穿得多，一下便觉得热了。

大家聚集在拳击台前，除了前台的服务员，没人注意到他们。

两人脱下外套，陆焯峰把衣服放到休息室的椅子上，才带着明烛走过去。他没有往人堆里挤，带着她绕过人群，上了几级台阶。拳击台右方有个贵宾席，那边有几个沙发，此时一个人都没有，人全挤到前面去了。

二人在沙发上坐下，陆焯峰靠过来在她的耳边问："要喝什么吗？白开水、果汁、咖啡、奶茶都有。"

以前念书的时候，明烛偶尔会在学校外面买奶茶喝。虽然她现在很少喝了，但在陆焯峰的印象里，她是喜欢喝的。

明烛说："现在不想喝，等会儿吧。"

她盯着拳击台上正在比赛的两个男人。两人都光着膀子，皮肤油亮，肌肉线条完美，其中一个是徐敬余。徐敬余目光凌厉，正一拳一拳地出击。

将嫁妆寄出去的时候，她在网上搜过徐敬余的资料。她当时没把陆焯峰跟徐敬余联系到一起，也没想到他们会认识，还好奇为什么收件人是徐敬余。

台上，某个衣着清凉的拳击宝贝忽然转头，看见他们后立即兴奋地挥手。明烛看清了她的脸，原来是安晴。

安晴站在最边上，一看见他们就不管不顾地往下跳。明烛看得心惊，拳击台挺高的。下一秒，明烛就看见有人在台下伸出了手，把安晴接住了。

男人黑着脸把外套盖在安晴的脑袋上，安晴不情不愿地穿上外套，那是一件长款格子衬衫。男人低头看她，说了句什么。安晴瞪他一眼，一边走一边乖乖地把扣子扣上。那个男人应该就是贺程，身材高大，眉目英俊，看起来跟安晴很配。

明烛愣了一下："安晴还兼职做拳击宝贝？"

陆焯峰瞥了一眼，见怪不怪地说："她就是爱玩，这里是徐敬余的地盘，不会出什么事。她平时在单位里憋坏了，就想来这儿撒野，还好有贺程看着。安晴旁边的人就是贺程，那两人经常吵架，他们吵架的时候，旁人不用理。"

明烛看了一眼贺程，又看看台上的徐敬余，台下是激动万分的呐喊声。

"起来啊！起来啊！还行不行啊？"

"打他！"

"起不来了吧？！这回是真结束了。"

"加油！快站起来，站起来！还没有结束！"

徐敬余用力地抹了一下嘴角的血，看着裁判半蹲在倒地的拳击手身旁倒计时："十……九……八……五……"

倒地的拳击手又站起来了，全场欢呼。

明烛很少看这种比赛，觉得有些吓人。她转头问陆焯峰："你们队里是不是经常有搏击比赛？"

"嗯，这也是训练项目。"陆焯峰曾经去过L国的宪兵部队进行搏击教学，也参加过几次比赛，代表的是中国军人。他就算拼到只剩最后一口气，也不会认输。偶尔陆焯峰休假的时候，徐敬余会让他当陪练，顺便让他放松一下。

陆焯峰正跟明烛说着，安晴和贺程已经挤过人群，走到他们面前。

现场太吵了，大家说话全靠大声喊，还得凑到对方的耳边喊，对方才能听见。

陆焯峰靠在椅子上，叉开两条长腿，右腿挨着明烛，手搭在大腿上。

明烛的手被他握着，男人正一根根地拨弄她柔软的手指，指腹上的茧子刮在她的皮肤上。她觉得有些痒，勾着指尖，在他的掌心挠了挠。

安晴站在边上看着他们，目光落在他们的手上，笑眯眯地喊道："嫂子。"

明烛听了觉得有些害羞。贺程跟着喊了声，不过他的声音不大，明烛是从嘴形看出来的。明烛红着脸，弯着眉眼对他们笑笑，点点头。陆焯峰看了明烛一眼，勾了勾嘴角，继续看着台上。

安晴和贺程在他们旁边坐下，安晴凑在明烛跟前仔细看着她，连眼睛都不眨。明烛被她盯得有些无奈，上次在文工团就是因为她老盯着自己看，自己才会误以为她喜欢陆焯峰。之后，明烛又偷听到电话内容，联想到了一些不好的事……

明烛转头看着安晴，笑了一下。安晴也笑了，凑到明烛的耳边问："你真的是陆哥的女朋友？"

明烛点头："嗯，我是。"

安晴咧开嘴笑了，又在明烛的耳边问："你们在一起多久啦？我觉得你们肯定不是刚认识的。我问徐哥，徐哥怎么也不说，让我自己来问你们。但我不敢问陆哥，问了他也不会说。"

她的声音不小，明烛被震得耳朵有点儿疼。

明烛看着安晴，刚要说话，肩上忽然一沉，整个人被陆焯峰拉了过去。明烛的额头抵着他的脖子，眼睛正对着男人凸起的喉结。

陆焯峰低头看着她："先看比赛，别管她，有什么话等会儿再说。"

明烛靠在他的肩上，看着他说话时滚动的喉结，很想用手去摸一下，但想到场合不对便忍住了："没事，又不是什么秘密，为什么你什么都不说？"

"我不告诉他们，你不高兴？"

女孩子有时候确实会介意这些。陆焯峰怕她想多了，在她的脑袋上轻轻地拍了拍。

拳台上，裁判又一次倒计时，一边倒数一边做手势："十……九……八……"

陆焯峰继续说："以前不说，是不知道怎么开口，说多了会想你。后来，我藏着藏着就习惯了，更不知道怎么跟人说了。不过，徐敬余和贺程都知道你。安晴太闹了，我怕说多了她会给你惹麻烦。"

裁判倒数结束，台下闹哄哄的，有喝彩声、有惋惜声……听起来很热血。

陆焯峰在她的耳边说的话也刚好说完。

明烛抬头看着他，认真地说："我不是怪你。"

陆焯峰笑笑："我知道。"

比赛结束，人群散去一部分，但现场还是挺热闹的。

陆焯峰拉着明烛站起来往休息区走。

徐敬余随意套了件T恤，脖子上挂着条毛巾，虽然脸上挂了彩，但依旧好看、帅气。

明烛多看了几眼，徐敬余靠着沙发仰头灌了一整瓶水，扔掉空瓶后笑着对她说："嫂子。"

明烛有些窘迫，点了下头："你好。"她想了想，又补充了一句，"拳打得很棒。"

徐敬余笑了，看向陆焯峰："下午或者晚上，比一场？"

陆焯峰低头看明烛，问她："想看吗？"

她想看，他就打。

安晴在旁边喊："我想看！"

贺程斜眼看安晴，说："关你什么事？又不是问你。"

"我就不能表达一下热情吗？我想看不行吗？"安晴一下就奓毛了，"不然你上去比比？我也想看，还能给你做啦啦队。"

贺程对拳击没兴趣，而且陆焯峰和徐敬余，一个是特种兵，一个是职业拳击手，贺程打不过。

贺程拍拍安晴的脑袋，道："不去。"

安晴哼了声，小声嘀咕："反正你也打不过。"

贺程的脸一瞬间就黑了："再说一次试试？晚上可别后悔。"

安晴："不说了。"

两人就这么吵起来了，明烛看得目瞪口呆，听得脸红。这两人真是旁若无人啊，这哪里是吵架？调情还差不多。明烛瞬间想起"502胶"事件，感慨安晴真的挺生猛的，还好贺程能制住安晴。

明烛有些犹豫，徐敬余是职业拳击手，下手利落。她倒不是怕陆焯峰吃亏，只是觉得他好不容易休假，还要打拳……太累了。

安晴看过他们比赛，非常精彩，比刚刚那场精彩多了。她笑眯眯地对明烛说："嫂子，你放心吧，他们俩谁打谁都不吃亏，而且……"

陆焯峰的打法、技巧跟徐敬余的不一样。要说吃亏，可能徐敬余更吃亏一点儿，毕竟徐敬余刚才已经打过一场了。

明烛抬头对陆焯峰道："我想看。"

陆焯峰看向徐敬余，笑了下："行，那就打吧。"

"等会儿，我换个衣服，一起吃饭！"徐敬余站起来看了一眼时间，又问，"在这儿吃还是出去吃？出去的话我订个包间。"

陆焯峰拉着明烛坐下，给她倒了杯热水："就在这儿吧，晚上再出去吃。下午我跟明烛还要出去一趟。"

明烛问："去哪儿？"

茶几上放着一盘水果和几盘零食。陆焯峰没有回答明烛的问题，从茶几上拿了个橘子，将皮剥开，把整个果肉递给她——明烛喜欢吃橘子。

明烛看了他一眼，接过橘子，掰了一瓣放到嘴里，说："很甜，你试试。"

她很自然地掰了一瓣，递到他的嘴边。陆焯峰愣了下，笑着低头咬住，还点了点头："是挺甜的。"

徐敬徐刚订完餐，瞥了一眼陆焯峰，挑眉道："嫂子，我跟你说，你就是给他喂毒药，他都说是甜的。"

陆焯峰又拿个橘子，直接扔向对面。

徐敬余稳稳当当地接住橘子，笑了一声，边慢条斯理地剥橘子边说："真的，不信你试试。陆哥对谁都很酷，唯独说起你时，整个人柔情万丈。"

明烛转头看陆焯峰。男人又挑了个橘子，看她吃了一半，又继续剥。这种小橘子，以前她一次能吃好几个。陆焯峰边剥橘子边瞪徐敬余，不冷不热地说："你不去洗个澡？一身臭汗，熏谁呢？"

徐敬余啧了声，站起来往浴室走。

那边安晴跟贺程闹完，一屁股坐在明烛旁边，冲贺程道："哥，我要吃苹果。"

贺程拍拍安晴的脑袋，沉下脸，说："说了几万次，别叫我哥。"

安晴哼了声，小声嘀咕："在床上你可不是这么说的，下了床就翻脸不认人，男人啊……"

她的声音太小，贺程起身去找水果刀了，没听见。明烛坐在旁边看他们俩若无其事地调情，差点儿被橘子汁呛到，咳了一声。

陆焯峰低头看她，发现她的耳根都红了，在她的背上轻拍几下，瞥了一眼安晴："安晴，你坐到对面去。"

安晴不明所以，问："为什么啊？我想挨着嫂子坐，还有话跟她说呢。"

安晴口无遮拦惯了，陆焯峰有些头疼，沉声道："让你过去就过去。"

贺程拿着水果刀回来，挑了个最大的红苹果，在安晴的对面坐下，说："过来，哥给你削苹果。"

安晴立刻屁颠屁颠地跑过去了。

明烛再一次目瞪口呆，安晴的变脸速度也太快了。

陆焯峰笑着把剥好的橘子递给明烛，说："他们俩就这样，习惯就好。"

明烛有些不好意思，相比之下，自己是不是太没情趣了？她掰开橘子放进嘴里，点点头："我知道，他们挺好玩的，斗嘴挺开心的，而且……"她压低声音道，"安晴跟我想象中不一样，挺生猛、挺可爱的。"

陆焯峰哼了声："说她生猛，我同意。可爱？算了吧。"

他还是觉得明烛这样的更可爱。明烛直白、勇敢，敢先向他表白，敢在十八岁时立志嫁给一个军人，还敢在小树林里偷亲他……

明烛弯起眉眼，往他的嘴里塞了一瓣橘子。

陆焯峰给她剥了好几个橘子，两人一人吃一半。过了一会儿，陆焯峰抽了张纸巾擦手，说："别吃太多，等会儿吃饭了。"

明烛点头，想起包里的手机 SIM 卡还没换，又把两个手机拿出来。

安晴一看，惊喜地问："陆哥终于要换手机了吗？"

明烛拿起新手机，冲安晴招招手："嗯，好看吗？"

安晴很捧场："好看！我们跟陆哥说了好多次，让他换个手机，他就是不换。还是你厉害……"安晴顿了一下，看了一眼陆焯峰的脸色，继续道，"可能是因为他想在网上买东西吧！他之前那个手机上不了网店，买个破东西……就是一幅苏绣，绣的什么野草、青山……"

陆焯峰扫了安晴一眼，安晴立马捂住嘴不说话了。

明烛的脸色变得有些微妙。她很想说，那个不是破东西，是她绣了一年多才完成的嫁妆！

贺程削好苹果，在安晴的脑袋上敲了一下。安晴喊了声疼，转头瞪他。贺程在她的耳边说："你是不是傻？那幅苏绣说不定就是嫂子绣的。"

安晴蓦地反应过来，迅速补救道："其实，仔细看看还是很好看的。"

明烛看安晴一本正经地说假话，也一本正经地回道："是挺好看的，我也这么觉得。"

安晴第一次被噎住了。

陆焯峰低头笑出声。明烛转头看他，用手比了个剪刀的形状，说："给我找把剪刀吧，我要剪卡。"

"嗯，我去找找。"

陆焯峰起身去徐敬余的办公室找剪刀，没找到，又去找前台小妹。

明烛今天穿了条米色的毛线裙，将两个手机都放在腿上，刚要拆掉旧手机卡的时候，忽然好奇他的旧手机里有没有什么重要的东西，比如照片。旧手机的像素确实很差，但这不代表手机里没有照片。

她想了想，点开相册，看见里面只有五张照片，忍不住笑了。好吧，几年就拍了几张照片，他可真行！明烛点开照片，五张照片排成两行，第一行三张，第二行两张，一目了然。明烛看见某张照片时，整个人都愣住了。第二行的第一张照片……即使是模糊的小图，她也一看就觉得眼熟。

明烛点开大图，照片里是一个不满二十岁、略显青涩的女孩儿，不是她是谁？那身衣服、那个背景以及那个女孩儿手里拿着的刀叉，无一不令她觉得熟悉。这张照片应该是他们第一次约会的时候拍的，可她完全不知道他有给自己拍照。

所以，这张照片是他五年前拍的。陆焯峰偷拍了她，悄悄地将她的照片保存了五年。

他是什么时候偷拍的呢？她一点儿都没有察觉到。

但她仔细一想，还是能回忆起约会当天的细节，那是两人唯一的一次约会。这几年明烛总会想起那一天，那天的画面跟电影胶片似的，在她的脑子里过了一遍又一遍。

当时，明烛说宿舍里有个女孩儿谈恋爱了，小心翼翼地试探他："她的男朋友要请我们宿舍的人一起吃饭，说现在都这样。以后我谈恋爱了，男朋友也要请客吃饭。"说完那句话，她有些脸红，悄悄抬头看了他一眼。

陆焯峰直直地盯着她，嘴角含笑："是吗？那你想去哪里吃？"

明烛的脸更红了，她低头细细地切面前的那块牛排，说："等……有男朋友了再想这个问题。"

她知道他一直盯着她，有些不好意思，好几分钟没抬头。

也许，照片就是他那时候拍的。

明烛盯着那张照片看了很久，对面的安晴把苹果咬得咔嚓咔嚓的，靠在沙发上晃着脚丫，看向明烛，犹豫地问："嫂子，那个……是你绣的吧？"

"嗯？"明烛回过神，抬头看她。

"那幅苏绣是你绣的吗？是绣给陆哥的？"安晴好奇地问道，嘴角的笑意已经藏不住了。

贺程也低着头，嘴角挂着笑。

明烛抿了抿唇，看着安晴坚定地摇摇头。

安晴有些失望地垂下眼，小声说："骗人，肯定是你绣的，不然陆哥怎么会那么着急地要买回来，还那么生气？你不知道，我从来没见过他的脸色那么难看……"

明烛忍不住笑了，没说话。

安晴也笑了："那你说，是不是你绣的？你肯定会绣对不对？听说你外婆是刘汉君，一个特别有名的老绣娘，很多人求着她绣嫁衣呢。"

"你知道我外婆？"明烛有些惊讶，安晴竟然连这些都知道。

安晴抬头看见陆焯峰大步走过来，低头咬了口苹果，说："知道啊，嗯……听说的。"

其实安晴是自己去查的，因为徐敬余和贺程都不跟她说。那天，陆焯峰用安晴的账号买了那幅苏绣后，安晴的好奇心就被勾了起来。

明烛是个挺有名的编剧，百度百科上有她的基本资料。安晴顺着百科开始查，很快发现了明烛的外婆。令安晴吃惊的是，明烛的家庭背景还挺惊人的。

明烛瞥见男人的身影，忙把手机放下，想了想，觉得也没什么可藏的，又将手机拿起来。

陆焯峰在她身旁坐下，低头瞥了一眼，就看见了旧手机屏幕上的那张照片。他坦然地看向明烛，嘴角勾了勾："怎么了？"

明烛小声说："你……偷拍我。"

他大方地承认，颇有些可惜地叹了声："嗯，就这一张。"

早知道的话，他应该多拍几张。

明烛看着他，半晌后才问："那这张照片你还要吗？"

这么老的手机，也不知道能不能把照片取出来。

"当然要。"

"怎么拿出来？你这个手机好像连QQ和微信都用不了。"她试了几下，发现这个手机真的就是块砖头，下载东西都能卡顿好久。

陆焯峰笑了下，把手机拿过来，问贺程道："这个手机里的相片可以拿出来吗？"

贺程看了一眼，点头道："可以，你给我。"

陆焯峰把手机给他，安晴连忙凑过去看，眼睛瞬间亮了。照片里的明烛明显比现在青涩许多。

安晴大声道："我就知道你们俩认识很久了，你还说不是你绣的，我反正是不信的。"

明烛和陆焯峰都默认了。

安晴被贺程拖进办公室，过了没多久，明烛的微信上收到一张照片，是安晴发过来的，正是陆焯峰偷拍的那张。明烛和陆焯峰低头看着那张照片，忍不住笑了。

明烛抬头看着陆焯峰，道："我给你换手机了哦！"

陆焯峰拿走她手里的SIM卡，又把剪刀拿过来："我来剪。"

"等一下。"

明烛想说把自己的SIM卡拿出来比对着剪，还没说出口，就看见他干脆利落地动手了。咔嚓四声，陆焯峰已经将卡剪好了。陆焯峰把小小的一枚芯片放到她的手里，将剪刀扔到茶几上，道："好了。"

"你好厉害。"明烛感叹了一句。

"是吗？"陆焯峰勾了勾嘴角，这也能算厉害？

明烛点头，把SIM卡装进新手机，开机成功！她抬头问："我帮你下了微信，要帮你注册吗？"

陆焯峰将手搭在她的肩上，在她的脸上摸了摸，低声说："嗯，注册吧，注册好了加上你，再把照片存到手机里。"

明烛抬头看了他一眼，抿唇笑了笑，低头帮他注册微信。二人加上好友后，明烛又把照片发过去保存到他的相册里。陆焯峰全程都在看着，接过手机试用了一下，给她发了条信息。

见她的手机屏幕亮了，他勾勾嘴角，道："好了，以后你有事可以给我发微信，我拿到手机后就回复你。"他顿了一下，又道，"没事时也要发。"

明烛点头："好，想你的时候就发。"

他笑着低声道："嗯。"

徐敬余洗完澡，饭菜刚好送到。他一身清爽地站在沙发前，问陆焯峰："那两个人呢？"

"办公室。"

陆焯峰拉着明烛站起来："先去吃饭吧。"

俱乐部里有间会议室，里面设备齐全，咖啡机、果汁机、消毒柜等等都有。

安晴和贺程已经把饭菜摆上了。这会儿天气冷，这边位置偏，出去吃饭比较麻烦，他们经常点外卖。

明烛早餐吃得少，就吃了片面包，喝了杯牛奶，这会儿是真的饿了。坐下后，她看了一眼桌上的碗，嗯……都挺大的，连安晴的面前都是一大碗饭。明烛有些想笑，这群人的饭量都是从小锻炼出来的？这么大的碗，陆焯峰估计能吃四碗。他的饭量一向大，徐敬余估计也差不多。

安晴不知道明烛饭量小，给她弄了一大碗饭。陆焯峰瞥了眼，拿走明烛的碗分了半碗米饭过来，又给明烛夹了块鱼肉。安晴看见后，感叹道："嫂子，你怎么吃这么少啊？"

"你以为每个女人都跟你一样？"贺程毫不留情地损了安晴一句。

"我每天都要练功啊，还要排练，多吃点儿不正常吗？"安晴愤愤地拿筷子戳米饭。

明烛点头："嗯，我在家里的时间多，运动量小，所以吃得也少。"

陆焯峰睨了她一眼。她抬头问："怎么了？"

他问："你不是说你经常运动吗？"

"是啊，我有办健身卡和瑜伽卡。"

陆焯峰拿了个小碗，一边仔细地给明烛剔鱼刺一边说："多久没去了？”

“也没多久……”明烛有些心虚。

这段时间太忙了，她哪里还有时间运动？她已经好几个月没去健身房了，也没去上瑜伽课，更别提跳舞了。

陆焯峰也不戳穿她，把小半碗鱼肉放到她面前，整条鱼最嫩的地方几乎都被他夹过来了。

安晴小声说：“太偏心了，幸好我喜欢吃鱼头。”

陆焯峰没搭理安晴，贺程把鱼头弄到安晴的碗里。

安晴是个闲不住的姑娘，边吃饭边问明烛：“你们下午去哪里啊？回陆家老宅吗？”

如果陆焯峰和明烛回陆家老宅，那大家可以一起回去。

“不是。”陆焯峰说。

明烛抬头看着他，没有再问，反正无论他带她去哪里，她都愿意去。

安晴对吃喝玩乐很感兴趣，虽然晚上有一场陆焯峰和徐敬余的拳赛，但一个多小时就打完了，之后还有好几个小时的时间没安排。

安晴兴致勃勃地说：“陆哥升职了，我们是不是该庆祝一下？晚上去唱歌、喝酒吧。”

陆焯峰前段时间确实升职了，但明烛不知道，有些惊讶地问他：“什么时候的事？”

陆焯峰笑笑：“你上次离开部队后的第四天。”

“你在电话里没说过。”明烛说。

“你现在不是知道了？”陆焯峰不觉得这是件值得炫耀的事。

徐敬余打了一场拳赛，大概是饿坏了，一直闷头吃饭，吃到第三碗速度才慢下来，夹了块排骨对陆焯峰说：“如果不是之前受伤休养了将近一年，估计去年或前年就能升了。”

贺程笑道：“说得也是。那年，陆哥身体虚、情绪差，整个人跟废人似的。”

2013 年，陆焯峰几乎一整年都在养伤。

明烛知道这件事，但现在听他们提起，心还是揪着疼了一下。她抬头看着陆焯峰，问：“去吗？是好事，也是大事，安晴说得对，应该庆祝一下。”接着问，“你今晚什么时候回队里？”

“你就三杯的酒量，就别跟安晴一起起哄了。”陆焯峰笑道。

陆焯峰知道她酒量不好，是她大学的时候跟同学出去聚会。那次他打电话给她，她正跟同学在外面玩，喝了点儿酒，说话的声音比平时软了三分。陆焯峰一问，才知道她喝酒了。

他问她喝了多少。

明烛说：“两杯。”

她才喝了两杯啤酒，说话的声音就变了，她的酒量差成这样还敢出去喝酒，陆焯峰当下就骂了她一顿。明烛连忙保证：“我知道，我三杯之内保证还能清醒，不会超过三杯的。”

嗯，明烛当时的酒量只有三杯。这几年，明烛的酒量比以前好了不少，她至少能喝五杯了。她觉得酒还挺好喝的，偶尔会在睡前自己喝杯红酒。

她把一碗鱼吃干净后，道：“现在我的酒量挺好的。”

陆焯峰挑眉问：“你想去？”

她点头，表示自己想去。

“那就去吧。”陆焯峰勾了勾嘴角，又给她夹了块鱼肉。

安晴兴奋地搂着贺程，双眼发亮：“太好了，那今晚等你们打完拳就去。嫂子，我跟你说，其实陆哥的酒量也不好，哈哈哈……”

徐敬余笑道：“对，这个我可以做证。”

陆焯峰直接一脚踹在徐敬余的椅子上，道：“吃饱了？”

“没。”徐敬余又盛了一碗饭，“还没撑着，跟嫂子开开玩笑。不过，这本来就是事实，你的酒量确实不行。”

明烛没见过陆焯峰喝酒，转头问：“真的？比我还差？”

陆焯峰低头睨她，漫不经心地说：“比你还是好很多的。”

徐敬余说：“嫂子，陆哥喝多了最符合‘酒后吐真言’的设定，如果有机会你可以盘问他一下，保证能把他平时藏着的话全部给套出来。”

“真的？”明烛非常感兴趣。

“嗯。”徐敬余点头。

安晴跟着起哄：“真的！男人都这样。”

贺程瞪了她一眼。

陆焯峰有些无奈地叹了口气，拍了拍明烛的后脑勺，低声说：“别听他们瞎说。”

明烛点点头。她不知道这种说法是真是假，就算是真的，估计陆焯峰也不会承认。

安晴吃饱后，拿出手机无聊地刷明烛的朋友圈，一边刷一边点赞。明烛的朋友圈没多少内容，安晴一会儿就刷完了。

贺程看了一眼陆焯峰：“今晚去哪儿？老地方？”

所谓的老地方，是陆焯峰父亲开的会所，以前几个人经常在那边玩，有个专门的包间。陆焯峰去的次数少，还没入伍的时候会跟他们一起去，这几年很少去了。

安晴：“好啊，去那边可以省钱。”

贺程：“你差钱？”

安晴叹了口气：“差啊，我离富婆还远得很。”

“结婚吧，离婚的时候分你一个亿。”

“去死！”

两人又掐起来了。

明烛靠在陆焯峰的肩上笑个不停，道：“我觉得安晴跟唐馨有点儿像，她们要是认识，肯定能成为好朋友。”

陆焯峰放下碗筷，手搭在她的椅背上，低声问：“是吗？”

“嗯，你看。”明烛拿出手机，点开唐馨的朋友圈。

唐馨上午十点的时候发了一条朋友圈，只有一张图，配上文字“我距离亿万富婆还差 999 步”。

陆焯峰低头笑笑，在明烛的耳边低声问：“唐馨还没追到唐域？”

明烛看了陆焯峰一眼，小声说：“嗯，她不想太主动……”

徐敬余也吃完了，把碗筷一搁，淡淡地说：“我下个月有比赛，这个月禁酒，晚上你们自己喝吧，我看着就行。”

“为什么要禁酒？”明烛茫然地问，“拳击比赛有这条规定吗？我之前看过报道，某个拳王赛前还挺喜欢喝酒的。”

徐敬余：“……”

这个问题，他还真不知道该怎么回答。

陆焯峰笑出了声，安晴更放肆，仰头哈哈大笑了一阵：“你不知道吧？徐哥每次打比赛前一个月都要禁欲禁酒，为了保持体力和状态……”

明烛愣了一下，下意识地问：“那破戒了怎么办？”

安晴呆了呆，又是一阵大笑。明烛反应过来自己问了什么，脸瞬间红了，尴尬地低下头。陆焯峰靠在椅子上，笑出了声，在明烛的脑袋上揉了一把。

安晴边笑边问徐敬余：“这个要问他啊！徐哥，你破戒过吗？”

明烛尴尬得想找个洞钻进去，忙解释道：“我就是不太懂拳击，随便问问……没别的意思。”

安晴还在大笑，贺程已经懒得管她了。

徐敬余咳了一声，站起来慢悠悠地说：“够了啊。”

陆焯峰笑了一会儿，拉着明烛站起来：“走吧，带你出去走走。”

“嗯。”明烛只想快点儿离开这里。

明烛跟陆焯峰来到商场门口，有些恍惚，问：“你要带我来的地方是这儿？”

陆焯峰搂着她的肩，低头看着她：“很奇怪？”

明烛点头：“有点儿，我以为你从来不逛街。”

陆焯峰笑了一声，搂着她走进商场，在某个品牌的专柜前停下。专柜小姐热情地招呼他们：“先生、小姐，你们想看什么？项链还是戒指？”

明烛的心跳漏了好几拍，她倏地仰头看他。陆焯峰把她的鬓发别到耳后，低头在她的耳边说：“挑一个你喜欢的。过两天你生日，我不能休假，提前过了。”

明烛的生日跟徐睿的忌日是同一天。从十七岁起，明烛就不再过生日了，用这种方式纪念徐睿。唐馨和尤欢每年会提前一两天把生日礼物送到明烛的手上，然后三人一起吃饭、切蛋糕。明烛每年过生日，外婆给她煮一碗长寿面，就算过了。

这些事，陆焯峰也知道。

陆焯峰的目光在旁边的戒指柜台上停了几秒，明烛顺着他的目光看过去，一瞬间真的以为他是带她来买戒指的。很快，他的目光转回来，落在一条项链上。明烛垂眸看见一枚小小的吊坠，形状有点儿特别，像子弹头。

“我想看这个。”她指了指那个吊坠。

专柜小姐很快把那条项链拿出来：“这是我们的新款。”

明烛把那枚子弹头捏在手里，陆焯峰将手搭在她的肩上，低头问她：“喜欢这个？”

明烛把吊坠放在手心：“有点儿像子弹头，对不对？”

陆焯峰瞥了一眼，确实有点儿像，但子弹头没有这么秀气的。他问：“喜欢？”

她点头。

陆焯峰便把那条项链买下了。

他们回到俱乐部，陆焯峰把车停在专用车位上。明烛把那条项链拿出来，看向陆焯峰，问：“这是生日礼物吗？”

他嗯了一声。

明烛把项链递给他，拿下围巾，转过身背对着他：“你帮我戴。”

陆焯峰倾身，让她靠在他的胸膛上，撩开她的长发。她修长白皙的脖颈露了出来，他眸光一沉，抬手绕过她的脑袋，一左一右地捏着小小的搭扣，温热的气息悉数喷洒在她的皮肤上，手指好几次擦过她的后颈。

明烛一颤：“好了吗？”

“嗯。”他低低地说道。

搭扣扣上了，男人温热的嘴唇落在她细嫩白皙的后颈上。他轻轻吮了一口，明烛浑身一抖，全身如过电似的，僵直了身体。陆焯峰扣着她的腰，在她的脖颈上轻吻，鼻端全是她身上淡淡的好闻的气息。

他在她脖子上一寸寸地吻向她的耳朵，含住她的耳垂轻咬，低声说：“今晚我不回部队，陪你提前过生日？”

明烛瘫在他的怀里，颤声道：“好……”

车窗外阳光微暖，树木萧条。明烛闭上眼睛，转身搂住他的脖子，陆焯峰立即收紧她腰上的手臂，吻上她的唇。

五点，两人推开俱乐部的大门，拳击赛已经结束了。

贺程在附近的餐厅订了位置，几个人五点半就过去了。安晴细心地发现明烛的脖子上多了一条项链，夸了好几次漂亮，好像在疯狂地暗示贺程。

贺程黑着脸说："行了，买！"

安晴撇嘴道："我没说要买。我是真的觉得好看，吊坠有点儿像子弹，但形状比子弹好看。"

"口是心非。"

"我说真的！我为什么要买一样的，撞款也尴尬好不好？"

两人又拌起嘴来。

明烛听他们吵架总想笑，忍不住勾起嘴角。陆焯峰给明烛点了鱼和牛肉，转头看着她，笑着问："还要吃什么？"

她摇头道："够了。"

那边，安晴吵够了，看向明烛说："等会儿他们打拳，嫂子你要不要当啦啦队？我还有衣服，你应该能穿。"

陆焯峰瞥了安晴一眼，道："不需要。"

明烛想起安晴那身清凉的衣服，心想……还不如穿旗袍呢，起码陆焯峰喜欢看。她摇头："不用了，也不是正式比赛。"

七点，众人回到俱乐部。

陆焯峰换了条徐敬余的黑色宽边运动裤，手上戴着拳套，在沙包上砸了几拳，开始热身。

明烛坐在距离拳击台最近的座位上，紧张地看着陆焯峰，担心他会受伤。

半小时后，陆焯峰和徐敬余站在拳击台上，没有裁判，二人随意发挥，点到为止。

安晴靠过来对明烛说："嫂子，你别紧张，我觉得这次肯定是陆哥赢。"

明烛笑了起来："嗯，我也觉得。"

比赛开始了。

明烛盯着陆焯峰，他裸着上半身，露出精瘦而结实的肌肉，身上大大小小的伤都是勋章。他半弓着腰，跟对面的徐敬余互相试探了几回。

安晴站起来喊："快开始！"

陆焯峰跟徐敬余都是进攻型，两人各挡了对方一拳后，都在找机会进攻。随后，陆焯峰一拳砸在徐敬余的下巴上，战斗一触即发。

两人打得不分上下，速度都很快，加上没有裁判，根本没有停歇的时候。徐敬余是职业拳击手，经验丰富。陆焯峰打拳干脆利落，好像没拿这当比赛。徐敬余一拳砸过来，陆焯峰偏头躲过。徐敬余又一拳击来，速度太快，陆焯峰没躲开，下颌上挨了一拳。

明烛看见陆焯峰的嘴角渗了血，连忙问旁边的安晴："没有裁判，怎么才算结束？"

"按照以往的经验，一方把另一方打倒了就算赢。"

"倒一次就行？"明烛问。

安晴点头，明烛有些担心地看着台上。陆焯峰偏过头，用力地抿了下唇，舌尖顶着腮帮动了几下，胸膛上的汗滴滑落。

徐敬余没有给陆焯峰喘息的机会，迅速攻了过来。陆焯峰弯腰躲过，退到边线旁，一拳砸在徐敬余的小腹上。徐敬余倒退了两步，拳头砸在陆焯峰的背上。两人像是扭打在了一起，一时间分不开。

因角度问题，明烛看不见战况，紧张得跟安晴一起站起来，看见陆焯峰挨拳的时候，忍不住喊了声："小心。"

明烛紧张得将两只手绞在一起，紧紧地盯着台上，耳朵里全是拳头打在肉上的声音，闷闷的，听着都觉得疼。

台上，本来被徐敬余打到边线附近的陆焯峰一拳击在徐敬余的腹部，两人迅速调换了位置，脸上都挂了彩，额头上青筋暴起。徐敬余一拳砸过来，迅速反攻。陆焯峰弯腰猛冲过去，将徐敬余扑倒在地，又一拳砸向徐敬余的腹部。

徐敬余倒在拳台上，陆焯峰半跪着，膝盖抵地。两人喘着粗气看着对方。陆焯峰将拳套扔在徐敬余的身上，抹了一下嘴角，笑道："兄弟，破戒了吧？比上次虚啊。"

徐敬余："……"

陆焯峰的声音不小，台下几个人听了都笑出了声，安晴笑得最夸张。明烛则松了口气，随后笑着往前走了几步。陆焯峰看了明烛一眼，单手撑着护栏一跃而下，站在明烛面前。

明烛把水递给他，看着他脸上的伤，不算太严重。她用毛巾给他擦了下嘴角的伤口，说："疼吗？"

他拿过她手里的毛巾，擦了下满身的汗，勾了下嘴角："没事，不疼。"

明烛往台上看了一眼，徐敬余坐起来，慢条斯理地把拳套脱了随手扔掉，并不懊恼。明烛凑过去小声问陆焯峰："你怎么知道徐敬余破戒了？"

陆焯峰拧开水瓶，仰头灌了大半瓶水，意味深长地说："你很好奇？"

"也不是。"

陆焯峰把水喝完，将水瓶扔到旁边，低头在她的耳边说："管他破没破戒，你管我就行了。"

明烛小声说："你又不打拳……"

陆焯峰维持着刚才的姿势，低声说："不打拳，跟破戒不冲突。"

明烛愣了一下，脸颊以肉眼可见的速度红了。

陆焯峰笑了几声，身上都是汗。他没碰她，往后退了一步，说："我去洗个澡。"

晚上十点半，会所包间。

明烛坐在沙发上听安晴坐在高脚椅上唱歌。安晴唱歌很好听，在明烛认识的人里排前三。安晴唱歌的时候模样恬静，跟平时咋咋呼呼的感觉很不一样。

这个会所是陆焯峰的父亲陆升的产业，陆焯峰的爷爷当年想让陆升去当兵，陆升却从商了。刚才陆焯峰在走廊上被熟人叫走了，安晴说那个人是陆升的朋友。已经半小时了，陆焯峰还没回来。

明烛站起来往门口走，安晴叫住她："嫂子，你去哪里？"

"我出去……打个电话。"明烛说。

明烛走出包间，一路寻找，终于在大厅柜台前看见了陆焯峰。男人背对着她，正跟一个服务员说着什么。明烛没听清他们在说什么，但隐隐有预感，可能是跟自己有关的事。

她转身回到包间，等了十几分钟，陆焯峰回来了。

他在她身旁坐下，问："怎么不去唱歌？"

明烛有些窘迫，道："我唱歌……跑调，听安晴唱就好。"

陆焯峰笑着把茶几上的果盘端过来，用牙签取了块苹果给她。明烛吃完一块苹果，安晴扔掉话筒嚷嚷道："贺程，快开酒。"

桌上摆了许多酒，大多后劲大。陆焯峰更单独给明烛开了瓶红酒。

安晴喊："举杯！恭喜陆哥升职、交到女朋友！"

陆焯峰低头笑笑，举杯跟他们碰了一下，但没喝。

贺程踢踢徐敬余："让你破戒的女人呢？把人也叫过来啊。"

徐敬余眯了一下眼，踹回去，道："滚。"

"真破戒啦？"安晴眼睛一亮。安晴把酒杯推到他面前，笑眯眯地问："既然都破戒了，再喝点儿酒也没事吧？"

徐敬余今天打了两场比赛，嘴角和颧骨有些肿，但这点儿伤影响不了那张英俊的脸。他懒洋洋地靠在沙发上，漫不经心地说："谁说我破戒了？"

"不是吗？陆哥说你虚。"

"够了啊！"徐敬余怒了。

明烛现在一听"破戒"这两个字就下意识地看向陆焯峰，陆焯峰似笑非笑地看着她。明烛低头喝了口红酒，陆焯峰将手搭在她的肩上，说："别喝太多。"

"嗯，我可以喝红酒，这几年酒量好了很多。"明烛又喝了一口。

"是吗？能喝几杯了？"

"大概五杯吧。"

他笑着低声道："不错，有进步。"

十一点，服务员推着蛋糕车进来，蛋糕是陆焯峰托安晴订的。这是明烛第一次跟陆焯峰一起过生日，虽然是提前过的。

陆焯峰把明烛带到蛋糕车前，安晴点好生日歌，跑到明烛跟前说："嫂子，生日快乐！"

明烛笑道："谢谢。"

陆焯峰拿出打火机，点燃蜡烛。坐在角落的徐敬余把灯全关了。蜡烛的光晕照在明烛的脸上，让她看上去格外温柔秀丽。

陆焯峰说："许个愿？"

明烛点点头，闭上眼睛许愿。安晴带头唱生日歌，三个男人跟着哼了几句。

许完愿，明烛睁开眼一口气吹灭蜡烛。

“许了什么愿？”陆焯峰把蛋糕刀递给她。

明烛低头切蛋糕，小声说：“说了就不灵了，以后再告诉你。”

吃蛋糕的时候安晴和贺程又吵起来了，他们吵架的理由总是莫名其妙，明烛都没明白他们怎么又吵起来了。安晴一屁股坐到沙发上，闷闷不乐，喝了一杯酒，喝完又要去倒。贺程一把夺走酒瓶，说：“有你这么喝酒的吗？这么喝下去，不到半小时就醉了，明天你还要表演节目，这样去团里是想挨骂？”

安晴想将酒瓶抢回来，说：“醉就醉，不要你管。”

贺程冷哼一声，道：“不要我管？行，你今晚就睡在这儿，看我管不管。”

“不管就不管！世上又不是只有你一个男人愿意管我。”安晴大声道，把酒瓶抢过来。

“你再说一次？”贺程彻底黑了脸。

徐敬余既不喝酒又没女人陪，饶有兴致地看他们吵架，说：“你们俩干脆打一架得了。”

贺程笑了一声：“你们给我们清场吗？难道你还想当观众？”

徐敬余冷哼一声，起身出去了。

陆焯峰在明烛的耳边说：“没事，贺程要是想哄，几分钟就能哄好。”

明烛一愣，想想觉得也是，小声说：“那安晴还挺好哄的。”

“嗯，你比较难哄。”他笑着调侃道。

“是吗？”明烛看了他一眼，觉得自己没有很难哄，哼了声，“我的气是积攒了五年的。如果……如果你早点儿哄我，我比安晴更好哄。”

陆焯峰伸手在她的后脑勺上揉了揉，低头看着她，问：“现在还有怨气吗？”

明烛摇摇头，道：“没有了。”

陆焯峰笑了笑，看了看时间，已经十一点半了。徐敬余也不知道干什么去了，半天没回来。陆焯峰瞥了一眼沙发角落还僵着的安晴和贺程，说：“安晴，把老宅的钥匙给我。”

安晴愣了一下，说：“你要回老宅吗？”

“回去拿个东西。”

陆焯峰本来没打算回去，不过现在决定回去一趟。陆家老宅跟贺家、徐家在一个大院里，安晴有钥匙，定期让人去打扫。

陆焯峰："家里没什么变化吧？"

"没啊，你上次回去什么样，现在就什么样……"安晴忽然想起什么，"对了，前段时间我跟贺程吵架，回去住了一晚，整理了一下书柜和初高中的课本，发现了很多你的情书。"

陆焯峰眉头一皱，说："什么东西？"

明烛转头看着他，问："你高中的情书到现在还留着？"

"不是，我……"陆焯峰皱眉，不知道怎么解释，看向安晴："我什么时候有过很多情书？"

安晴无视贺程冷酷的眼神，又喝了半杯酒，笑眯眯地说："你不知道？以前很多人把情书给我，让我带回来给你，还跟我套近乎。不光有你的，还有贺程和徐哥的。你们都不收，我就一直放在柜子里，差不多有一柜子呢。"

陆焯峰："……"

贺程："……"

明烛看了看陆焯峰，淡淡地说："我以为你只招女医生喜欢，原来高中的时候就挺招人的。"

这件事陆焯峰是真的不知道。他被冤枉了。

安晴把钥匙掏出来，道："我把情书给你们归类好了，你的我放在书房的柜子里了。"

贺程冷声道："你可真够体贴的。"

陆焯峰接了安晴抛过来的钥匙，懒得理那两个人了，拉着明烛走了。路上，陆焯峰扶着方向盘，直视前方道："我爷爷很喜欢安晴，安晴小时候在我们家住的时间最长，我爷爷去世后她才去了贺家。爷爷去世前说陆家就是安晴的娘家，要是她以后被男朋友或老公欺负了，就回陆家。安晴有老宅的钥匙。"

明烛点头道："我知道，不会再误会了……"顿了一下，好奇地问，"你回去拿什么？"

"等会儿你就知道了。"

第十一章
恋爱都是甜的

大院，陆焯峰把车停在家门口，带明烛进去。

陆家老宅挺大的，书房和陆焯峰的房间都在三楼，陆焯峰直接带她上去。

此时已经夜里十二点多了，明烛上楼后，站在男人的房间门口往里面扫了一眼。房间里很干净，床上没有铺床单、被套。

她取下围巾、脱掉外套，陆焯峰帮她挂好，带她走到柜子前，拉开抽屉拿出一个东西给她看。明烛好奇地看过去，发现他的手上拿着一条项链，吊坠是颗真的子弹。

她愣了愣。类似的项链她有一条，那是徐睿给她的遗物，是陆焯峰第一次去镇上的时候带给她的——陆焯峰说那是徐睿的勋章。

陆焯峰靠着桌子看着她，笑了一下："我们以前的随队军医有个手艺，每个战士第一次中枪取出来的子弹，他都会帮忙做成项链。"陆焯峰把那颗子弹放到她的手里，继续道，"这是我的。"

明烛低头看着那颗子弹，明显比徐睿留给她的那颗要长。

陆焯峰把人搂到怀里，对她说："我的也给你。"

明烛摸着手里的子弹，仰头问："你第一次中枪的时候多大？"

"二十二岁。"

八年了。

“我会好好保存的。”明烛抱住男人精瘦结实的腰，脑袋在他的胸口上轻轻地蹭着，“以后要小心一点儿，尽量不要让自己受伤。不过就算你受伤了也没关系，我会照顾你的。”

陆焯峰低头盯着怀里温柔的女人，胸口热气翻腾。他捏住她的下巴微微一抬，用力吻住她的唇。明烛嗯了一声，很快仰头回应他。下一秒，他更热烈地吻住了她。

她紧紧闭着眼，陷入他的热吻中，只觉得天旋地转，脑袋里晕乎乎的，什么都不想。陆焯峰咬着她的唇，从嘴角吻到脸颊，在她的耳朵上落下轻吻，气息炙热，嗓音低哑：“太晚了，今晚在这里睡？”

他一口咬住她的耳垂。

明烛轻颤，嗯了一声。

他亲吻她的脖子，说：“睡在我的房间，我给你铺床……”

“嗯……”她又是一抖。

陆焯峰在她的脖子上轻嘬了一口，直起身揉揉她的脑袋，把人按在椅子上，走到衣柜前翻出干净的床单。明烛满脸通红地坐在椅子上，目光随着他的身影移动。他的动作干脆利落，她还没回过神，他已经把床铺好了。

陆焯峰站在床边，看了她一会儿：“要洗澡吗？”

“要。”明烛站起来。

陆焯峰走到浴室，从柜子里拿出干净的毛巾和牙刷，又给她调了水温，在浴室门口问她：“穿我的睡衣？”

明烛的脸红了。她说：“好。”

陆焯峰很少在家里住，但以前的衣服还是有一些的。他拿出衣服闻了一下，没什么味道，把衣服放在浴室的篮子里，好笑地看着镜子里脸色绯红的姑娘，说：“以前的睡衣，有些旧，勉强能穿。今晚将就一下？”

“嗯。”她点头，扶着门要关上，“你先出去。”

陆焯峰低头笑笑，转身走了。

其实安晴的房间里有女装，以安晴跟贺程吵架的频率，估计她每隔两个月就得跑回来一次。但那到底是女孩子的房间，陆焯峰不方便进去，也不想给安晴打电话，省得她在电话里乱喊。

陆焯峰的衣服对明烛而言太大了，她腰细，得在裤腰那里打个结，才能保证裤子不往下掉。她走出浴室，陆焯峰瞥了她一眼，笑出了声。

明烛撇嘴："笑什么？"

他走过来说："没事，先去躺着，我去洗洗。"

咔——浴室的门关上了。

明烛揉了揉脸，爬上床，拉起薄被盖住自己，想了想又爬起来把灯关了。

黑暗中，她的心怦怦直跳，几乎盖住了浴室里传来的水声。她将自己蒙在被子里，几乎快冒烟了，就在此时，门咔一声开了。

陆焯峰看了一眼黑漆漆的房间，微微挑眉，出去把走廊和客厅的灯全部关了，最后靠在护栏上思考自己是不是应该出去买个东西。

窗外寒风呼啸，他现在从这里出去，来回至少要半个小时。黑暗中，男人深深地吸了口气，转身回到房间。

房门上锁的声音传入明烛的耳中，她的心跳几乎停滞。

窗外隐隐透进一丝亮光，床内侧鼓起一个小包，小姑娘给他留了大半张床。他弯下腰，双手撑在床上低声问："睡着了？"

明烛没回应，陆焯峰适应了黑暗，视线变得清晰。他叹了口气，掀开被子上了床，把人抱进怀里，低头吻了吻她的额头，说："我知道你没睡着。"

怀里的姑娘转身抱住他，小声应道："嗯。"

"今晚喝了酒，有没有不舒服？"

她喝了三杯红酒。陆焯峰要开车，就没碰酒，刚才吻她的时候就闻到她的身上有淡淡的红酒味。

她摇头。

陆焯峰捋捋她的头发，明烛忽然抬头亲了一下他的下巴。陆焯峰一顿，没动。小姑娘又学他平时亲吻她的样子，从下巴往下一直吻到他的喉结上——她早就想那么做了！下一刻，男人忽然翻身，把她压在身下。他撑在她的上方，一下一下地拨弄着她额前的碎发。他的脸距离她不到十厘米，炙热的呼气悉数喷洒在她的脸上。明烛的心都快跳出来了。时间越久，她越觉得煎熬。

她搂住他的脖子，陆焯峰低头咬住她的唇。她身上穿着他的衣服，每一颗纽扣都是他熟悉的，他轻易便解开了束缚。

明烛闭上眼睛，摸着他的头发，有些扎手，有种异样的刺激感，却远比不上他在她身上的感觉……

“陆焯峰……”她轻喘着喊他的名字。

“嗯？”陆焯峰伸手在她的腰上试探，解开了那个结。

“你高中时早恋过吗？”

“没有……”

明烛轻轻一颤，觉得腰上有些痒，知道那个结解开了，裤腰松松垮垮的。她忍不住想说话，缓解内心的紧张：“那你遇见我之前，都没有谈过恋爱吗？”

陆焯峰觉得喉间干涩发痒，一边用手细细地感受她细致柔软的身体，一边说：“没有，你想说什么？”

男人的指腹十分粗糙，引得她频频轻颤。她说：“我就是想问，你以前是不是没做过？”

“没有。”他回答得很快。

“嗯，那……你这不叫破戒。下午你说破戒，说错了……”明烛闭上眼，两人的身上已经不着寸缕了，身体紧紧地贴在一起。

男人的身体紧实坚硬，每一寸肌肉都起伏得恰到好处，身上的热度十分烫人。

“嗯？”陆焯峰嗓音微哑，似乎已经忍耐到了极限。

她头昏脑涨，大脑极慢地运转，跟喝醉了似的，红酒的后劲也这么足吗？她已经快失去思考能力了，紧紧搂着他的脖子，说：“你下午说错了，不是破戒，是……是破处……”

陆焯峰蒙了几秒，声音嘶哑：“嗯，你说得对。”他起身想去开灯，想看看她。

明烛脸色通红，眼底泛起水汽。她感觉到他直起身，连忙问道：“你去哪里？”

“开灯。”他揉揉她的脑袋，但还是问了句，“可以吗？”

半晌，她轻轻地嗯了一声。

刚起身摸到开关，耳力极佳的陆焯峰便听见楼下传来高跟鞋的声音，顿了一下。

楼下有人怒喊道：“你给我站住！”

安晴：“你别跟着我！”

陆焯峰闭了闭眼，咬紧牙关，这两个神经病大半夜来这里干吗？

明烛躲在被子里，有些疑惑地露出一双眼睛。大门打开后，她才后知后觉，紧张地问：“有人来了吗？”

楼下，安晴把楼梯踩得噔噔作响，一下跑到三楼。走廊上传来撕扯和吵架的声音。

安晴说：“你放开，死流氓！不是说不管我了吗，那你跟过来干吗？”

“你说呢？”贺程柔声道，“行了，不吵了，嗯？”

“你干吗？！这儿是走廊……”

“哪里不行？又没人。”

“回房间，这里没……没套。”

一切已经超出了陆焯峰的预期。陆焯峰彻底黑了脸，真想出去骂一句，你们都瞎了吗？没看见他停在楼下的车吗？这两人是不是有毛病啊，有家不回，跑到这里来闹，真的把离家出走当情趣了？！

明烛咬着被角，满脸绯红，伸手去拉陆焯峰。陆焯峰抿紧了唇，猛地翻身压了回去，吻住她的唇。明烛往被子里缩了缩，尴尬至极，小声问：“他们……今晚是不是不走了？”

陆焯峰一口咬在她的耳垂上，嗓音低哑：“嗯，疯了。”

门外的声音越来越大，明烛浑身发颤，推了推他：“你……有买安全套吗？”

“没有。”陆焯峰几乎是咬牙说出这句话的，听起来郁闷至极。

明烛从来没听过他的这种声音，忽然觉得有些好笑。

他在她的腰上掐了一把，说：“还笑？”

他本来没打算在这里住下，打算带她回另一套公寓的。

门外，声音渐小。砰的一声，门关上了。

安晴和陆焯峰的房间隔着一个走廊，安晴的房间在尽头，隔得远，世界安静了。

陆焯峰咬着她的唇，有些粗暴、用力，像是在宣泄。明烛闭着眼承受着，搂着他的脖子，心一横，说：“要不，来吧……要是有了就先斩后奏，外婆那边……”

“说什么呢？”陆焯峰瞬间清醒了，揉了揉她的脑袋，坐起来拉起被子盖住她，俯身在她的唇上亲了亲，“别闹，不想委屈你。”

“其实，不委屈……”她小声说。

陆焯峰叹了口气，又笑了一声，道：“别闹，要是我过段时间去外地出任务，什么东西都没来得及为你准备，我会想打死现在的自己。而且，外婆不是给你准备了嫁衣？要是有了，你穿不上嫁衣了怎么办？我想看你穿嫁衣的样子。”

他支着腿靠在床头平复情绪，心头那股火怎么也压不下去。两分钟后，他站起来，去了浴室。明烛等了很久也没等到人回来，找到衣服穿上，在床上翻来覆去，渐渐睡着了。

第二天，天未亮，陆焯峰几乎一夜没睡，轻手轻脚地下了床。

他在桌上摸到纸和笔，借着手机屏幕的光写了几行字，把字条放在枕边，低头亲了亲明烛，替她掖好被子。关上门后，陆焯峰倚在护栏上给贺程打了个电话。铃声响了很久，电话才被接通，贺程骂了句：“谁啊？天还没亮……”

“我。”陆焯峰淡淡地出声。

贺程顿时被吓醒了，拿下手机看了一眼，忙把手机贴到耳边：“陆哥，这么晚，不是，这么早，是不是出什么事了？”

陆焯峰点了根烟，吸了一口，语气依旧淡淡的：“从窗口往楼下看一眼，是不是有辆车？”

贺程有些疑惑，不过还是去窗口看了一眼，借路灯的光，看见了那辆停在院子右侧的车，正是陆焯峰的车。贺程瞪着那辆车，咳了声：“哥，你在哪儿？”

“看见了？”

“看见了。”

“那你昨晚怎么没看见？瞎了吗？”

“……”

昨晚贺程跟安晴一人打了一辆车过来，他追着安晴，哪儿有心思看院子里有没有车？再说，他们都以为陆焯峰回来拿个东西就走了，屋子里又黑漆漆的，谁知道……

陆焯峰将手压在护栏上，嗓音低沉："你出来，我在护栏这边。"

"啊？"

贺程彻底蒙了，仔细想了一下昨晚的放浪行径，觉得自己可能坏了什么好事……又或者，他跟安晴在走廊上说的那些没羞没臊的话让明烛难为情了？

陆焯峰把电话挂了。

走廊尽头的门打开了，贺程走出来，看见陆焯峰，讪笑道："你昨晚没走啊？我以为你拿东西后就走了。"

陆焯峰瞥了他一眼，冷哼道："听上去你挺失望的？"

贺程忙说："没有……没有。"

贺程看了看陆焯峰，总觉得不对劲，陆焯峰的脾气有点儿大啊！

贺程识趣地没说话，二人安静了一会儿，陆焯峰把烟掐了扔进旁边的垃圾桶，说："你跟安晴早点儿回去，别跟明烛碰上了。明烛脸皮薄，要是早上跟你们碰上了会不好意思的，以后见面尴尬。"

贺程咳了一声："嗯，我知道。"

陆焯峰浑身燥热，怒道："愣着干吗，还不走？"

早上八点，明烛醒来的时候下意识地往旁边看，没看见陆焯峰，却看见枕头上有张字条。

陆焯峰的字很好看，明烛捏着那张字条看了好几次，才掀开被子下床，忽然想起昨晚半夜闯进来的安晴和贺程。她有些窘迫，也不知道他们走了没有，万一跟他们碰上就太尴尬了。

其实，她的担心多余了。贺程和安晴早在两个小时前就被"赶"出去了。

明烛小心翼翼地打开门，门外静悄悄的，好像没有人。她暗自松了口气，洗漱好之后，小心地关门离开。

回到家后，明烛换了身家居服，喝了杯咖啡，吃了两片面包，随后窝在书房里改剧本。

微信群里一大早就很热闹。

姜导询问了工作进度，明烛汇报了一下。

姜导说："机票已经订好了，过几天就出发，大家准备一下，手头上的工作也抓紧时间做完。"

电影的拍摄地还没确定，主创团队要出国进行实景考察，做前期准备。

明烛正要关掉对话框，唐馨单独给她发了条信息："昨天晚上一条消息都没回，干吗去了？"

明烛顿了一下，然后回了句："陆焯峰休假。"

唐馨立即发了几个兴奋的表情过来，接着说："你昨晚是不是没回家？肯定是！昨晚我跟欢欢聊了那么多，你一声不吭。说吧，你们发展到哪一步了？陆队那方面怎么样？"

哪一步……

怎么样……

昨晚，明烛没等到陆焯峰，自己先睡着了。陆焯峰回到床上的时候，她迷迷糊糊间醒了一会儿，然后被他抱进怀里。

她嘟囔："你怎么这么久？"

"睡着了？"他低头一下一下地轻吻着她。

"嗯……"她一把抱住他，脑袋在他的胸口处蹭了蹭。男人的身体有些凉，她抬手在他的胸膛上摸了摸，说："你洗冷水澡了？"

陆焯峰嗯了声。他平常就洗冷水澡，即便是冬天也这样，冷水、热水对他来说区别不是很大。

明烛紧紧地抱着他，又嘟囔："那我抱你，我很暖和。"

陆焯峰笑着低声道："好。"

明烛抱着他，手在他的身上不断地摸索，似乎对他身上的每一寸肌肉都极为迷恋。他们第一次接吻的时候她也这样。

陆焯峰一身的火气又要被她摸上来了。他按住她的手，低声警告道："再乱摸我就出去一趟，从路口直走几公里有一家二十四小时营业的药店。"

半梦半醒间，明烛睁开眼睛仰头看着他，半晌又闭上眼睛，脑袋在他的胸口处蹭了蹭，说："很晚了，还是别去了……"

而且，安晴和贺程也在，陆焯峰要是出门，动静肯定不小。四个人大半夜面面相觑的场面实在尴尬。

一整晚，明烛都觉得自己像是贴着个火炉。如果不是她抱着他不放，陆焯峰也许半夜真的会出去一趟。

明烛咬着下唇，慢慢打字，回复唐馨："很好。"

唐馨还没来得及说话，又看见明烛发了条消息过来："不过还没到那步。"

唐馨眨眼，他们还没到那步，明烛就夸上了？这果然很符合明烛的个性。只要是明烛喜欢的人，怎么样都是好的——明烛简直护短得不行。

明烛的生日是十一月二十一日，唐馨本来想提前给明烛过生日的，奈何尤欢出差了。等尤欢回来，明烛的生日已经过了两天。

唐馨一边琢磨剧本一边给明烛发微信，约明烛出来吃饭。但唐馨一个不留神，把消息发到群里去了。等唐馨发现的时候，消息已经撤不回来了。

林子瑜说："明烛过生日？那我们一起庆祝一下好吗？反正明天要去机场，今晚得收拾行李，做不了其他事。"

唐馨懊恼得不行。

明烛没办法，只好说："好，我请你们吃饭。"

当天晚上，主创团队约好在餐厅聚餐，唐域也来了。明烛正跟唐馨一起翻看菜单，看到唐域，有些意外，悄悄问唐馨："你叫唐域过来的？"

唐馨最近发的朋友圈风格有些奇怪，不知情的还以为她有多穷呢，连她爸妈都打电话过来问她是不是没钱了。只有明烛和尤欢知道，唐馨缺的不是钱，是唐域。

"嗯，我随口问了他一下，没想到他真的答应了。"

唐馨的身旁有个空位。她看了一眼唐域，眼神有些热切，但自己并未察觉。

唐域往唐馨这边看了看，顿了一下，走了过来。

唐馨抓着明烛的手，歪头小声问："你说，他这次来是为了给你过生日，还是因为我叫了他？"

明烛笑道："因为你。"

"真的？"

唐馨前两天去公司时在门口跟唐域碰上了。自从上次她厚着脸皮跟着他去医院看唐海程后，唐域对她的态度就有些不一样了。唐域像是察觉到了唐馨的心思，跟她在一起时更小心翼翼了，不再像以前那样随意地打击她了。唐域是怕伤了她的心吗？唐馨研究了好久，也不知道这算不算他们之间的进展。

明烛点头："嗯，他刚才往这边看的时候，先看到的人是你。"

明烛相信人的眼睛是有灵魂的，你在人群中第一眼看到的那个人，一定是你潜意识里最想关注的那个人。刚才唐域的眼神确实是先瞟向唐馨的。

唐馨愣了一下，唐域已经在她旁边坐下了。她立即换上一副笑脸，道："唐总。"

唐域瞥了她一眼，嗯了一声。唐馨把菜单递给他，他没接，说："你点吧，还有谁比你更会吃？"

唐馨："说得我跟饭桶似的。"

唐域笑了声："差不多吧。"

唐馨默默地翻了个白眼，把菜单递给明烛，说："明烛，还是你点吧。"

明烛正低头看手机。陆焯峰这会儿拿到手机了，正跟明烛聊天。两人很少发信息，因为陆焯峰用手机的时间太有限了，发信息还不如打电话，还能互相听听声音。果然，明烛才回了两句，电话铃声就响了。

明烛笑了一下，拿着手机站起来，低头对唐馨说："我出去接个电话。"

唐馨："陆焯峰打来的？"

"嗯。"

唐馨看向唐域，笑了笑，说："明烛现在跟陆队的关系很稳定，你……"

"唐馨。"唐域打断她的话，"你对我是不是有什么……"

他突然不说了。

唐馨的心怦怦直跳，她磕巴了一下："什……什么？"

"你对我是不是有什么意见？我没少给你发工资吧？"唐域给自己倒了杯茶，慢悠悠地道，"你天天在朋友圈里哭穷，不知道的还以为我拖欠你工资呢。"

唐馨心想：你欠我一个男朋友，知道吗？

明烛走到包间外，找了个僻静的角落接通电话："你训练结束了？"

此时，天色已经暗了下来，陆焯峰站在办公室门外，低头看着韩靖把佟佳送往门口。风有些大，韩靖替佟佳拢了一下围巾。

陆焯峰收回目光，转身道："嗯，你现在在包间外面？"

明烛点点头，说："嗯，里面有些吵，不方便说话。"

"明天几点的飞机？"

"上午十点半。"明烛抿了下唇，"也去不了多久，最多两个星期就回来，回来后要去一趟部队。"到时候他们又可以见面了。

陆焯峰有些担心地道："那边贫民多，有些乱，偷东西、抢劫是常事。你一个人不要乱走，晚上不要出门。"

明烛笑了一下，说："我知道，没事，我们人很多。"

陆焯峰："每天给我发信息，我一拿到手机就给你回。"

明烛乖乖地道："好，都听你的。"

《反恐》的拍摄地将在S国、N国和G国这三个国家中选择，主创团队这次就是要去这三个国家考察。最近几年的战争军事片大多在这三个国家拍摄，尤其是G国——满目疮痍的景象非常适合拍摄这类题材的影片。这三个国家有个共同点：贫民多、乱。以前有剧组在那边拍摄过，抢劫和盗窃是常事。

不是每个国家、每个地方都太平。

两年前，陆焯峰跟韩靖去G国大使馆驻守，深知那边的情况，虽然这两年似乎太平了一些，但还是有些乱。他不放心，在电话里交代了很多注意事项，以及如何防身等。

"小心一点儿，嗯？"陆焯峰低声说，"别让我担心。"

明烛忍不住笑了，说："我知道，我们十几个人一起去，真的没事。”

陆焯峰舔了下有些干燥的嘴唇，说：“好了，记住我说的就行，回去吃饭吧。”

“我回来后去部队找你。”明烛说。

陆焯峰低头笑笑，说：“好。”

回到包间后，明烛把陆焯峰交代的事都告诉了他们。

姜导说：“主编剧一定要去，其他的编剧可以选择不去。”

G 国的情况姜导之前了解过，他也咨询了三年前在那里拍摄过影片的导演，陆焯峰交代的这些注意事项特别有用。

这两年出了国门就出事的人越来越多，有些连尸首都找不到。

林子瑜咬着筷子，有些犹豫：“要不我还是不去了吧……”

姜导笑了一下，说：“可以，不去的报名，我让助理退了机票。”

唐域夹了块酱牛肉，淡淡地说：“我倒是想去看看。”

唐馨马上说：“我去！明烛去，我肯定要去。”

唐域瞥了唐馨一眼。

明烛看向唐馨，故意说：“昨晚你不是这么说的。你明明说不太想去，太累了。”

唐馨的脸有些红，她死不承认：“我没这么说过吧？你记错了。”

“唐总，你也去？”姜导问，“但没订机票啊。”

唐域慢条斯理地吃着菜，道：“我明天出差，估计办完事要三天，到时候再过去。我小叔要去，他这段时间因腿伤休假了，闲不住。怎么说他也是军事指导，跟去看看，对你们有帮助。”

姜导又问了一次，除了林子瑜，其他人都决定去。

晚上，明烛给外婆打了电话。

她每个星期都要给外婆打两三次电话，这么多年都是这样。明天坐飞机的时间挺长的，她怕外婆找不到她着急。

外婆很快就接听了电话。明烛笑道：“外婆。”

外婆很高兴，说：“你什么时候回来？都几个月没回来了。”

这段时间太忙了，明烛有些愧疚：“我下个月找时间回去看你和徐奶奶，徐奶奶这几天……还好吗？”

每年徐睿忌日的这天，徐奶奶的情绪都不太好。徐奶奶总叹气，严重的时候还会生病住院。外婆欲言又止，明烛皱眉问：“怎么了，是不是徐奶奶病了？”

“唉，老毛病了，就是喘不上气。这几天气温下降，她感冒了。”外婆安慰明烛，继续说，“没事，你不用着急，你徐奶奶已经好很多了。”

明烛松了口气，但还是有些难过。她真的太久没回去了。

明烛跟外婆说了要出国的事，又交代外婆跟徐奶奶好好保重身体，随后挂断了电话。

收拾好行李，明烛躺在床上给陆焯峰发了几条信息，告诉他这次回来之后她要回镇上待两三天。

第二天，一行人上了飞机。

十九个小时后，飞机降落。

酒店已经预订好了，有专车来机场接他们。

上车后，明烛跟唐馨头挨着头，累得不行。明烛看着车窗外的景象，此时的G国是晚上十二点，夜色下，除了零星疾行的车辆，什么也看不见，有些荒凉。

唐馨：“我怎么突然有点儿害怕呢？”

明烛笑了笑，说：“怕什么？”

唐馨叹了口气：“不知道，今年吓人的事情太多了，现在一出国就觉得不太安全，还是在我们中国最安全。”她笑了一下，“有中国人民解放军啊。”

明烛想到陆焯峰，低头笑了笑，说：“是啊，有中国人民解放军。”

唐馨搂着她的肩，笑着打趣道：“还有军嫂。”

明烛还算镇定，市区里还是很安全的，但电影的选址地有些乱，位置有些偏。

同车的姜导笑了几声，说：“没事，我们这么多人，大家别走散就好。出了事有我们几个男的扛着。”

到了酒店，大家开始倒时差。

明烛跟唐馨住在一个房间，两人的时差没倒好，一晚上都没睡好。

第二天一早，众人就爬起来去看拍摄地的情况。拍摄地面积很大，几个拍摄地之间距离有些远，并不集中。一群人从第一个点开始录影、拍照，明烛也带了一个单反相机，从下车就开始拍照。

主创团队加上剧组人员有将近二十个人，一行人看起来浩浩荡荡的，像个旅行团。戴着头巾的女人、黑乎乎的孩子都好奇地看着他们。

唐馨把外套脱了，说："这里跟春天似的，天气还挺好的。"

北城现在是冬天，气温已经零下了，但G国现在的平均气温是二十摄氏度，确实像春天。明烛只穿了一件毛衣，唐馨歪着脑袋说："给我拍张照片。"

明烛笑笑，举着相机对准她。

唐馨把手机递给明烛，说："用手机拍吧，记得开美颜，我要发朋友圈。"

明烛拿着手机往后退了几步，让唐馨走到建筑物旁边。

这里的光线很好，每一座建筑物拎出来随便拍一张照片都像电影大片，很漂亮。

明烛尽职尽责地蹲下，把唐馨拍得又高又瘦，十分文艺。随后，明烛把手机还给唐馨，说："拍了十几张，都很好看。不过，你不是说发旅游照很傻吗？"

唐馨低头翻看照片，小声说："最近朋友圈的画风有点儿奇怪，唐域说不知道的人还以为他拖欠我工资了。我发两张照片，做个正常人吧。"

明烛忍不住笑了，把自己的手机递给唐馨，说："你也帮我拍几张。"

"你不是不喜欢拍照吗？"

"拍啊。"明烛走到城墙下，"拍给陆焯峰看。"

唐馨笑眯眯地打趣明烛："看看，谈恋爱的人就是不一样。"

晚上回到酒店，一群人全累瘫了，但还只去了两个比较靠近城区的拍摄点，明天还得继续。吃过饭后，大家各自回房休息。

明烛洗完澡，躺在床上给陆焯峰发消息，把今天拍的照片也发了过去，等了很久，也没等到他的回复。

唐馨刚发了朋友圈，配了九张图，包括几张风景照和两张她自己的照片。下面有一堆评论，大家都在问她在哪儿，还有人问她今天怎么不想做富婆了。

明烛跟唐馨的共同好友很多，明烛看着唐馨朋友圈下的评论，乐得不行。

过了一会儿，唐域评论道："我也想问，今天怎么不想做富婆了？"

唐馨的手一抖，她差点儿将手机掉在床上。

明烛抬头问她："怎么了？"

唐馨捡起手机，咳了声："唐域问我今天怎么不想做富婆了，我要怎么说？"

明烛坐了起来，屈着腿抱住膝盖道："你就说你想找个男朋友。"

如果不是别人也能看见，唐馨真的挺想这么回复的。但她想了想，回复道："因为老板没有拖欠我工资。"

北城，正在办公室里喝咖啡的唐域差点儿笑喷了，抽了张纸巾擦擦嘴，心情挺好的。

笑完了，他慢条斯理地回复唐馨道："老板从来不拖欠工资。"随后他将手机放到桌上，开始工作。

唐馨的朋友圈里全乱了，编剧圈内的还好，知道时光影视不可能拖欠员工工资。但唐馨的父母和亲戚都以为她前段时间没发工资，所以才一直梦想做富婆，纷纷发来慰问，还有人发来红包。唐馨的爸妈直接赏了她一个大红包。

"你这下真的成小富婆了。"明烛倒在床上笑了半天。

唐馨扑过去，道："笑什么啊！"

第七天，唐域和唐海程来了。他们坐的是另一趟航班，到达 G 国是下午，主创团队全部在酒店大堂里等候，明烛跟唐馨坐在大堂沙发上看手机。

陆焯峰还没给明烛回信息，明烛怀疑他出任务去了。

唐馨伸长了脖子往门口看，说："怎么还没来，机场到这里要这么久？"

明烛看了她一眼，笑道："一个多小时，也不算久吧。"

突然，唐馨眼睛一亮：“到了。”

门外，唐域和唐海程带着两个助理走了进来。唐海程没拄拐杖，步伐稳健。

姜导走在前面，笑道：“唐总、唐队长，大家都在等你们一起吃饭，你们先去放行李？”

唐域点了下头，说：“好。”

一行人在附近的餐厅吃饭。这是一家当地的餐厅，明烛左边坐着唐馨，右边坐着唐海程。

明烛把拍摄的场景照片拿给唐海程看，说：“穿着旗袍的小姑娘跟她爸妈会在这里出场，这里是中国公民的聚集点……”她指着一栋破败的大楼继续说，“救援队从这里突击，有问题吗？”

这些都是明烛、姜导和杜宏等人一起讨论出来的。

唐海程听得很认真，笑了笑，说：“没问题，你们选的几个位置都很好。听说你们还打算去N国，我建议你们不要去了，那边的枪械管理不如G国，很难安排拍摄用的机械坦克等。”

坐在唐海程身旁的姜导点头，道：“我们也讨论过这个问题，这几天观察下来，觉得G国非常合适。”

唐海程问了个自己最关心的问题：“主战场呢？”

明烛把手机放回桌上。姜导说：“明天过去踩点。”

前几天，主创团队在城区附近取景、踩点结束，还要去看看《反恐》剧本里最重要的几个主战场的拍摄地。

主战场的拍摄地比较空旷，选址定在域郊的几个山头。那边风沙大，比较偏僻，距离城区有三个多小时的车程。很多军事战争片的主战场是在那边拍摄的。

第二天一早，一群人便出发了。

明烛、唐馨、唐域以及唐海程坐在一辆车里，明烛一直专注地看着窗外的景色，让景色跟剧本画面重合。唐馨看向明烛，说：“我数了一下，这三天收到的红包差不多有两万块。”

明烛意有所指，问：“那你是不是应该请唐总吃饭？”

“怎么了？”坐在后排的唐域懒洋洋地问。

唐馨转头看向后排，笑眯眯地说："唐总，我托你的福发了笔小财，回去请你吃饭吧。"

唐域靠在椅子上，挑眉问："什么意思？"

唐馨解释道："因为你的那句话，我们家的亲戚都以为我真的很穷，给了点儿安慰金。这笔钱加起来挺多的，我请你吃饭是应该的。"

"你们家的亲戚可真好骗。"唐域嗤笑道。

唐馨转过脸，哼了声，道："那是善良。"

唐域笑了，那分明是傻！

几辆车在山脚停下，卷起漫天尘土。

附近有个小镇，明烛往那边看了一眼，远远地看见零星的楼房，看起来有些破败。山脚下坐着一群男人和小孩儿，皮肤黑黄，衣服破旧，身上也有些脏。那群人正紧紧地盯着他们，像盯着期待已久的猎物。

唐馨被他们盯得有些害怕，贴着明烛小声问："这些人在这里干吗？"

明烛想起陆焯峰的话，抿了下唇："可能想抢劫？"

抢劫？小孩儿也参与抢劫吗？

唐海程拄着拐杖下车，眯着眼看了看，压低声音提醒道："离他们远一点儿。"

主创团队请的是当地的司机。司机比较有经验，提醒道："没事，我们人多，他们不会怎么样的。他们是附近的贫民，最多就是想抢些吃的、要些钱，不会做什么过分的事。"

另一个司机说："我们留在这里看车，你们去吧。"

明烛问："就你们四个人，安全吗？"

司机说："我们坐在车上，而且都是当地人，一般不会出什么事。"

今天，主创团队这边有二十多个人，那群当地人估计不敢乱来。扛着摄像机的摄像小哥听从姜导的安排，开始取景。

明烛、姜导、杜宏等人一边走一边讨论取景问题。唐海程虽然有一条腿装着假肢，但看起来依旧健壮，走得不怎么吃力。众人讨论的时候，遇上专业问题都会问一下唐海程。

唐海程停住脚步，站在半山坡上扫了一眼，笑道："这个地方倒是挺合适的，还真有点儿像当年的那个地方。”

姜导笑道：“这里确实很适合拍电影。”

唐海程忽然转头看向明烛，问：“对了，你跟陆焯峰现在谈着呢？”

唐海程是听唐域说的。唐域前段时间失恋了，十分郁闷。

唐海程又往后看了一眼，唐域正在跟唐馨斗嘴。

“嗯。”明烛抿了下唇。她跟陆焯峰在一起的事不是秘密，主创团队的人都知道。

“挺好的，他今年都三十岁了，首长都催着呢。”唐海程笑了声，“我等着喝你们的喜酒。”

明烛有些不好意思，笑了一下，说：“好。”

中午，大家简单地吃了午饭，休息了一会儿后继续工作。

傍晚，姜导站在山坡上，踩着一块岩石大声喊道：“行了，今天先回去吧，天黑了不安全。”

众人回到山脚下，那群男人和孩子还在那里。

明烛问司机：“他们没离开过？”

司机说：“下午闹了一阵，男人和小孩儿围着车使劲拍窗户，好在没用石头砸玻璃。你们快上车。”

大家上车后，那群人也站了起来。司机连忙把车开了出去。

明烛所在的这辆车开在最前面。她靠着窗户，看着后视镜里的男人和小孩儿，有不好的预感。忽然，后视镜里的两辆车猛地晃动了几下，停了下来，像是爆胎了。

明烛连忙大声喊：“司机，停车。”

车子正在上坡，准备拐上正道，四周全是岩石、黄土。前些天下过雨，有的地方泥泞难行，岩石分布错乱。司机显然也看见后面的情况了，刚打方向盘，正要一脚油门上坡，突然砰砰两声，右侧的两个车胎同时爆胎了。

车身连晃动都来不及，两个车胎迅速瘪了下去。明烛跟唐馨控制不住地尖叫了一声，车往右方侧翻的时候，唐海程大声喊：“抱住脑袋！”

明烛立即抱住脑袋，在车子猛地翻下去的时候，奋力地转了个身，背对着玻璃。

车身狠狠地往下砸，玻璃撞上岩石碎了，玻璃碴飞溅。明烛感觉自己的背上传来一阵阵尖锐的疼痛感，脸都白了。车身晃动了几下，不动了。

唐域忙问道：“你们怎么样？”

唐馨赶紧道：“我还好，但明烛好像……”

唐馨原本趴在明烛的身上，一起身便看见明烛脸色苍白，疼得直抽气。唐馨闻到了一丝血腥味，忙问：“明烛，你哪里受伤了？”

明烛红了眼眶，嗓音发颤：“玻璃扎到肩上了……”

“怎么办啊？”唐馨急得直掉眼泪。

唐域想拉开车门，拉不动，沉声道：“司机，开锁。”

司机还没缓过来，磕到了脑袋和手，整个手臂都是麻的，按了开锁键。

此时，一直等待机会的男人和小孩儿迅速围过来，嘴里说着本地的语言。司机听得懂，那些人在要钱，所有的钱。

除了明烛所在的这辆车，其他车没翻。一群人下了车，围到这辆车前。

那群男人中有人拿出了刀，说：“我们只要钱和食物。”

姜导和杜宏忙把车门打开，唐域、唐海程出来后，又把唐馨弄出来。最后，唐域才小心翼翼地把明烛抱出来。明烛的背上、肩膀上扎进了两块玻璃碴，伤口处正流着血，背上白色的毛衣都被染红了，看着有些吓人。

姜导皱眉问：“唐总，现在怎么办？”

现在的情况不好处理，除了明烛，司机也受伤了，五辆车中有三辆车爆胎。现在大家肯定不能跟那帮人在这里纠缠，必须快点儿回去。

唐域刚才磕到了脑袋，但没受伤，已经缓了过来，走到前面对司机道：“跟他们说，给钱可以，但不可能全部给，只给现金。”

司机把唐域的话转达给那群人。那群人显然有些不满意，又叽里呱啦地说了一堆。司机转达道：“他们要所有的食物。”

车上有医药箱。明烛靠着车，唐海程正在给她看伤口，皱了下眉。如果受伤的是个战士，这点儿玻璃碴，唐海程直接就给取了，把血止住后回酒店再处理。但明烛是个姑娘，处理不好就会留疤……

唐馨的眼眶还红着，她问明烛："你怎么样？"

明烛疼得都不想说话了，摇头道："没事，就是疼。"

唐域一边跟对方交涉，一边安排司机把轮胎换了。随后，他们把大部分现金和所有食物留下，那群人抱着东西走了。

唐海程简单地处理了明烛的伤口，血暂时止住了。明烛坐上一辆没爆胎的车，身上疼得有些麻了。

司机正在换轮胎。大家沉默了一会儿，姜导叹了口气，道："没想到还真让我们遇上这种事情了。"

当地司机刚才说贫民一般不对团队下手，那群人可能是被逼急了，或者是觉得他们人多、钱也多，一时起了贪念才会出手。只能说，他们的运气太差了。

唐域看了看脸色苍白的明烛，又看向红着眼眶的唐馨。唐馨的手上也沾了血，他刚才还以为那是明烛的血，细看后才发现唐馨的手上有一道口子。

他皱了下眉，走过去说："你的手也被割了？"

唐馨正在医药箱里找创可贴，闻言，抬头小声道："嗯，没事。"

"来，我看看。"他拿起她的手，看到她掌心里的那道伤口，不深也不浅，血已经止住了。

唐馨愣住了，呆呆地看着他。唐域拿生理盐水给她冲洗伤口，瞥了她一眼，说："看什么？难道你想让明烛给你处理？"

唐馨红着脸，没吭声。

唐域找到创可贴，将其贴在唐馨的掌心，道："好了。"

半小时后，轮胎换好了，车子重新上路。

明烛那辆车上的司机受伤了，换了个摄影小哥开车。明烛趴在唐馨的腿上，脸色依旧苍白。

三个多小时后，众人赶到医院，医生给明烛处理好伤口，安排她住进病房。取景、踩点的工作还没做完，主创团队还要在G国待几天，但明烛现在肯定没办法去了。唐域看了一眼明烛，问："我后天回国，你跟我一起回去？"

明烛趴在病床上，麻药的药效过了之后，伤口又开始疼了。她脸色苍白，连唇色都淡淡的。明烛看向唐馨，唐域也看过去，笑道："唐馨也一起走吧，反正你在这里也没用。”

唐馨要被气死了，心想：你才没用呢！

明烛笑了下，拉住唐馨的手说：“你陪我一起回去吧！”

唐馨本来也是这么打算的，道：“嗯，反正我在这里也没用。”

大家笑了起来，一起在病房里吃了晚饭，留下唐馨陪床，其他人一起回酒店。

两天后，明烛、唐馨和唐域上了回国的飞机。

下了飞机，唐馨才松了口气，道：“还是我们国家好，一回到这片土地，我就觉得心都安定了。”

“是啊。”明烛也叹了口气，坐了近二十个小时的飞机，伤口隐隐作痛。

手机开机后，明烛查看了一下信息，陆焯峰还没给她回信息，大概是出任务去了。她说不上来是什么感觉，就是很想他。

唐域看向她们，说：“先送你们回去吧。”

明烛点头道：“麻烦唐总了。”

回到家后，明烛小心地洗了个澡，连饭都没顾得上吃，趴在床上睡着了。

云南边境。

陆焯峰站在山脉下，看着彭戈和张武林把人押过来。那人满眼都是红血丝，正是在上次的暴恐事件中逃出边境的罪犯。陆焯峰笑了声，问：“还跑吗？”

那人骂了句脏话。

陆焯峰冷哼道：“带回去吧。”

陆焯峰转身走在前面，嘴里叼着根草，慢慢地嚼着。张武林今年年底通过了考核，正式成为突击队队员，押着人跟在陆焯峰身后，咧嘴笑道：“队长，我算不算立功了？”

“不算。”

“好吧，那我继续努力。”

彭戈拍拍张武林的肩，笑了声，道：“刚进突击队就想立功，这么积极啊？”

张武林嘿嘿笑了几声，说：“是啊，想在女朋友的面前炫耀一下，看我多厉害。”

彭戈大笑道：“懂你。”

陆焯峰勾了下嘴角，头也没回，道：“快点儿，今晚还要赶回北城。”

陆焯峰快离开两个星期了，不知道她回来了没有。

前些天，陆焯峰接到任务，边境附近的村庄里被埋了炸药，有村民被炸死了。本来大家以为又是一起暴乱事件，赵远带队搜寻了几天，没搜出结果，倒是有村民说看见一个不认识的男人，举止可疑。陆焯峰赶到后问过那个人的外貌特征，基本确认是上次逃到境外的男人。那个男人狡猾得很，陆焯峰和赵远费了一番力气才把人引出来。最终，那个男人被抓住了，这个案子可以彻底结了。

陆焯峰回到北城军分区，已经是晚上十一点了。他先去了一趟办公室拿手机，一开机就收到不少信息，点开后发现明烛发来的最新一条微信是昨天下午三点。

明烛：“我回来了，刚洗完澡。现在好困，伤口有点儿疼。我先睡一会儿，待会儿去医院换药。”

陆焯峰脸色微变，连前面的信息都没来得及看，直接打了电话过去。

明烛正在看杜宏给她发来的照片和视频，手机铃声忽然响了。她深吸了一口气，接通电话。

电话那头的男人嗓音低沉，语气很急：“伤哪儿了？”

明烛的眼眶忽然红了，她轻轻地吸了一下鼻子，低头盯着电脑屏幕小声说：“肩膀上，已经不怎么疼了。你回来了吗？”

陆焯峰拧紧眉头，嗓音有些哑：“不疼你哭什么？”

明烛动了一下鼠标，觉得肩膀有些疼，但想了想，还是说：“我给你发了很多信息，但你一直没回。我知道你在出任务或者在忙，就是……有点儿想你了。”

陆焯峰松了一口气，说：“怎么伤的？”

明烛把事情说了一遍，怕他担心，又说："没事，已经好很多了，你不用担心。我买了明天早上的票，回镇上看外婆和徐奶奶。徐奶奶前两天住院了，不过是老毛病。"

陆焯峰又紧张起来了。他知道G国那边不太平，但没想到她真的出了意外。他低头舔了下嘴角，问："明天早上几点？"

"八点半。"明烛笑了笑，"我就回去两天，姜导他们也快回来了，到时候会去一趟部队。"

陆焯峰转头看向窗外，窗外风声呼啸。他笑着低声问："你刚说有点儿想我？"

明烛小声说："嗯……"

"我也想你。"他接着又补充了一句，"不是有点儿，是很想很想。"

她坦诚地小声说："其实我也不是有点儿想你，是很想你。之前说错了，我收回。"

陆焯峰笑着低声道："好，我当没听见之前那句。"

明烛嗯了一声，把电脑关了，起身走进卧室，说："那……我去睡觉了，过几天见。"

陆焯峰现在是真的很想她，想看看她的伤到底严不严重，但又没办法去找她。他轻吸一口气，道："好，去睡吧，晚安。"

挂断电话，陆焯峰靠着桌子抽了根烟。

韩靖走进来，瞥了他一眼，问："不是抓到人了？你在愁什么呢？"

陆焯峰掐灭烟，拉开椅子坐下，低头翻看明烛之前给他发的消息，翻到一张照片时顿住了，盯着那张照片看了很久。半晌，陆焯峰才说："没什么，想女朋友。"

韩靖嗤笑出声："理解！不过他们不是去G国了吗？回来了？"

陆焯峰把照片存到手机里，说："是啊！"

第二天上午，陆焯峰跟王国洋汇报工作。

王国洋听完后说："我听说主创团队在G国被难民围攻了，明烛受了点儿伤，没事吧？"

陆焯峰脸色微沉，道："我还没见过她。"

王国洋一愣，笑着挥挥手："下午准你放假，你去看看她。好不容易有个女朋友，别搞丢了。"

明烛回到汉君绣坊，只有一群绣娘在，外婆去医院给徐奶奶送饭了。她把行李放下，饭也没吃，给外婆打了电话后就去了医院。

外婆接到电话后就一直等在病房门外，一看见明烛，眼睛都笑得眯成了一条缝："丫头啊，这里。"

明烛快步走过去抱了抱外婆，小声埋怨道："你怎么到外面来了，多冷啊！"

外婆搂着她说："想你了！走吧，你徐奶奶刚吃饱饭，精神还好，正等着你呢。"

明烛走进病房，躺在病床上的徐奶奶立即笑了，对明烛招招手，道："明烛啊，来，给徐奶奶看看。"

"徐奶奶，你瘦了。"明烛看着她道。

"生病了哪能不瘦？下午就要出院了。我昨天就想出院，你外婆坚持让我多住一天，其实我的身体很好。"徐奶奶继续道，"在医院里待得太闷了，我不习惯这股味道。"

明烛在床边坐下，握住她的手说："那我们等会儿就去办出院手续。"

明烛刚才问过医生了，徐奶奶就是犯老毛病了，可以回家慢慢休养。明烛陪两个老人聊了一会儿，在医院解决了午饭，随后去给徐奶奶办了出院手续。

回到家，明烛帮徐奶奶整理好床铺，扶着她躺下，坐在床边陪她聊天："徐奶奶，你累不累？"

徐奶奶笑着摇头，道："不累！明烛啊，都年底了，你交男朋友了没有？你外婆都急了。"

明烛咬了下唇，没说话。她在想，要怎么跟外婆和徐奶奶说呢？她要直接说自己的男朋友是陆焯峰？

外婆坐在床边的椅子上看了看明烛，叹了口气："这丫头之前还说今年会交个男朋友，带回来给我看……我就知道她又是哄我的！"

"外婆！"明烛道，"我有男朋友了。"

外婆和徐奶奶一愣。外婆有些不敢相信："真的？"

明烛点头道："真的。"

外婆和徐奶奶面露喜色，刚要问清楚——

院门的方向传来咯吱一声响，三人顿了一下。

徐奶奶说："谁来了？明烛，去看看。"

明烛站起来，走到客厅，看见院子里多了个高大挺拔的男人，顿时愣住了。男人面容英俊，嘴角含笑，静静地看着她，眼底的那抹柔情怎么也散不开。

她瞪大眼睛，有些不敢相信。

他站在她面前，摸着她的头低声问："怎么这个表情，看见我不高兴？"

明烛抬头看着他，小声说："没，我就是没想到，我刚说到男朋友，你就来了。"

第十二章

他的心心念念

十二月，冬。

江南小镇的冬天总是冷得有些刺骨，今天却出了太阳。阳光如碎金子般洒在院子里，有种岁月静好之感。

陆焯峰摸着她的头，将她从头到尾仔细地看了一遍，一颗悬着的心终于放下了。他往房门处看了一眼，俯身抱住她。明烛想回头看，怕外婆突然出来，刚转头就被他按住后脑勺。他在她的耳边说："说我什么了？"

她低声说："外婆问我交到男朋友没有，我说我有男朋友了。"

"丫头，谁来了啊？"外婆的声音从屋里传来。

陆焯峰在她的耳边亲了一下，把人松开，捏了捏她的手。

明烛抓住他的两根手指："先……不要跟外婆说吧。"

"嗯。"他点头，知道她的顾虑。

明烛笑了下，松开手。

两人一起走到房门处，徐奶奶和外婆看见陆焯峰的时候，同时愣住了。徐奶奶撑着身体要坐起来，陆焯峰大步走过去扶住她，往她的腰后塞了个枕头："徐奶奶。"

徐奶奶看着他，又看了看明烛，叹了口气："是不是明烛跟你说我住院了？”

“嗯。”陆焯峰站在床边笑了笑。

徐奶奶说：“我没事，就是老毛病。你在部队里忙，不用总来看我，一年能来一次就好了……”

陆焯峰给徐奶奶倒了杯水，递过去道：“正好有假期，时间也不多，明天就要走。”

徐奶奶接过水，又叹了口气：“这么赶啊。”

“没事。”他笑了笑。

外婆看了看站在陆焯峰身旁的明烛，这丫头脸上的喜悦藏都藏不住。外婆站起来说：“我去买菜，难得你们两个都回来了，今晚一起吃顿饭。”

陆焯峰说：“外婆，我去买吧。”

明烛一愣，忙说：“我陪他去吧。”

于是，两人出了院门。

屋子里安静了一阵，刘汉君看着徐奶奶，两个小老太婆无奈地摇头，同时叹了口气。刘汉君有些焦虑，在屋子里走了两圈，从房门往院外看了一眼。

徐奶奶说：“刚才忘记问了，明烛交的男朋友是谁？”

刘汉君皱着眉头，又回去坐着说：“你说，小陆是不是跟着明烛回来的？”

徐奶奶想了想，摇摇头，表示猜不透。

明烛和陆焯峰往菜市场走去。

她抬头看着他，嘴角的笑意藏不住：“你是来看我的吗？”

陆焯峰笑笑，也不管有没有认识的人，握住她微凉的手塞进羽绒服的口袋里：“嗯，本来是想去你家的，没想到你跑回镇上了，我只能追过来了。”

她低头笑了笑，没说话。

他轻声问：“伤口还疼吗？”

明烛摇头：“好多了，不碰到就不疼。”

“晚上给我看看。”他将手抄在裤兜里，正视前方，说得极其自然。

明烛愣了一下，脸有些红。她的伤口在背上，他要看……自己得脱衣服。她的思绪立刻飘远了。她心想：在哪里脱？他的房间还是她的房间？她的房间可能不行吧……他很少去汉君绣坊，更别说是去她的房间了。

"嗯？"陆焯峰见她不答，在口袋里捏了捏她的手。

明烛咬了下唇："好……"

二人买完菜回去，陆焯峰没让外婆动手，把外套脱了走进厨房。明烛跟在他身后，拿起洗菜盆，又被他抽走了。他说："你在旁边看着就行。"

明烛笑了，故意说："我记得你的厨艺也不好，说话的底气还这么足？"

陆焯峰常年待在部队，很少做饭，但每次来这里都会自己做，味道确实一般。他拧开水龙头，笑了声："比你好就行了。"

明烛在旁边看了一会儿，这个男人动作干脆利落、有条不紊，看起来真的不像厨艺一般的样子。她站在他身后小声说："等会儿外婆和徐奶奶肯定要问我，我的男朋友是谁。"

陆焯峰把鱼放进锅里，转身问她："那你怎么说？"

明烛想了想："还是下次再告诉她们吧。"

陆焯峰看了她一阵，目光掠过门口，俯身抱住她，低头去寻她的唇。

明烛瞪大眼睛，心尖轻颤，手在他的腰上抓了几下。她心想：他疯了吧？如果外婆忽然进来怎么办？

陆焯峰咬着她的唇，嗓音低哑："没事……"

明烛放松下来，轻轻抱住男人结实精瘦的腰，闭上眼睛，沉醉在他热烈的吻中。半个多月没见，陆焯峰是真的想她了，吻得格外用力。

水烧开了，发出咕嘟咕嘟的声音。陆焯峰一边吻她一边伸手把火调小。

院子里静悄悄的，明烛满脸绯红，只能听见两人亲吻时发出的声音。

饭菜上桌后，明烛尝了一口，承认他的厨艺是真的一般，跟以前一样。

四个人坐在一起吃饭，外婆果然问明烛：“丫头，你之前说有男朋友，还没说清楚呢。你真的有男朋友了，没骗我？”

明烛咬着筷子，弯起眉眼：“外婆，真的有男朋友了，没骗你。”

外婆看着她，笑着问：“那小伙子叫什么名字？做什么的？多大年纪啦？”

陆焯峰把一碗汤放到明烛的面前，淡淡地瞥了她一眼，一副“看你怎么编”的表情。

明烛抿了抿唇，跟外婆撒娇：“外婆，我跟他的关系还不稳定……你就先别问那么多了，下次我带他回来你自己问他好不好？”

他们的关系还不稳定？陆焯峰意味深长地看了明烛一眼，勾了勾嘴角。

明烛赶紧移开视线，有点儿心虚。

外婆看了看明烛，欲言又止，最后叹了口气：“好吧，你自己好好掂量掂量，主要是看人品好不好。只要工作稳定就行，能照顾你，我就放心了。”

明烛笑道：“好。”

徐奶奶看向陆焯峰，问道：“小陆，那你……有女朋友了吗？”

陆焯峰笑笑：“有了。”

明烛给徐奶奶和外婆夹了菜，不等她们问，就自顾自地说：“我见过他的女朋友，很漂亮。”

徐奶奶愣了下：“真的？你在哪里见的？”

“偶尔看见的！好啦，你们就别操心啦。”

明烛心情好，饭都多吃了半碗。

徐奶奶和外婆互看一眼，总觉得怪怪的，又说不上来哪里怪。不过，她们没有再追问，明烛也松了口气。

饭后，陆焯峰收拾碗筷，明烛陪两个老人聊天。

九点，徐奶奶睡下后，明烛也陪外婆回去了。

陆焯峰回到房间，站在房间的小阳台上抽烟，低头看着对面的院子。过了一会儿，对面的房间里亮了灯，窗帘拉开了一点儿，隐约能看见里面有一道纤细的人影。他给她打了个电话。

明烛刚抱着衣服进浴室，正在调水温，听见手机铃声，又跑回来接听："喂。"

"今天怎么回去得那么早？"男人笑着问道。以前，她哪次不是赖到晚上十一点之后，被他赶了才肯回去？

明烛走到窗前，刚拉开窗帘就看见他了。陆焯峰正靠在护栏上，双眼紧盯着她。

夜色昏暗，她透过从窗口洒出的柔光，看清了他的眼睛。她低下头道："我刚准备洗澡，等会儿……再去找你。"

陆焯峰看着她把窗帘拉上，笑道："好，去洗澡吧。"

挂断电话，陆焯峰掐灭烟头，也去洗了个澡。这次来得匆忙，他基本什么都没带，只带了自己这个人。

明烛肩上有伤，洗澡洗得很慢，等她洗完，已经快十点了。见手机振了一下，明烛赶紧擦了擦湿润的发尾，弯腰去拿手机。

"把窗户打开。"陆焯峰发了条信息过来。

她愣了一下，走到窗前拉开窗帘，对面房间的灯刚刚暗下。她有些茫然。

很快，空荡荡的院子里多了个高大挺拔的身影，明烛瞬间就明白陆焯峰要做什么了。

男人身姿矫健，双手并用爬上围墙，干净利落地从墙上跳了下来，走到她这栋楼的墙边，攀住一楼窗台的边沿一跃，迅速地爬到了二楼……

明烛看得心惊肉跳，紧紧地盯着那道迅猛的身影，生怕他一个不小心就掉下去。不过十秒的时间，她还来不及担心，男人那张英俊的脸便出现在她眼前。

他勾了勾嘴角："把窗户打开，往后退一步。"

明烛张了张嘴，忙把玻璃窗打开，往后退了一步。

陆焯峰撑着窗沿跳了进来，还顺手把窗帘拉严实了，背靠着窗台看着她，眼底含笑。明烛抬头看着他，既兴奋又紧张。半晌，她忍不住笑了，在他的胸口捶了一下："你……吓死我了，这是三楼啊，万一摔下去怎么办？"

陆焯峰捉住她的手，把人带到怀里，笑道："别担心，摔不了。"

明烛忽然想起当初在B区演习的时候，他也是这么爬上五楼把她救下来的。她觉得自己的担心有点儿多余，嘴上却不饶人：“那也别爬窗户啊。等晚一点儿，徐奶奶和外婆都睡了，我过去找你就好了……”

“开院门的声音很大，你不知道？”

这倒是，两家的院门都是木头的，有些年头了，每次打开都咯吱作响。如果外婆没睡熟，肯定能听见。

陆焯峰扫了一眼她的房间，里面比她高中的时候多了一张小沙发，其他的没怎么变。房间依旧是少女风，连床单都是粉色的，看起来很温馨。

电暖器开着，屋子里比外面暖和许多。陆焯峰把外套脱了扔到小沙发上，垂眸看着她：“伤哪儿了？我看看。”

明烛刚洗完澡，脸还红着，转身坐到床上，背对着他解开睡衣的第一颗扣子，小声说：“在肩膀上往下一点儿，其实快好了……”

她解开两颗扣子，把衣服往后拽，发现还是看不到，耳根慢慢红了。她刚洗完澡，没穿内衣，再解就……

陆焯峰站在她身后将她的长发拨到一边，目光落在她细嫩白皙的脖颈上。她的动作顿了一下，几秒后，睡衣从她的肩头滑落，卡在手臂两侧。她圆润的肩头、半个背部都暴露在空气里，漂亮的蝴蝶骨右侧，有两个贴着纱布的地方。

他在她身后坐下，轻轻摸了摸那两处伤口，手环住她的腰低声问：“会留疤吗？”

明烛的耳根红透了，她揪着胸口的衣襟，摇摇头：“不知道，没缝针。医生说要看个人体质，有些人会留疤，有些人不会。”她转头问，“你介意吗？留疤的话。”

陆焯峰看了一会儿，低头在伤口上亲了亲，有些无奈地叹了口气：“不介意，但我会心疼。”

伤疤这种东西，如果是落在他的身上，他完全不在意，但她不一样。他一看见那道疤就能想起她留疤的过程和经历，这并不是什么愉快的事情。而且，哪个女孩子愿意留疤？

“你不介意我就不怕，反正只有你看。”

陆焯峰听了心头一热，搂着她的手紧了紧，低头在她肩上咬了一口。明烛轻颤，听见他低声问：“没穿内衣？”

明烛低声道：“嗯，刚洗完澡，没来得及穿……”

“别穿了。”他笑了笑，在她的肩上又啃又咬，慢慢吻上她细白的脖子，感觉到她的身体一下子僵直了，有些紧绷。

两人虽然没做过，但亲密的次数也有几次，陆焯峰清楚明烛哪里敏感。他顺着脖颈往上吻，含住她的耳垂轻轻一咬，怀里的姑娘轻轻颤了颤，瞬间就软了。

明烛整个人靠进他的怀里，虽然想躲，但感觉自己无所遁形。她有点儿害羞，又不想拒绝他，甚至有些期待。随后，她转身抱住他，用行动告诉他自己准备好了。

陆焯峰看清她的身体，喉咙瞬间干涩，宽大的手掌护着她的肩，把人压到床上道：“你身上有伤，这么欺负你会显得我很没风度。”

明烛满脸通红，小声说：“不疼了。”

手指绕着她的长发，他低声道：“真的？现在是不疼，等会儿动起来就不一定了。”

明烛的声音更小了：“那轻点儿不就好了……”

陆焯峰定定地看着她，明烛将双手抱在胸前挡住自己，害羞得不行，也不知道他在想什么。但她肯定，他是想的……

她抱住他的脖子，柔软的身体贴上他，小猫似的去舔他的喉结。陆焯峰一下就受不了了，血气全往一处涌，低头重重地吻住她。他起身把身上的衣服脱了，露出结实有力的身躯。他平时看着高高瘦瘦的，比平常人健壮挺拔一些，衣服一脱，胸肌宽厚、腹肌整齐排列，线条极为分明。

以前明烛问过陆焯峰，如果他在做卧底的时候被抓了，敌方能看出来吗？

他说：“看对方是什么人了。一般当兵的身体素质好，肯定都有肌肉，被抓的时候你可以说是健身爱好者，也可以说是常年干活的。但是，真正当兵多年的人，训练方式是不一样的，肌肉分布也有差别，握枪的人手上的茧也是不一样的。”

明烛一直很想知道是哪里不一样，不都是肌肉吗？她晕乎乎地想，等会儿一定要让他指给她看，看看是哪里不一样。

意乱情迷之际，陆焯峰忽然清醒过来。他又没准备东西，真是……

他用余光瞥了一眼桌上的闹钟，晚上十点，还来得及。他摸摸她的脑袋："等我十分钟？"

明烛眨了下眼睛，抱住他不放，小声问："你要去买东西吗？"

他点头，想拉下她的手。

明烛不放，像是怕他丢下她似的："别去，不用买了。"

"不行。"陆焯峰坚持道。

明烛补充道："我那个快来了，安全期。"

"嗯？"

"真的。"

陆焯峰看了她一阵，又一次翻身，狠狠地吻住她。

咔嗒一声，他的皮带解开了。

陆焯峰没关灯，想看着她，她红着脸答应了，让台灯温暖的灯光笼罩着彼此。他其实不太熟练，全靠本能去刺激她，好在她敏感，稍一挑逗便动了情，浑身泛着绯色。

"陆焯峰，我有点儿怕……"他蓄势待发的时候，她却突然后悔了。

"别怕，我轻点儿，好吗？"他护着她背上的伤。

"好……"

"你说外婆会听见吗？"她担心地问。

"外婆住在一楼。"他顿了一下，笑着低声道，"只要你不尖叫，她就听不见。"

"好。"她抿紧唇，保证不尖叫。

陆焯峰低头看着她，身下用力，吻住她的唇，也堵住了她所有的叫声。明烛眼泪汪汪地看着他，是真的疼，差点儿没忍住叫出来。

清晨，天未亮。

楼下有车经过，按了喇叭，打破了清晨的宁静。

明烛整个人蒙在被子里，满头是汗，累得虚脱。她第一次在冬天出那么多汗，满眼虚浮地盯着天花板。陆焯峰慢慢地退出来，摸摸她背上那两块小纱布，低声问："还疼吗？"

明烛不知道他问的是伤口，还是……

她闭上眼睛抱住他，嗓音软得不行："不是很疼了，就是很累……"

这是第二次，他们昨晚结束得很匆忙，因为明烛疼。陆焯峰顾着她肩上的伤，没忍心，便匆匆忙忙结束了。陆焯峰垂眸看她，有些无奈地笑了下，把人抱起来往浴室走。

回到床上，明烛趴在他的胸口，迷迷糊糊地问："几点了？"

陆焯峰捋捋她的发丝，眼底的柔情浓得化不开："六点。"

"你等会儿怎么回去？还爬窗吗？"她抬头看着他。

"不然呢？"陆焯峰往窗外看了一眼，天还是黑的，他摸摸她的脑袋，"睡吧，睡醒了去隔壁找我。"

明烛点点头，眼睛一闭，就睡过去了。

陆焯峰等她睡熟，穿上衣服后翻出窗户。

陆焯峰回到房间的时候，天还没亮，灰蒙蒙的。他靠在床边抽了根烟。

他们的第一次结束得很匆忙，因为明烛当时一直喊疼，他就算有再多的力气和心思也忍了下来，盯着怀里的姑娘看了大半夜，觉得有些不真实。

他在这里认识她，也把她弄丢过。他之前说自己不后悔，忍着没回头，所以错过了很多，不知道她一直在原地等他。

兜兜转转，二人回到原点，他终于把她变成了自己的。陆焯峰觉得自己这辈子所有的运气和幸运都是她给的，一想起她，心就会变软。

七点，天渐渐亮了，徐奶奶还在睡觉。

咯吱一声，他打开院门，走了二十分钟，到明烛最喜欢的那家早餐店打包了四份早饭。店里的人有些多，他排队花了点儿时间，回来的时候汉君绣坊的大门正好打开。

陆焯峰顿住脚步，对扶着门的老人笑了笑："外婆，我买了早饭，一起来吃吧。徐奶奶差不多起了。"

外婆看了看他手上提的袋子，笑容和蔼："好，你先过去，我去把明烛叫起来。"

"等一下。"陆焯峰笑笑，"让她睡吧，早饭给她留着就好。"

外婆想了想，点头说："那让她睡吧，这丫头怕冷，一到冬天就喜欢睡懒觉，估计九点才能起来。”

两人到了徐家，徐奶奶已经起来了。

三个人一起坐在餐桌前吃早饭、聊天，基本是她们问，陆焯峰答。

徐奶奶看了看陆焯峰，笑着问：“今天什么时候走？”

“下午两点。”陆焯峰喝完豆浆，把桌子收拾了一下，将垃圾扔进垃圾桶。

“明烛跟你一起回去？”

“她多留一天，陪你们。”

徐奶奶昨晚十一点多醒了一次，去厨房倒水，不小心打碎了一个碗。以前她要是夜里弄得动静大些，陆焯峰就会跟阵风似的从三楼跑下来，看她是不是有什么需要帮忙的。昨晚徐奶奶弄出那么大的动静，陆焯峰却没下来。徐奶奶觉得有些奇怪，问：“昨晚你出去了？”

陆焯峰第一次有些心虚，舔了下嘴角：“嗯，出去了一趟。”

他这一趟，去了一晚上。

徐奶奶和外婆都惊讶地看了他一眼，陆焯峰有些无奈地笑笑，不想再瞒下去了。

“徐奶奶、外婆，”他语气平缓地说，“我跟明烛在一起了，她的男朋友是我。”

徐奶奶和外婆同时愣住了，之前隐隐约约的猜测和疑惑得到了证实。两个老人看着他，不知道做何表情，也不知道要说什么。

陆焯峰看着她们，笑了笑：“我知道你们在担心什么，明烛没问过我，也不知道以前的事。但我和她都知道徐睿是你们的心病。

“几年前，我是真的差点儿就没命了，但挺过来了，这些年没受过什么严重的伤。可能那一次，我已经把厄运用光了。以后再有什么危险的任务，我会更小心。”

两个老人并不知道明烛给他绣了嫁妆，也不知道明烛那么早就喜欢上他，以为是陆焯峰追的明烛。她们虽然看得出来明烛喜欢他，但当年徐睿牺牲的事对她们来说打击真的很大……

徐睿的遗愿是有个男人能时刻陪在明烛的身边，让那个姑娘一世平安喜乐。徐睿的遗愿是陆焯峰和明烛之间的枷锁，有些沉重。此外，徐睿为陆焯峰挡过枪，这又是一层枷锁。

那时候陆焯峰还年轻，也是真的喜欢明烛，所以才会有软肋，才会害怕。

徐奶奶叹了口气："我知道你喜欢明烛，本来以为这么多年过去，你已经放下了，没想到连明烛也……"

外婆不知道该说什么。一直以来，明烛喜欢什么、想要什么，她都不会去管。那次是她唯一一次插手明烛的事。那时候她可以说明烛年纪还小，可现在，明烛已经二十五岁了。

陆焯峰看向外婆，道："外婆，我不能跟你保证自己不会牺牲，只能保证我会好好对明烛。我是真的喜欢她，以前还能控制，现在不行了。如果要结婚，她是我唯一想娶的姑娘。"

该说的，他都说了。其他的，两位老人都明白。

沉默片刻，外婆叹了口气，忍不住嘀咕："那丫头怎么不跟我们说，还瞒着我们？说什么下次带回来，还说跟男朋友的关系不稳定……"她顿了一下，看向陆焯峰，问，"真的不稳定？"

陆焯峰笑道："没有，特别稳定。只要您同意，我可以一回去就打结婚报告。"

外婆一愣，说："等那丫头自己跟我说，我还得跟她爸妈说说……结婚不是小事，急不来。"

"嗯，我知道。"陆焯峰知道外婆不反对，松了口气。

外婆摇摇头，又说："你们两个哄得我们两个老太婆一愣一愣的，一个说有男朋友了，一个说有女朋友了。明烛还说见过你的女朋友，说得跟真的似的，我们差点儿就被你们唬住了……"

陆焯峰想起昨晚那姑娘一本正经地夸她自己漂亮的样子，忍不住笑出了声。

外婆又问他："昨晚你跟明烛出去了？"

陆焯峰面不改色心不跳："没有，我一个人出去的。她要是出去了，您应该能听见开门声。"

外婆想想也是。

隔壁有人叫外婆，外婆看看时间，快九点了，绣娘们来上班了。她忙站起来，道："我先过去开门。"

陆焯峰："好。"

外婆走后，徐奶奶也不再说什么了。

十点半，明烛起床了，刚拉开窗帘就看见陆焯峰站在对面。

他笑着问她："醒了？"

明烛脸一红，点点头，指指那边："我等下过去找你。"

陆焯峰把热好的早饭带上三楼，明烛洗漱后直接去了三楼。

陆焯峰靠在沙发上，等她走到跟前就把人搂到怀里，下巴指指桌上的早餐，低声问："昨晚睡得挺早的，怎么还起那么晚？"

"你明知故问，得了便宜还卖乖。"明烛坐在他的腿上，红着脸不去看他。

陆焯峰从身后捋捋她的头发，又问："还疼吗？"

明烛转身抱住他的脖子，故意说："疼啊，疼死了，伤口也疼。"

"是吗？我看看。"陆焯峰说着就要去拉她的衣服。

"不要。"明烛吓得忙捂住领口，"我很好，伤口不疼了。"

陆焯峰笑出了声，揉揉她的脑袋，把筷子递给她："好了，知道你害羞，不逗你了。先吃早饭，再不吃就要吃午饭了。"

中午还是陆焯峰做饭，明烛在旁边看着。徐奶奶身体不太好，天气又冷，一直在房间里躺着，外婆在隔壁。

见无人打扰，明烛从身后抱住他。陆焯峰碰碰腰上的手，勾了勾嘴角。

她今天有点儿黏人："等下我送你去苏州。"

"你好好待在家里吧，我自己去就行。"陆焯峰捏捏她的手，舍不得她这么奔波，"你回去后可以去部队找我。"

明烛想了想，脑袋在他的背上蹭了蹭："要不我跟你一起回去吧？"

陆焯峰把炒好的青菜盛进盘子里，转身搂住她的腰，往门外看了一眼："徐奶奶起床了。"

明烛连忙松开他，跳开两步往门外看了一眼。

徐奶奶刚走到门口，笑道："我又睡过去了，本来还想给你们做顿饭的。"

陆焯峰说："不用，您歇着，我来就行。"

明烛笑了下："我去叫外婆过来吃饭。"

饭桌上，明烛看了看外婆和徐奶奶，之前想跟陆焯峰一起回去的想法又压下了。她难得回来，还是多陪陪她们吧。

明烛给外婆添了碗汤：“外婆，等会儿我送陆哥去苏州。”

陆焯峰瞥了明烛一眼：“你待在家里陪外婆和徐奶奶吧。”

明烛说：“我正好去苏州买点儿东西。”

外婆看看明烛，摇摇头：“你想去就去吧。”

女大不中留啊……

陆焯峰没行李，吃完饭给老人生了盆炭火，坐在边上看明烛陪外婆和徐奶奶看电视。外婆想看看这丫头什么时候跟自己坦白，拍拍她的手：“丫头，你真的见过小陆的女朋友？”

明烛还不知道陆焯峰已经说了他们的事，特别认真地点头：“见过啊。”

外婆又问：“那有照片吗？给我看看。”

陆焯峰勾勾嘴角，正要说话。明烛生怕他掏出手机，忙说：“没有照片。反正长得很漂亮，以后……以后你就能看到了。”

他的相册里就几张照片，全是她的。

外婆笑眯眯地问：“是吗？那是你漂亮还是小陆的女朋友漂亮？”

明烛啊了声，想了想说：“都漂亮……”

陆焯峰没忍住，看着她笑出了声。明烛瞪他，陆焯峰收敛了笑意。外婆摆明想让明烛自己坦白，他没办法插手，只能无奈地看着明烛，眼神宠溺。

“那她喜欢穿旗袍吗？以后要是小陆办婚礼，我给他们送件旗袍当敬酒服。”

“她……喜欢吧。”

旗袍既精致又漂亮，谁不喜欢？

外婆又拍拍明烛的手，看了陆焯峰一眼：“那行，小陆回头把尺寸告诉明烛，让明烛跟我说，我好提前准备。”

陆焯峰哭笑不得，又不能实话实说，只好配合道：“好，谢谢外婆。”

明烛呆住了。外婆知道尺寸后，自己不就露馅了吗？

“外婆，现在的人都喜欢穿婚纱，不一定办中式婚礼，说不定陆哥的女朋友喜欢西式的呢？”明烛搂着外婆道，“您眼睛不好，就别瞎折腾了，有空跟徐奶奶逛逛公园，去广场上看人家跳舞也行。”

外婆拉着明烛的手，心里感叹以前怎么不知道这丫头这么会撒谎，演得跟真的似的，要不是陆焯峰提前交代了，外婆都要信了。

下午两点，陆焯峰要走了。

明烛坚持要送他，陆焯峰只能接过她手上的钥匙去开车。

到了苏州火车站，陆焯峰找了个地方停车，揉揉她的脑袋：“回去的时候开慢点儿。”

明烛乖乖点头：“好。”

陆焯峰想了想，还是决定给她提个醒，拍拍她的脑袋笑道：“要是外婆和徐奶奶还问我的女朋友，你就不要夸得这么认真了，我们都知道你漂亮。”

明烛：“我那是礼貌性地夸。”

陆焯峰笑道：“算了，你喜欢夸就夸吧，没想到你还挺自恋的啊。”

他的那个“啊”字拉长了音调，调侃的意味十足。

明烛的脸红了。

陆焯峰瞥了一眼时间，把人压在座椅上，低头吻住她的唇。昨晚两人刚做了最亲密的事情，到底不一样了。男女之事的神奇之处就在于此，相爱之人做相爱之事，满足的不仅是生理，更多的是心理。

陆焯峰明显感觉到她比之前要黏人、活泼了。其实，他也一样。以前每次离开镇上，他都有些不舍，这次更甚。而他的这份不舍和情意全部融进了这个吻中。

许久后，陆焯峰松开她，摸摸她发烫的脸，低声道：“外婆要是再问你，你就坦白吧，让我早点儿见光，知道吗？”

她的眼神有些迷离：“好……”

他笑了笑：“这样我也好早点儿打结婚报告。我可三十岁了。”

明烛搂着他的脖子，问：“你在催婚吗？”

陆焯峰搂着她，似笑非笑地说：“不是有个姑娘十八岁时就跟我说想嫁给我？拖了这么些年，我感觉自己不太像话了，能早就早吧，军人得重承诺。”

“我哪有说要嫁给你？我只是为你绣了嫁妆。”她推开他。

陆焯峰斜眼看她，问：“那不是一个意思？”

明烛气呼呼地说：“不一样，之前那次不算。你当时要是没走，说不定我现在已经嫁给你了。可谁让你走了呢？这次是你追我，哪有那么容易？！”

陆焯峰挑眉问：“那你是嫁还是不嫁？”

明烛愣了下，忽然不知道自己在气什么，低头小声说：“嫁啊……”

明烛在镇上多待了一天。外婆时不时问她几句，比如她交的男朋友身高多少啊，工作稳定不稳定之类的。明烛本来想坦白，一听外婆问工作稳定不稳定就犹豫了。

明烛不知道怎么说，就往好的地方夸，反正，陆焯峰是真的好。

明烛离开镇上的时候，外婆笑眯眯地说：“下次把男朋友带回来给外婆看啊。”

明烛点头：“好。”

她完全不知道自己已经被陆焯峰卖了，傻乎乎地把自己和他都夸了一通，简直把两人夸得天上有地下无。

明烛回到北城，主创团队也从G国回来了，编剧组再一次闭关修改剧本。

一月中旬，剧本修改完毕。第二天，主创团队就要去一趟部队，把修改完的剧本带给首长看。

一行人在公司楼下碰见了唐域，唐域穿着一身休闲服站在门口，身旁跟着他的助理。

明烛看了一眼唐馨，唐馨别过脸不看唐域，明显有些不自在。

唐域不着痕迹地瞥了眼唐馨，淡淡地说：“我小叔也过去，等会儿我送他过去。”

姜导笑了笑，道：“我们去接他就行，怎么能每次都麻烦唐总呢？”

以前，大家都知道唐域在追明烛，唐域去部队、参加聚餐都是借口。现在明烛都跟陆焯峰在一起了，唐域失落了一段时间，应该是放弃了。

杜宏也说：“对啊，我们的车子里还坐得下，我们去接就行。”

唐域笑笑："我也过去看看。行了，都上车吧，时间不早了。"

唐域看了一眼唐馨，欲言又止。明烛问唐馨："要不要坐唐总的车？这样我就不开车了。"

唐馨知道明烛是想给自己创造机会，这会儿却不想领情，把明烛拉走了，说："不要，谁稀罕坐他的车啊？"

"你跟唐域吵架了？"明烛问。

唐馨摇摇头，有气无力地说："没有，表白被他拒绝了，所以……你说我怎么还有脸坐他的车？"唐馨叹了口气，心情低落。

明烛愣了一下，道："什么时候？"

"一个星期前。"

唐馨靠一条朋友圈收到一笔钱，并以此为借口请唐域吃饭，唐域答应了。两人去了上次那家火锅店。唐馨问唐域："你吃火锅上瘾了？"

唐域回道："不是你要吃火锅？"

唐域的回答让唐馨心花怒放。加上在G国时，唐域细致地替唐馨清理了手上的伤口，还为她贴创可贴，唐馨有了一些错觉，觉得唐域跟以前不太一样了。唐馨觉得，唐域也许……有那么一点儿喜欢她。

想了很久，唐馨决定跟唐域表白。她没跟任何人说这件事。如果唐域答应了，她就告诉其他人；如果唐域没答应，她就自己消化。

那天晚上，唐馨买完单回来，唐域指了指桌上的菜，笑道："你今天战斗力不行啊，吃得这么少。"

一晚上都在想怎么表白的唐馨根本顾不上吃，所以菜剩了不少。她编了个理由："我在减肥。"

唐域扫了她一眼，特别欠揍地说："是该减了，脸比夏天时圆了。"

"你还记得我夏天时脸圆不圆？"唐馨有些惊讶，"我还以为你只看得见明烛。"

说完，唐馨就有些后悔了。唐域追过明烛，这是事实，刚开始唐馨确实有点儿介意。但如果不是明烛，唐馨估计没勇气跟唐域继续下去。

"我又不瞎，也没失忆，为什么会不记得？"唐域嗤笑一声，好像不太在意。

他坦坦荡荡，追过明烛是真的，因为没追上而伤心是真的，也有段时间因为这件事对恋爱失去兴趣。

唐馨抿了下唇，拿起包走到他面前说：“唐域，你觉得我漂亮吗？”

唐域啊了一声，有些没反应过来，没想到唐馨会突然问这种问题。

唐馨认真地看着他。唐域看着面前的姑娘，舔了下嘴角，有些明白了。他愣了几秒，回过神来笑道：“漂亮啊，你请我吃饭是要我夸你？”

唐馨是从江南水乡来的姑娘，皮肤白嫩，模样可爱。唐馨之前随主创团队一起进行了野外训练，又在B区待了将近一个月。其他人黑了一圈，就唐馨跟明烛没怎么变。唐馨长相甜美，右边脸颊上有个酒窝。她不笑的时候看起来很精明，笑得开心的时候有些憨，笑容很有感染力。

唐馨有些紧张，而且越来越紧张，快速说：“那我做你的女朋友，怎么样？反正你说我漂亮，我也觉得你长得好看。”

唐域震惊了，愣了一会儿才说：“你们女人不是很在意闺密之间……嗯，就是我追过明烛，你不介意？”

“我干吗要介意？反正明烛不喜欢你。而且，她跟陆焯峰很快就会结婚。”唐馨眨眨眼，看见唐域的脸黑了。

他哼了声：“你这是什么逻辑？你是不是有病？”

她哪里有病了？！

唐域上下打量她：“我是那种找女朋友只看长相的人？”而且，要是他说她不漂亮，那她是不是就不表白了？总之，唐域那天没理唐馨，觉得她有毛病！

唐馨觉得那就是唐域的答案，唐域拒绝她了。那天晚上之后，唐馨就没再主动联系过唐域，连朋友圈都不发了。

明烛听完，看了唐馨一眼，问：“他也没拒绝吧？”

唐馨看着窗外，心情烦闷地说：“我就知道主动没好结果，尴尬死了……我后悔了……”忽然想起这次好像少了一个人，接着问，“对了，怎么没见林子瑜？”

知道唐馨不想谈唐域，明烛顺着唐馨的话说：“她没来。”

唐馨觉得奇怪，问：“之前去部队，她可积极了，这次怎么没来？”

明烛想起上次林子瑜跟她说的话，有种不好的预感。

唐馨歪着脑袋说：“她不会是跟小班长分手了吧？”

“可能吧。”

“可怜的小班长，估计这还是初恋呢，没谈多久就分了。”

主创团队到了军分区，姜导把剧本交给王国洋，又把修改的部分说了一遍。王国洋翻看了一下，抬头说：“我这两天抽空看看。听说你们上次在G国被贫民围攻了，没事吧？”

姜导说：“我们没事，明烛受了点儿伤。”

王国洋问明烛：“怎么样？”

明烛笑道：“已经好了，谢谢首长。”

“没事就好，那边现在是有些乱。你们下个月底开机，拍摄期有一百多天，到时候小心点儿。”王国洋叮嘱道。

谈完事情后，王国洋把明烛单独留下了。

明烛站在他的办公桌前问：“首长，您还有什么要交代的吗？”

王国洋看了她一阵，笑了笑：“没有，我知道你跟陆焯峰这小子是认真地在交往。但有件事他应该还没跟你说吧？他下个月要去G国南部维和。”

维和部队中，不管是士兵、士官还是军官，基本都是八个月一轮换。也就是说，陆焯峰要去八个月。

明烛愣住了：“他没跟我说。”

王国洋前两天跟陆焯峰提过一次结婚报告的事，说：“这次一去就是大半年，先把结婚报告打了吧，免得你牵肠挂肚，怕媳妇儿跟人跑了。”

当时，陆焯峰就站在明烛现在站的位置，摸着脖子活动了下筋骨，闻言笑出了声：“跑不了！”

王国洋就是爱为自己的兵操心，把韩靖的结婚报告摔到桌上，满脸笑意地嘲讽陆焯峰：“看看人家韩靖，速度比你快多了。你丢不丢人？我都替你着急！韩靖多懂事，追上了就赶紧准备下一步，都不用我催。”

陆焯峰做梦都想娶明烛，嫁妆都钉在她的床头了，但这件事没那么容易。外婆是同意了，但明烛的爸妈那边，陆焯峰还没打招呼。

明烛从小跟外婆一起生活，跟父母的关系比较疏远，很多事情不愿意跟父母谈。这是个问题，陆焯峰不想逼她。此刻，他也只能笑道：“行，我尽快。”

陆焯峰指着桌上的结婚报告说："我跟韩靖打赌呢，谁先打结婚报告谁赢。您先别批，让那家伙急几天。"

王国洋直接呸了一声，道："你这家伙，自己不抓紧时间，还怪别人动作快！"

陆焯峰低头笑笑："行吧，我抓紧时间。"

这次，王国洋看见明烛就忍不住操心了一回。这姑娘太漂亮了，家世又好，王国洋是真的担心陆焯峰一去八个月，回来后媳妇儿就没了。这种事情在部队里可不少见。

"韩靖跟佟佳打结婚报告了。"王国洋笑着对她说，"你跟陆焯峰比他们俩先谈吧？陆焯峰和韩靖这两个家伙还打了赌，谁先打结婚报告谁赢，真是幼稚。"

明烛愣住了，看着面前穿着军装的中年男人，有些明白过来了："嗯，是我们先谈的。"

这时，办公桌上的电话响起了铃声。王国洋看了一眼号码，神色严肃起来。明烛猜测这是一通重要的电话，忙说："您忙，我先出去了。"

走出办公室，明烛看见唐馨跟唐域站在走廊上，唐馨的脸色不太好看。

唐馨看见明烛，立即走过来问："首长找你谈什么呀？"

明烛想了想说："可能是催婚……"

"啊？"唐馨瞪大眼睛，不敢相信。

"应该是吧。"明烛心里有事，看了唐馨一眼，说，"我去找陆焯峰。"

"去吧。"唐馨笑眯眯地挥挥手，"我等会儿直接在食堂等你。"

"嗯。"明烛走了。

唐馨搓了搓手，一回头看见唐域还站在走廊上。寒风吹拂，唐域的耳朵被风吹得有点儿红。唐馨看了他一眼，转身要走。

唐域懒洋洋地道："唐馨，你在躲我？"

唐馨表白被拒，心里堵得慌，比错失了一个亿还难过，看不得他这种事不关己的态度，回过头愤怒地爆了句粗口。

唐域："……"

明烛走到训练场门口，战士们已经结束了上午的训练。

明烛站在边上等陆焯峰。韩靖走过来，看见她笑了一下，问："找陆焯峰啊？"

"嗯。"明烛点头。

韩靖提醒她："他在训人呢，估计没那么快，你要不去食堂里等？这里冷。"

明烛想了想，道："我还是在这里等吧。"

韩靖摆摆手，笑得春风满面："那行吧，我先走了，佟佳等我吃饭呢。"

等人变少后，明烛往训练场里走去。入口处风大，她的头发被吹得乱飞，冷风灌入脖子里，她冷得一抖，隐隐听见陆焯峰的声音传来："张武林，你知不知道多少人挤破头都想加入突击队？你还想不想待了？"

张武林的声音太小，她没听清。

陆焯峰："就你现在这个状态，执行任务、上战场，别人第一枪崩的就是你。"

张武林大声喊："我错了！"

明烛走近，听见张武林问："陆队，你失恋过吗？"

张武林背对着她，陆焯峰却看见她了，嗓音和缓了："失恋过，怎么了？"

林子瑜跟张武林好得快，结束得也快。张武林最近的训练状态不好，陆焯峰猜到是跟林子瑜有关。今天主创团队过来，林子瑜没来，张武林的心态就崩了。

张武林垂头丧气地问："那你失恋的时候，就不难过吗？"

"难过。"陆焯峰收回目光，淡淡地说，"难过死了，不过我没影响训练，不然今天也没办法站在这儿训你。"

明烛总觉得那句"难过死了"，是陆焯峰说给她听的。

张武林愣了一下，有些难以置信地看向一脸严肃的队长。

陆焯峰脸上的冷厉之色褪去，神色淡淡的。

陆焯峰在人前的形象太过刚毅，队里的新兵最怕的就是他。张武林实在想象不出面前的男人难过时是什么样子，脑子一抽，问："难过死了……那队长，你会哭吗？"

他问完就后悔了。

陆焯峰沉下脸，冷声问："你哭一个给我看看？"

张武林挠挠脑袋，正要说话，就听见身后传来轻柔的一声——

"队长，我也想知道，你会哭吗？"

张武林僵住了，呆呆地回头。

明烛站在张武林身后，弯着眉眼，笑得灿烂。

陆焯峰拍拍张武林的肩膀，说："行了，你先去吃饭吧，晚上加训一小时！"

张武林认罚："是。"

等人走后，陆焯峰走过去，拢拢她的围巾，摸着她的脸，问："怎么不去食堂里等我？"

明烛仰头看着他："你还没回答我的问题。"

他低头一笑："没哭，失望吗？"

明烛摇头："我也觉得你不会哭。"他再难过也不会哭。

陆焯峰笑笑，捋捋她的头发，把人带出训练场。

其实，他当年红过眼眶。那时候，陆焯峰躺在病床上，偶尔能听见她的声音在门外响起，能看见她推着明峥在楼下散步。

他决定放弃明烛时，让韩靖把他从病床上挪到窗前。

那天，明烛依旧推着明峥下楼转悠，那个军科院的男人就站在明烛的旁边，低头微笑着跟她聊天。

陆焯峰看了很久，朝韩靖伸出手，道："给我根烟。"

韩靖坐在病床上，不知道他抽了什么风，也不知道他到底在看什么，直接骂道："你伤成这个鬼样子还抽烟？你还要不要命了？"

陆焯峰看着明烛弯起眉眼的模样，蓦地红了眼眶，觉得抽筋剥皮的感觉也不过如此。他低下头，不敢再看，嗓音低哑干涩，听起来有种不堪一击的脆弱感。他说："给我吧，挺难受的。"

韩靖愣了一下，问："难受什么？"

陆焯峰："烟。"

韩靖走过去看着楼下，明烛已经推着明峥走进住院部大楼了，韩靖什么也没看见。陆焯峰的右手打着石膏，他将左手伸到韩靖面前。韩靖叹了口气，没办法，给他点了根烟："只是受伤，养好了就能归队，也就一年半载的事，别伤感啊。”

陆焯峰刚抽了一口烟就猛地咳了起来，血都要咳出来了。就在这时，主治医生和王国洋推门进来，王国洋看见陆焯峰手上的烟，先是指着韩靖骂道：“你让他抽烟干吗？”随后又吼陆焯峰：“你不要命了啊！”

吃完饭，明烛跟陆焯峰回到办公室。

她坐在他的椅子上，仰头看着男人，眼珠子一转，慢悠悠地问：“听说你跟韩靖在打赌，看谁先提交结婚报告？”

陆焯峰正翻着文件，动作一顿，看着她挑眉问：“你怎么知道？”

明烛说：“我在你们首长的桌子上看见了韩靖的结婚报告。”

“又撒谎？”陆焯峰弯腰，捉着她的手把人搂到怀里，手指勾着她的下巴，说，“你现在是越来越会哄人了，说实话！”

明烛低下头，老实说：“你们首长告诉我的。”

陆焯峰就猜到是这样，捏着她柔软的耳垂说：“他就是爱操心，你听听就算了……”

“你不是也想结婚吗？”明烛打断他的话，认真地看着他说，“你也打结婚报告吧，报告批下来后我们就去领证，说不定你还能赢。”

陆焯峰愣了一秒，蓦地笑了，问：“这么有好胜心？”

明烛垂下眼眸：“嗯，你怎么不早点儿跟我说？”

她的意思是，如果他早点儿说，她还能催着他打结婚报告。

他漫不经心地撩着她的头发，低声问：“真的这么想嫁给我？”

“十八岁时就想了。”她抬头，直白地问，“你不想娶我吗？”

陆焯峰深吸了一口气：“想，做梦都想。”

明烛满意了，弯起眉眼：“那你打结婚报告吧。”

陆焯峰睨着她，眼中闪着柔光：“跟外婆坦白了吗？你父母也没交代，你确定就这么嫁给我？”

“外婆……”明烛想起上次她在镇上花式夸自己和陆焯峰，脸微微发烫……她要怎么跟外婆说呢？

“嗯？”他捏捏她的耳朵。

明烛咬着唇，纠结得不行，半晌才小声说：“我先跟外婆说。”

早知道她上次就直接坦白了。

陆焯峰还是没告诉她，他已经跟外婆和徐奶奶坦白了。他看着她懊恼不已的样子，觉得好笑，捏着她的下巴，低头亲了亲她的唇，却立马被她推开。

"你没告诉我，你要去G国。"

他要离开八个月的事，他竟然没告诉她。

陆焯峰说："本来打算待会儿告诉你的。"

明烛只关心一个问题："那你在G国，我们能见面吗？"

陆焯峰看着她，点头道："有机会就能见。"

她放心了，主动凑上去亲他。

很快，她被人反客为主地咬住嘴唇，重重地吻住。明烛被陆焯峰紧搂在怀里，他吻得越来越热烈，她几乎喘不过气来。

陆焯峰听见门口传来脚步声，放开了她。明烛还红着脸，一脸蒙，转头就看见韩靖站在门口。

陆焯峰捋了捋明烛被他弄乱的头发，瞥向韩靖。韩靖看到明烛那绯红的脸，知道自己可能打断了什么好事，咳了声："首长叫我俩过去一趟，有事。"

"嗯。"陆焯峰站直了，摸摸明烛的脑袋，道："在这儿等我。"

明烛乖乖点头。

陆焯峰跟韩靖走出办公室。韩靖斜眼看着他，神情有些得意，用队里的战士们的话来说就是"韩队这两天心情特别好"。

韩靖何止心情好，简直是春风满面。

陆焯峰瞥了他一眼："你的结婚报告批下来了？"

韩靖愣了一下。他可没告诉陆焯峰打结婚报告的事，就是想暗暗地赢，现在有些惊讶地问："你怎么知道我打结婚报告了？"

"批了还是没批？"

"还没……不是，你怎么知道的？"

陆焯峰笑了一下，拍拍他的肩膀："没批就好。"

韩靖愣了一下，直接踹了一脚过去。陆焯峰侧身躲过，扯着嘴角笑了下。

办公室里，明烛犹豫了一下，还是给外婆打了个电话。

外婆很快就接通了电话，笑眯眯地问："丫头，怎么了，是不是有事要跟我说啊？"

"是啊。"明烛深吸一口气，有些难以启齿，"外婆，我想跟你说，我的男朋友……你跟徐奶奶都见过，很多年前就见过，你要不要猜一下是谁？"

外婆故作惊讶地问："哦，很多年就认识了？"

明烛："嗯。"

"谁啊？"外婆问，"以前的同学？"

明烛："不是。"她深吸一口气，"就是陆焯峰。外婆，我喜欢他。"

这是明烛第一次跟外婆说自己喜欢一个人。

外婆愣了一下，在心里叹息了一声，然后笑眯眯地问："小陆啊，那你上次说的特别漂亮、皮肤白嫩、身材也特别好、一看脾气就很好、温柔又贤惠、跟小陆特别般配的姑娘，就是你啊？"

明烛不禁开始回忆，她之前夸得这么狠吗？而且，外婆现在竟敢在逗她？怪不得人们常说，人越老越像小孩儿。外婆是真的太像小孩儿了。

明烛的脸红了："外婆，你的记性真好。"

外婆笑道："我想想你还说了什么啊……养了这么多年的姑娘，我都不知道你这么会夸自己，以前还怕你的脸皮太薄了……"

明烛羞耻不已，忙求饶道："外婆，我知道你记性好，但求你别说了啊……"

外婆笑了笑："好、好、好，不说了。"

明烛拍了拍脸，深吸了一口气，柔声说："外婆，我想跟陆焯峰结婚。"

"丫头，你真的这么喜欢他啊？"

"喜欢。"

"你小的时候不爱说话，刚被你妈妈送来的时候连外婆都不叫，整天板着一张脸。别的小孩儿不爱跟你玩，就徐睿每天陪着你。刚开始，你一个月都没跟他说一句话，他也不生气。要不是徐睿，我都不知道该拿你怎么办了。那孩子阳光帅气，你跟他在一起也很开心，我总以为你们俩能在一起。”外婆想到自家的姑娘快要嫁人了，感慨颇多，忍不住絮叨起来，“可谁能想到呢，徐睿那么年轻就没了。我现在一想起来，就觉得心里堵得慌，以前还总怕你走不出来，怕你以后喜欢上工作性质危险的男人。可能这就是缘分吧，你看，徐睿走了，陆焯峰来了。小陆什么都好，我跟你徐奶奶也喜欢他，也能看出来他对你很好。可自从徐睿没了，外婆真的担心，如果哪天……”

明烛打断她的话：“外婆，就算真的有那一天，那也是我选的，我不后悔。”

明烛从来没有把徐睿跟陆焯峰放在一起比较过，也不曾设想，如果徐睿还在，她跟陆焯峰的相遇方式会是什么样。她只知道，她现在想嫁给陆焯峰。

外婆沉默了一会儿，叹息一声，道：“其实你们的事，小陆早就告诉我了。”

明烛既惊讶又尴尬，捂着嘴，一时间说不出话来。

外婆继续说：“我一直没说，就是想让你主动告诉我。你想做什么，外婆都支持。”

明烛感动不已，眼眶慢慢红了，最后只说了句：“谢谢外婆。”

挂断电话，明烛又等了半小时，陆焯峰才回来。

明烛的脸还有些红，她抬头看他，眼神中充满了埋怨之色。陆焯峰挑了挑眉，走过去问：“怎么这副表情？”

“你还有脸问？！”明烛抬手在他的腰上掐了一下。

他身上还穿着作训服，衣服又厚又硬，她根本掐不到肉。明烛忍不住皱眉，用力地推了他一把。陆焯峰配合地往后退了一步，把人拽起来抵在桌边，低头问她：“怎么了，火气这么大？”

明烛抬头瞪他，不说话。这还是她第一次露出这么恼怒的表情！

陆焯峰稍稍一想，明白了，揉揉她的脑袋，笑问：“给外婆打电话了？”

明烛这会儿真的很想挠他一下，但他穿得严实，她又舍不得挠他那张棱角分明的脸，只能在他的身上用力地捶了几下。

明烛生气地道：“你浑蛋！你跟外婆和徐奶奶坦白了也不告诉我，

让我跟个傻子似的在她们面前自夸……我从来没有在她们面前这么失态过，外婆都笑话我了。你说，你当时是不是在心里偷笑？”

“嗯。”他笑着承认了，“我都提醒你了，夸自己的时候不要这么认真。”

明烛气急败坏地说：“你还说！”

陆焯峰收敛了笑意，手搭在她的腰上，手指一圈一圈地绕着她的长发，低声道：“你想想，你前脚刚到镇上，我后脚就到了，她们本来就觉得有些奇怪。那天早上我跟她们一起吃早饭，她们怀疑了，问了我。我刚从你的房间里翻墙回来，该做的、不该做的全做了，要是都不敢承认，那不是太浑蛋了？这事我真的做不出来。”

明烛一下就想起那个火热的夜晚，脸倏地红了。

那晚之后，明烛回到北城就忙着修改剧本，两人一个多月没见。明烛偶尔会想起那晚，很疼却很美好，想起的时候都会脸红心跳。

半晌，明烛才小声说：“那你应该告诉我一声，太丢人了。”

陆焯峰把她的头发弄乱了，正慢条斯理地给她捋顺，食指蹭蹭她白皙细嫩的脸蛋，有些流连忘返：“外婆想让你自己说，我不好插手。”

而且，他难得看见她那样，觉得她挺可爱的，所以也不想说。

明烛又气又尴尬，但事情已经过去那么久了，再追究也没用。她撇撇嘴：“算了，反正脸已经丢光了。”

话音刚落，她的手机铃声响了起来。

明烛掏出手机看了一眼，电话是沈曼如打来的。沈曼如叫她今晚回家吃饭。

明烛挂断电话，看向陆焯峰说：“我妈妈叫我回去吃饭，估计是外婆跟他们说了。”

本来明烛是打算自己跟父母说的，但外婆估计是担心父母为难她，先跟她父母打了招呼。这样她晚上回去的时候能轻松一些，不至于被盘问。

陆焯峰没见过她的父母，但听说过一些事情。明烛的父母以前闹过离婚，折腾过几年。沈曼如那几年精神状态很不好，患上了严重的抑郁症，带着三岁的明烛，生生地把孩子也弄出了毛病。要不是外婆发现得早，明烛就真的被毁了。所以这么多年来，明烛只跟外婆亲近。

当年外婆对陆焯峰说起这些，是想让陆焯峰离开明烛，因为外婆舍不得让明烛嫁给一个经常见不了面又随时可能有危险的男人。

陆焯峰不知道明烛的父母会怎么看他，面上没表现出紧张，笑着拍拍明烛的后脑勺说："好，回去后好好说，改天我跟你回去见见他们。"

明烛仰头笑道："其实我的事他们不怎么管，外婆同意了就行。"

他们大概是有愧吧。无论是沈曼如还是明成军，即使对明烛有什么不满，也会忍着。比如，他们一直想给她安排相亲，但她明确地表示不愿意后，他们就算再着急，也不会逼她。

陆焯峰笑道："该有的礼数都要有，毕竟你的嫁妆几年前就准备好了，我也该谈谈聘礼了。"

明烛眨了下眼睛："买房买车吗？"

"你想要？"

她想说不用了。她有房子，也有车。

楼下忽然响起一阵号角声，陆焯峰变了脸色，匆忙道："我先下楼了，等我回来再给你打电话。"

明烛在部队里待过一段时间，知道他要出任务了。

她点点头："好，我等你。"

第十三章

打结婚报告了

晚上，回到明家大院，明烛带着水果和营养品进了大门。

阿姨接过她手上的东西，小声嘀咕："怎么回自己家还带这么多东西啊？"

明烛笑了一下："顺便买的。"

明烛很久没回来了，这次回来是要跟他们说陆焯峰的事。明烛知道他们不会为难自己，但不确定明成军会不会为难陆焯峰，要是明成军不喜欢陆焯峰怎么办？

沈曼如听见声音，从厨房走出来，瞥见阿姨手上的东西，埋怨道："你这丫头怎么带这么多东西？回来吃饭就好了。"

明烛笑了笑，问："爸爸呢？"

沈曼如擦干手："他应该在路上了。你哥也回来了，在楼上躺着。"

"躺着？"明烛问。

沈曼如叹了口气："嗯，受了点儿伤，你上去看看他。"

明烛点头道："好。"

明烛上了二楼，明峥没关房门，大大咧咧地躺在小沙发上，手上拿着本书，听见声音抬头看了一眼："啧，我妹妹回来了？"

"哥，"明烛走进房间，打量他一番，道，"妈说你受伤了。"

明峥笑了笑，指指左肩，吊儿郎当地说："这儿中了颗子弹，没什么事，养养就好了。"

明烛在他对面的椅子上坐下。椅子有些高，她坐上去后脚够不着地，不知道明峥买这么高的椅子干吗。她晃了晃腿，歪头笑着对明峥说："哥，我要嫁人了。"

明峥顿了一下，眼中的惊讶之色转瞬即逝，然后笑问："陆焯峰？"

"嗯。"

"挺好的。"明峥把书合上，摸着下巴问，"我记得他好像比我大一岁。"

明烛："对。"

明烛跟明峥从小不在一起生活，但毕竟是亲兄妹，明峥在想什么她还是能猜到的。明峥这会儿估计正得意，陆焯峰大他一岁，还要叫他一声哥。

果然，明峥笑道："行，下次记得让他请我吃饭，毕竟他要叫我一声哥。"

明烛默默地翻了个白眼："知道了。"

明峥和陆焯峰都那么忙，不知道什么时候才能同时有空，凑在一起吃饭。

明成军赶在开饭前回来了。一家人坐下后都不说话，最终明成军打破僵局，笑着对明烛说："丫头，交男朋友了也不跟我们说一下，是什么时候的事？"

明烛低眉顺眼地说："在一起没多久，没来得及跟你们说。"

沈曼如皱了下眉，刚想说什么，明成军瞥了她一眼，她又把话咽了下去。沈曼如顿了一下，然后换了个说法："虽然我跟你爸爸希望你找个工作稳定的男人，但你外婆说你喜欢他，而且陆焯峰也很好，我们就没什么意见了。"

明峥笑了笑，道："升得挺快的，比我差不了多少。"

明成军骂道："要点儿脸行不行？"

明峥笑道："行行行。"

明成军自然查过陆焯峰了，陆焯峰确实不错。明成军只是没想到，当年自己跟沈曼如的事闹得这么大，明烛还有勇气嫁给军人。他看看明烛说：“改天带他回来吃顿饭吧。”

明烛抬头笑了起来：“好。”

沈曼如叹了口气。明烛当没听见，转头问明峥：“哥，你交女朋友了吗？”

明峥啧了声，似笑非笑地说：“这么关心我？给我介绍一个吧。”

明烛想了想又笑了，说：“好啊，我看有没有朋友愿意。”

明峥笑道：“谢了啊。”

沈曼如、明成军虽然想管明烛的事，但明烛这么多年一直跟在刘汉君身边，他们这对父母做得实在不像样，就算有什么意见，也不好在明烛的面前提。

但明峥不一样。

明成军冷哼一声，说：“你妹妹都有男朋友了，你一个快三十岁的人，竟然连个女朋友都没带回来过。”

明峥立刻捂着肩膀装疼，道：“爸，让我好好养伤行不行？身体不好找女朋友，不是害人吗？”

明成军的脸都绿了，他骂道：“你说人话。”

沈曼如看向明烛，问：“唐馨是不是没男朋友啊？”

他们的主意都打到唐馨的头上了……

明烛忙说：“她有男朋友了。”唐馨跟唐域的事情还没完。

沈曼如挺喜欢唐馨的，有些失望，说：“那你的朋友里有单身的、条件好一点儿的，就帮你哥哥介绍介绍。”

明烛瞥了明峥一眼，觉得他并不需要自己帮忙介绍女朋友。明峥刚才只是开玩笑，顺便转移父母的注意力罢了。但沈曼如当真了，明烛只好点头道：“好。”

晚上，明烛在明家大院留宿，跟明峥坐在沙发上，一边看电视一边刷朋友圈。

明烛转头问：“哥，要不要我在朋友圈里给你发个征婚广告？”

明峥一愣，随后笑了，问：“怎么发？”

明烛说：“发你的照片啊。”

明峥抖抖腿，说：“发吧，顺便把我的要求也说说，身高要一米六五以上，胸大，不要太瘦，长相漂亮点儿。”

明烛：“哦，脸转过来。”她将手机对着他的脸。

明峥转过头，没反应过来，直到听见咔嚓一声，才知道这丫头在拍照。他一把夺走她的手机，再丢到她的腿上，说：“行了，逗你玩呢，女朋友我自己找，用不着你操心。”

明烛知道他在开玩笑，低头笑笑，把手机收起来。

一月底，陆焯峰回来了。同时，他的结婚报告下来了，是跟韩靖的同时批下来的。

明烛的家庭性质没什么好审查的，所以明烛和陆焯峰的结婚报告批得特别快。陆焯峰和韩靖同时领到结婚报告的时候，韩靖还特别不服气地踹了陆焯峰一脚。陆焯峰心情好，也不躲，笑道：“干吗？愿赌服输啊。”

陆焯峰的结婚报告提交得比韩靖晚，但两份报告是同时批下来的，从时间上算，确实是陆焯峰赢了。

韩靖骂道：“行行行，你要我干吗都行！”

陆焯峰：“那你今晚当着所有新兵的面表演一段脱衣舞吧。”

韩靖：“……”

陆焯峰轻笑出声，晃了晃手里的车钥匙，快步走了。

几秒后——

韩靖怒吼：“你大爷的！”

这一声震耳欲聋，整栋宿舍楼似乎都在抖。

陆焯峰已经快走到楼下了，跟韩梁碰了个正着。韩梁听见韩靖的怒吼，震惊不已，问：“韩队在骂谁呢？”

“骂他姥爷。”陆焯峰笑了声，大步走了。

明烛约了尤欢和唐馨吃晚饭，接到陆焯峰的电话时，她们已经吃到一半了。明烛拿着手机柔声问：“那你过来吃饭吗？我们已经吃到一半了。”

陆焯峰笑了声，说：“不了，我去接你。”

明烛把地址告诉他，挂断电话。

尤欢激动地看着明烛说：“陆焯峰要来？”

明烛：“嗯。”

“他怎么没早点儿来？”尤欢已经很多年没见陆焯峰了，“还有，他是不是应该请客？”

明烛护短，弯起眉眼，道：“下次吧，他刚回来。”

尤欢眯着眼点头，说：“说得也是，时光短暂，等会儿我跟馨馨先走，不当电灯泡。”

唐馨跟着点头道：“对，他下个月要去 G 国，是不是？”

“嗯。”

唐馨怕明烛难受，安慰道：“没事，电影下个月月底就开机了，你也会过去，说不定你们有机会见面。八个月，一眨眼就过去了。”

明烛笑了下，说：“应该可以见面的，见不着也没关系。”

明烛愿意等他回来。

三人吃饱后，明烛买完单，唐馨笑眯眯地凑过来问：“你跟陆焯峰那样了没？”

明烛点点头，脸有些红。

唐馨哇了声，小声问：“感觉怎么样？”

明烛不知道该怎么回答。

尤欢懒洋洋地坐在沙发上，一边回复信息一边说：“男人那方面得看体力和技术。”

她们坐在角落靠窗的位置上，客人已经走得差不多了，前后桌都没人，不怕被人听见。

明烛对上唐馨好奇的目光，老实地说：“体力好，技术……不太好？”

反正，明烛觉得有点儿疼，没有小说里那种舒服得要死的感觉，可能是还没适应。

尤欢乐了，笑出了声，一抬头就看见桌边站着一个高大挺拔、面容英俊的男人。他皱着眉，但将情绪掩饰得极好，脸上的那抹不悦很快就消失了。尤欢瞬间僵住了，还以为自己看错了。

明烛像是有心电感应般地回头，先是看见男人笔直结实的双腿，之后对上他的那双眼睛。此时，男人正无奈地看着明烛，一副一言难尽的样子。

明烛心底咯噔一声，觉得自己完了。

陆焯峰神色自若地拍了拍她的脑袋，笑了笑，问："你们吃好了？"

唐馨见鬼似的缩了缩头，咳了声："对。"

尤欢回过神来，也咳了声，道："陆哥，好久不见。"

尤欢和陆焯峰以前在镇上见过，尤欢一直喊他"陆哥"。尤欢开始收拾东西，准备跟唐馨一起走。明烛回过神来，脸颊已经红了，笑着看向他，有些谄媚地道："你要吃什么吗？我给你点。"

"我不饿。"陆焯峰的手还放在明烛的脑袋上，他漫不经心地问，"埋单了吗？"

"已经付了。"明烛说。

尤欢拎着包站起来，拼命地冲唐馨使眼色。唐馨忙站起来说："陆队，你来了，那我跟欢欢先走了。"

等两人走后，明烛就被陆焯峰拉走了。

明烛被陆焯峰塞进车里，有些蒙，指指停车场的方向，小声说："陆焯峰，我的车还停在那边。"

陆焯峰打开车门，坐进驾驶室，瞥了她一眼，倾身过来给她系上安全带，然后低头看着她说："你跟她们聊天的尺度一直这么大？"

明烛红了脸，说不出话来。唐馨口无遮拦，又喜欢聊八卦。尤欢爱凑热闹，感情经历虽然不太丰富，但理论知识一套一套的，没外人的时候，什么话都敢说。

"嗯？"他低声问。

陆焯峰想起她的话，眉心又跳了跳，还真不知道这三个姑娘能聊到这方面来。她们聊就聊了，没想到明烛还挺认真地点评，说自己的技术不太好？

说真的，这句话挺伤人自尊心的。

明烛腿都软了，觉得自己惹了大祸，可怜巴巴地看着他，解释道："也不是总说，偶尔说一下……唐馨随便一问，我就随便回答了。"

陆焯峰冷哼一声，道："随便回答的？我看你回答得挺认真的啊。"

明烛拼命摇头："真的是随便回答的。"

陆焯峰的脸上还是没什么表情。明烛搂住他的脖子，笑了笑，有些讨好地凑上去亲他的喉结。陆焯峰一僵，咽了咽口水，不过依旧面无表情。

明烛再接再厉，含住他的喉结。陆焯峰闭上眼睛，身体的温度上来了，忍不住低头咬住她的唇，按着她的后脑勺吻了好一会儿才松开。他拍拍她的脑袋，在她的耳边说："回去再收拾你。"

明烛浑身一颤，仰头看向他，小声问："你……真的吃饭了吗？"

陆焯峰帮她把围巾和包放到后座上，发动引擎，伴随着机动车发动的声音，慢悠悠地说："没吃饭体力也不差，你不用担心。"

明烛欲哭无泪："我没担心……"

陆焯峰看她真的紧张了，有些无奈地拍拍她的脑袋，说："你的车明天我过来帮你开回去。"

明烛乖巧地道："好。"

现在，他说什么她都听。

陆焯峰没把明烛送回家，而是把她带到自己的公寓。

那套公寓是他刚上军校的时候陆老爷子买的，说是陆老爷子买的，其实是他父亲陆升买的。陆升那几年生意做得不错，赚了不少钱。

陆焯峰之前没怎么花过陆升的钱。陆升年纪大了，想弥补他，但他什么也不要，陆升就送了套房子给他。这套房子以后是当婚房还是卖掉，都由他决定。

这套房子面积比明烛的那套大一点儿，也更值钱。只不过，陆焯峰很少住在这里。后来，陆老爷子住院，医院离这边近，为了方便照顾爷爷，陆焯峰就把东西搬过来了，爷孙俩在这里住了一段时间。之后房子就空着了，因为陆焯峰大部分时间在部队。即使有假期，他也是回老宅。

明烛被陆焯峰带进门。门一关上，她就被抵在门背上。

灯没开，里面黑漆漆的，明烛的心都快跳出来了。她紧张地抓住他的衣服，颤声问："陆焯峰，你不家暴吧？"

陆焯峰冷着脸，给她解围巾、脱外套，脱完她的就脱自己的。

他越安静，明烛越害怕。趁他放衣服的时候，明烛手疾眼快地伸手，按下旁边的开关。

灯光大亮，明烛看清他的脸，发现他的脸上没什么骇人的表情，稍稍安心，又看看这套房子，勾住他的脖子，笑得灿烂："你带我来这里看婚房？"

陆焯峰看着她，问："洗澡吗？"

明烛一愣，然后点头道："洗。"

他提前来了一趟，这里什么东西都有。他把人带进卧室，把浴巾和衣服递给她，指指浴室，道："去吧。"

水声淅沥，雾气迷蒙。

明烛洗了很久，直到浑身泛起粉色才关掉水，穿好睡衣后，忽然有点儿不敢出去。

陆焯峰对她再温柔，也是有底线的。那种关乎男人面子的问题，她相信没有哪个男人不介意。二人从见面到现在，他浑身都透着一股"不好商量"的气息。

她磨蹭了好一会儿才走出去。陆焯峰已经在另一个浴室里洗好了，正坐在卧室的小沙发上看书。他穿着家居服，上衣的扣子解开两颗，露出脖颈处结实好看的肌肉，又黑又短的发楂还有些湿。明烛走过去，看了一眼他手上的书，是带图的、全英文、枪械类的书。

她坐到他的大腿上。陆焯峰抬头，下一秒，把书合上放在小圆桌上。

明烛抱住他的脖子，凑上去亲他，讨好地说："洗好了。"

这句话无疑是在点火，陆焯峰在这件事上也不是什么君子，更没打算忍。他已经等了二十分钟，她要再不出来，他就准备拿钥匙去开门了。而且，今晚他得让她知道，有些结论不能下得太早。

陆焯峰按着她的腰和后脑勺，一边重重地吻她，一边把人往怀里带，力道大得像要把她揉进身体里。明烛软软地趴在他硬实的胸膛上，毫无招架之力。

陆焯峰把人抱起来，走了几步，然后将她放到柔软的大床上，撑着身体低头睨她，勾勾嘴角，问："紧张？"

明烛抱住他的脖子，老实地说："嗯，怕你太过了……"

"嫌我技术不好？"他低头咬着她的耳垂，不动声色地把她的扣子解开。

“没有……”明烛浑身酥软，颤声道，“我真的是乱说的。我也不知道什么是好，什么是不好，就是感觉有点儿疼。”

陆焯峰直起身，利落地把上衣脱掉，重新俯下身去，意味深长地说：“技术不好是因为做得少、不熟悉，多做几次就摸着门道了。”

明烛愣住，啊了声：“几次？”

他笑着低声道：“看你的体力。”

她连忙说：“两……两次就好……”

他没回答，顺着她细白的脖子往下亲，修长的手指也从她的耳朵处一路往下，在她的身上摩挲。每亲到一处、摸到一处，他都会仔细地观察她的表情、神态。

明烛觉得自己像个实验品，从里到外都被人解剖开来，一寸一厘毫无秘密可言，而陆焯峰就是那个做实验的人。每次她叫出声、喘息声变重或者揪着他的手指多用了一分力，他都要停下来，问一句：“喜欢这样？”

明烛呼吸紊乱，同时羞耻感爆棚，也不知道怎么会变成这样，快被欺负哭了，双腿勾住他的腰，求饶道：“陆焯峰，你太欺负人了，要做就快点儿，别这样……”

这样她太难受了。

她从来不知道他们可以亲密到这种地步，也不知道陆焯峰可以这么有耐心……

陆焯峰看她真的要哭了，低头亲亲她，投降了，哄道：“好，不欺负你了。”

“下次不要这样了……”

“嗯，不这样了，今晚就把你弄得明明白白的。”

哼！陆焯峰真是个浑蛋！

第二天，明烛睡到下午才醒来。

厚重的窗帘遮得严严实实的，没透出一丝光亮，让她分不清白天黑夜。

她浑身酸痛，像是被人碾压了一整夜。事实也是如此，如陆焯峰所言，他花了一整夜的时间，把她的身体里里外外都摸透了。她哪里敏感，哪里有感觉，喜欢什么方式，他都弄得明明白白的。

后来，她整个人都迷糊了，任由他搓揉摆弄，连做过几次都不太记得了。直到昏睡过去，她都有种两人一整夜都没分开过的感觉。

明烛扶着腰爬起来，不小心碰到了桌上的台灯。她顺手按开开关，有些呆滞地看着窗帘，心想：以后再也不敢说他技术差这种话了。

咔嗒一声，门开了，高大的身影站在门口。

他走到窗前拉开窗帘，光线投射进来，男人靠窗看着她。

明烛咬了咬唇，有些蒙。

陆焯峰走过去，揉揉她的脑袋："饿了吗？"

明烛皱眉，老实地点头："饿。"

陆焯峰把她拉起来，搂住她的腰，低头问她："难受？"

昨夜的种种钻入脑海，明烛瞬间红了脸，有些不好意思地点头，想了想又有些生气，抬头瞪他："下次不准这样了，明明说好两次的……"

"那是你说的。"陆焯峰坐在床上，把人搂进怀里。

明烛低着头，发丝遮住大半张脸。他把她的头发别到耳后，说："虽然慢慢摸索的过程很好，但我们的时间比一般情侣少，我不想下次再来还让你难受，所以现在这样不是挺好的吗？"

他竟然说得这么冠冕堂皇！

明烛站起来，不想理他。陆焯峰跟着站起来，怕她想不通，又把人带回怀里，笑着哄道："结婚报告都下来了，以后是要过一辈子的，这种事情本来就是增进感情和交流的。如果交流得不顺利，或者让你难受了，我也会难受。而且，昨天是你说我的技术不过关的，我这是为了进步。"

明烛瞪他，这还是她的错了？

陆焯峰戳了戳她气鼓鼓的脸，道："去洗漱吧，饭菜做好了，等会儿过来吃饭。"

明烛拍掉他的手，慢慢走进浴室。

挤牙膏的时候，她忽然发现有些不对劲，低头看了一眼，整个人愣在原地，呆呆地盯着自己的无名指——那里多了一枚戒指。她一时想不起来戒指是什么时候戴上去的。

陆焯峰靠着门框，笑着看她。

明烛立即转头看着他，把手举到他面前，问："你给我戴的？"

陆焯峰的笑容一僵。他舔了下嘴角，问："这里还有别的男人吗？"随后，他握住她的手，拇指在戒指上摩挲，又问，"昨晚的事，你不记得了？"

明烛张了张嘴，记忆慢慢恢复了。她好像……记得了。

昨晚，第一次结束的时候，他抱着她去洗了个澡。二人再回到床上时，他靠着床头支起一条腿，把人抱进怀里，让她靠在他的胸膛上，用手捏着她纤细白皙的手指。明烛还在为先前的事害羞，想要钻进被子里，又被他给拉了出来。

陆焯峰捏着她的下巴，面对面地看着她说："结婚报告下来了，猜猜，我跟韩靖谁赢？"

她来了些兴趣："韩靖？"

他笑着低声道："同时下来的。不过你的背景跟佟佳不一样，没什么可调查的，所以从时间上看，我们赢了。"

明烛问："那你要韩靖做什么？"

陆焯峰下午让韩靖跳脱衣舞，就是开个玩笑，韩靖也不可能真的这么做。陆焯峰笑了笑，道："不知道，没想好，我脑子里想的都是另一件事。"

他看着她，目光深邃。

明烛好奇地问："什么？"

男人裸着上半身，麦色的皮肤紧致，肌肉线条漂亮，浑身散发着热气。他低头温柔地含着她的唇，不知道从哪里摸出一枚戒指，套在了她的无名指上，问："嫁给我，好不好？"

明烛觉得手指一凉，心尖微颤。其实，她没想过现在会被求婚。

他们的这段关系中，是她先绣了嫁妆，是她先想嫁给他，是她先开口表白……他能否对她说出求婚的那句话，其实她无所谓、不在乎。但是她不知道，原来当他真的说出那句话时，她会这么高兴。

明烛躲开他的吻，看着手上的那枚戒指，只看了一眼，又被人捏住下巴。陆焯峰抵着她的额头，低声问："好还是不好？"

明烛看不见，只能用手去摸那枚戒指，感受了一番。随后，她弯起眉眼，勾住他的脖子说：“好，你不求婚我也嫁，怎么都嫁。”

陆焯峰低下头，重重地吻她，开始了新一轮的探索。

一夜缠绵后，她觉得脑袋昏昏沉沉的，竟然忘了好多事。

“想起来了？”陆焯峰还摩挲着她的手指，定定地看着她。

明烛点头：“想起来了，你向我求婚了。”她踮着脚，勾住他的脖子，弯着眉眼，“其实外婆把户口本给我了，在我的包里。”

昨晚，她忘记告诉他了。

陆焯峰笑问：“外婆没笑话你？”

明烛的脸红了。但她还是说了实话：“笑了，她让我不要太着急。我说我已经想好了，想在你去 G 国之前领证，这样我就成了你的妻子、你的家属，你有什么消息，我能第一时间知道。而且，到了 G 国，我可以名正言顺地以妻子的名义去找你，这样可能会更方便一些……”

她是有私心的，想跟他的关系更进一步，跟国家的法律绑在一起。如果他真的有什么事，她可以是第一个被告知的人。

陆焯峰低头亲吻她，随后笑了笑，问：“那今晚去见你爸妈？”

至于他父亲那边，以后再说吧。陆升跟现任妻子有一儿一女，陆焯峰跟陆升的关系挺一般的。

明烛退了半步，小声道：“我爸去外省开会了，归期不定，但你过两天就要走了……”

明烛是想问陆焯峰，他们要等吗？

他们等还是不等，这是个很严肃的问题。最终，他们决定不等了。

吃完饭，明烛睡了一个小时，拖着酸软的身体回了一趟家，换了身衣服，化了个淡妆，然后拉着陆焯峰去了民政局。

他们到民政局的时候，已经是下午五点了。

今天不是什么特殊的日子，也快到下班时间了，民政局里没什么人，只有两对新人在排队。

陆焯峰拿了排队号码。正在办理手续的那对新人好像有什么分歧，说什么婚前协议，吵得很厉害，一时半会儿估计没办法结束。

明烛坐在第一排的位置看着那对新人，有些着急。陆焯峰在她旁边坐下，撸了下袖子，手表的指针指向五点十分。

他揉揉她的脑袋，安抚道："没事，还有时间，他们也不一定能吵到下班。"

他这话说得……好像她很着急似的。

明烛将双手放在膝盖上，从大衣的口袋里拿出手机，低头翻看消息，说："我没着急，距离下班时间还有五十分钟，来得及。"

"我急。"他放松地靠在椅背上，脑袋微微地往她那边靠。

有个工作人员路过，看陆焯峰的手上拿着结婚报告，顿了一下，微笑着提醒道："你们拍照了吗？没拍照的话要先下去拍照。"

"哦，对。"明烛这才想起要拍照，忙跟工作人员道谢。

电梯在维修，陆焯峰揽着她的肩走楼梯。明烛腿酸，走得很慢，尽量保持优雅。

他笑着问："我抱你？"

明烛推了他一把："不要。"

然后，她叹了口气，怎么也没想到自己会有今天，决定以后一定谨言慎行，必须夸他、夸他、夸他！

陆焯峰捏住她的脸颊，说："别叹气，笑一个。"

明烛弯起眉眼，露出职业式假笑。

有人从楼下走上来，是一对男女，长相出色。明烛和陆焯峰挡在楼梯口，实在惹眼。那对男女好奇地看着他们，陆焯峰往旁边避了一下，拉着明烛走了，说："待会儿拍照，你不准这么笑。"

"那要怎么笑？"

明烛完全不知道她的假笑有多大的杀伤力。

"怎么笑都行，别假笑就好。"

说话间，他们已经到了拍照的地方。明烛拉了拉他的手，说："我们好像连单独的合影都没有。"

那些年，陆焯峰每次去镇上都来去匆匆，最多待三天。明烛也不喜欢拍照，自拍都很少，倒是外婆偶尔会给她拍照。

两人的合影本来就不多，还大多是跟外婆和徐奶奶一起拍的，五年就三十多张照片。

明烛将照片洗出来做了三本相册，一本给徐奶奶，一本给外婆，还有一本留给自己。

前两年，明烛听徐奶奶说相册里有张照片不见了。明烛曾怀疑照片是被陆焯峰拿走了，因为那张照片里只有她一个人。十八岁的姑娘，穿着素色的旗袍站在庭院的树荫下，侧对着镜头，笑容恬淡、温婉动人。

“拍照吗？到里面去。”工作人员看见他们，催促道，“快去吧，等会儿就下班了。”

陆焯峰不由分说，把人带进去，对明烛说：“合影马上就有了。”

几分钟后，工作人员把剪切好的两寸照片递给他们，忍不住夸道：“你们的照片拍得真好看，我很久没拍到这么好看的照片了。”

都说寸头是最考验男人颜值的发型，还真是这样。从明烛第一次见陆焯峰开始，他就留着标准的寸头，英俊帅气，眉目间英气十足。她盯着照片小声嘀咕：“那是因为人好看。”

工作人员忍不住笑了，说：“对对对。”

陆焯峰笑着对她说：“行了，知道你好看，走吧，五点半了。”

明烛脸一红：“我刚才不是自夸，是在说你……”

陆焯峰漫不经心地说：“嗯，知道你当年是看中了我的脸……”

他算是发现了，这姑娘有点儿颜控。

两人又走到楼梯前，明烛站在两级台阶上，比他高一些，说：“我没那么肤浅好吗？！”

陆焯峰走上去，搂着她的腰把人往楼上带，说：“那你喜欢我什么？”

“我喜欢……”明烛突然顿住了。喜欢这种事情，她说不清楚。她知道自己喜欢他，只想嫁给他。

大厅里，那对情侣还在吵架。

另一对等着领证的新人听了半天，竟然听出点儿道理来。女人转头看向男人，说：“我们是不是也要签一下婚前协议？你以后出轨了，就净身出户吧。”

男人说：“有病吧，签这个干吗，还领不领证了？”

女人脸色一变，不依不饶，道：“你这么说就是不敢签！不敢签就说明有问题！”

这对也吵起来了，然后女人怒气冲冲地拿起包走了，男人连忙追了出去。

明烛震惊地看着这一幕，心有余悸，想起外婆说过的话，领证要看皇历，一定要挑好日子，不能随便找一天就去。她本来是不信的，现在却迷信起来。

陆焯峰微蹙眉头，看着还站在登记处前的那对男女，有些不爽。他正要起身，明烛却忽然问："今天不是好日子吗？"

"什么？"

"今天是不是不宜婚嫁？"

明烛要去翻皇历。

陆焯峰一把拿走她的手机，拽着人站起来，搂着她的脖子低头盯着她说："怎么这么迷信？今天是大吉日，别想反悔，这证必须得今天领！"

明明是她先要领证的，现在人都在这儿了，陆焯峰怎么可能让她临阵脱逃？

他往登记处看了一眼。

明烛忙说："我没想反悔，就是看见那两对一直在吵架，感觉不太好。"

"那是别人的事。"他不置可否，把人带过去。

明烛拉住他："那边还在吵架。"

"军人优先。"

明烛啊了声，反应过来后笑了笑。

陆焯峰把结婚报告拿在手上。刚才提醒他们去拍照的工作人员看见了，把他们请了过去。随后，工作人员跟那对还在吵架并且不肯让位置的新人说："二位今天还领证吗？你们能不能到旁边去商量，让他们先来？"

女的正在气头上，立刻怒道："不能！我们先来的，凭什么……"

工作人员怕她出言不逊，辱骂军人，打断她的话："他是军人，军人有优先权。"

那对男女终于停止争吵，看向陆焯峰和明烛。陆焯峰半眯着眼睛，神情有些冷漠，淡淡地看了他们一眼，一句话都没说。

那对男女讪讪地低下头。男的把女的拽起来，说："今天这证不领了。”

女的大声道：“今天不领，以后也别想领！”

明烛往那边看了一眼。明烛长得实在漂亮，那个男的被她看了一眼，瞬间觉得脸都丢尽了，拉着自己的女伴走了：“回去再说！跟你在这儿吵架，我有病不是？！”

陆焯峰深吸一口气，心想：这都是什么事？！

他直接拉开椅子，把还蒙着的明烛按到椅子上，自己坐到另一边，看着明烛道：“好了，就剩我们了。”现在他们终于清静了！

工作人员也松了口气，那对情侣吵了半个多小时，终于走了。

明烛接过工作人员递过来的《申请结婚登记声明书》，低头看了一眼，转头看陆焯峰，故意问：“我们要不要签婚前协议？”

“签。”

明烛脸色微变，有些不敢置信。工作人员也愣了，心想：他们该不会也像刚才那对一样闹起来吧？

陆焯峰头也没抬，淡淡地说：“我就提一条，其他的你说了算。”

明烛好奇地问：“什么？”

陆焯峰从桌上拿了笔和白纸，在白纸上写了几个字。将字条推给明烛后，陆焯峰便低下头，开始填自己的资料。

明烛将字条拿起来，看见上面写着四个大字：“不准离婚！”

明烛弯起眉眼，哦了一声。

工作人员默默地吃了一口“狗粮”，羡慕地看了一眼明烛。

明烛没仔细看那份声明书，低头填写资料，没写多久，忽然顿住了，转头问他：“陆焯峰，你以前也经常使用军人优先权吗？”

陆焯峰勾着嘴角，说：“没有，这是第一次。”

明烛笑了：“平时不用吗？好像在哪里都能看到军人优先的牌子。”

“不用。”陆焯峰写完最后一个字，放松下来，往她那边瞥了一眼，像是想起了什么好笑的事，道，“好像除了上厕所，军人到哪里都是优先的。”

明烛被他逗乐了，停下动作。

他伸手轻轻地拍了一下她的后脑勺，催促道：“快写，下班时间快到了。”

“哦。”明烛加快速度。

工作人员笑道：“没事，我们肯定要办完才能下班。”

两人把声明书交过去，等工作人员录入信息。

明烛歪头看着陆焯峰，问：“那你喜欢我什么？我好像从来没问过你这个问题，连你什么时候喜欢我的都不知道……”

工作人员又看了看他们，心想：他们这婚结得这么糊涂吗？

陆焯峰想起明烛之前自夸的模样，挑眉道：“哪里都喜欢，最喜欢你漂亮。至于什么时候……总之不比你晚，行了吧？”

明烛震惊了：“你也这么肤浅？”

他笑出声，心想：什么叫“也这么肤浅”？

随后，他道：“对，跟你一样，看脸。”

两个小红本已经摆在桌上，就差盖钢印了。工作人员一边干活一边听八卦，听到这句，忍不住看了看他们，感叹这真是“有颜任性”的一对。

“我不是只看脸……”明烛解释道，“我才没那么肤浅。”

陆焯峰冲工作人员抬抬下巴，微笑着提醒道：“六点了，麻烦快点儿。”

工作人员：“哦哦，马上。”迅速盖上两个钢印，然后把结婚证递过去，“恭喜你们。”

陆焯峰拿着小红本，勾起嘴角，这辈子都没这么激动、兴奋过。

他俯身把呆呆地看着小红本的姑娘搂到怀里，笑着低声道：“没事，肤浅就肤浅吧，盲目点儿也没什么不好的，要不然你十七八岁的时候也不一定会喜欢我。”

明烛回过神来，弯起眉眼，眼底似有星光，闪闪发亮。

她十八岁时的梦想，现在终于实现了。

明烛拉着陆焯峰，两人举着小红本，让工作人员给他们拍了几张照，才心满意足地从民政局出来。

领完证之后，两人在外面吃了顿晚饭。陆焯峰把明烛送回家，进门后就把人打横抱起。明烛知道他等会儿就要走，勾着他的脖子小声问：“你干吗抱我？不会是想在离开之前做坏事吧？”

陆焯峰把人放到床上，似笑非笑地问："我倒是想，你还行吗？"

明烛还有些疼，就算想满足他也不行了。她勾着他的脖子，笑眯眯地说："虽然我们今天领了证，是合法夫妻了，有些义务确实要尽，但我真的心有余而力不足了。"

陆焯峰笑出声，站了起来，看着她说："逗你的，我没那么禽兽。"

"你昨晚就挺禽兽的。"她嘀咕。

陆焯峰听见了，没接她的话，抬头看向被他钉在床头的嫁妆。

明烛爬起来坐在床上，也转头看了一眼，搂住他的腰，脑袋在他的胸膛上蹭了蹭，道："你回去吧，我会想你的。"

"嗯。"他揉揉她的脑袋，低头看着她道，"抱歉，婚礼要等我回来后才能办，时间有点儿长。"

"没关系，我等你。"她摇头。

"你喜欢中式婚礼？"

外婆连嫁衣都帮她绣好了，他们必定得办中式婚礼。而且，陆焯峰一直知道明烛喜欢中式的。

"嗯，"她点头道，"外婆也喜欢中式婚礼。"

他微勾嘴角，说："那好，我先去了解一下，做做功课。"

明烛心里有了打算，但没告诉他，抬头笑道："好啊，等你回来了再说。八个月很快的，我下个月月底也要过去，拍摄期大概有三个多月。"

在他们分开的这段时间里，她只要忙碌一点儿就好了。

见她在算日子，陆焯峰心头一软，有些心疼她，忍不住在她的唇上咬了一下，似笑非笑地说："我不在的时候多锻炼，嗯？"

明烛有些害羞，说："好。"

随后，他起身摸摸她的脸，道："你的车钥匙，我放到玄关柜上了。"

"你是什么时候把车开回来的？"她很惊讶。

"今天上午，你还在睡觉的时候。"

陆焯峰走了，明烛躺在床上闷闷不乐。

手机振动了几次，她拿过来看了一眼。唐馨和尤欢从昨晚到今天上午一共给她发了二十多条信息，都在问她说错话的后果。

后果很严重啊！

明烛回了几句，然后把今天拍的照片发到了群里。

瞬间，三人的小群里就开始飞速地跳出消息来！唐馨发了一整排的表情包表达她的震惊之情，然后问："你方便接电话吗？"

明烛说"方便"。

很快，唐馨的电话就打过来了。唐馨问："你昨晚被修理得太惨，直接答应第二天就去民政局领证吗？陆焯峰厉害啊，逼婚的手段这么给力！"

明烛无言以对。她是被修理得很惨，但那跟结婚没有任何关系好吗？

唐馨又问："你们不是还没见父母吗？你这么冲动，不怕后果难以承担吗？"想了想，她又忍不住自责，"都怪我昨天乱说话，让他听见了。"

哪个男人受得了这种话？

明烛坐在床上，怀里抱着抱枕，笑弯了眉眼，道："我不是冲动，结婚也不是惩罚。我本来就想嫁给他，十八岁就想了。"

唐馨一拍脑袋，说："也是，我竟然忘了！那他求婚了吗？"

明烛笑了："求了。"

唐馨翻了个白眼，说："别跟我说是在床上求的。"

明烛："……"他就是在床上求的，有什么问题吗？

明烛一沉默，唐馨就明白了，笑眯眯地问："来，分享一下逼婚的过程吧。"

明烛懒得跟她解释，直接说："说了不是逼婚！"

唐馨乐了，又感慨道："我跟你都二十五岁，昨晚还一起吃饭，今天你就领证了，而我既没变成富婆也没男朋友。对比下来，我怎么这么可怜呢？"

"唐总呢？"

唐馨顿了顿，哼了声："不想搭理他了。"

明烛笑道："我不信。"

唐馨装聋，转移话题："我一直都很想问你，十八岁就想嫁人是什么感觉？”

“就是……”明烛一时不知道怎么回答，想了几秒，“每次他去镇上，我都特别高兴，每年最高兴的日子就是那几天。他走的时候，我就特别失落、难过，很想跟他一起走，或者让他留下来。我想每天跟他在一起。”

明烛以前每次送陆焯峰离开，都有种想冲过去从他身后抱住他的冲动。

唐馨想起唐域，觉得自己很危险。唐馨现在对唐域的感觉大概跟十八岁的明烛差不多。

想到这里，唐馨有些郁闷，但又瞬间把烦恼抛到脑后，说：“你嫁人了，咱们是不是要庆祝一下？”

明烛笑道：“好，我请你们吃饭。”

二月，春节假期，明烛回镇上待了十天。

徐奶奶问陆焯峰能不能回来，明烛告诉她和外婆：“他去G国维和了，九月底才能回来。”

外婆感叹道：“这么久啊……”

明烛笑笑：“没事，我也要去G国几个月，我们能见着面。”

外婆这才安心，觉得小情侣一直见不了面不好，说：“总这么忙，什么时候才能把婚结了，把婚礼办了啊……”

明烛本来想坦白两人已经领证的事，但看外婆的样子，还是决定先瞒着，等电影拍摄结束后再说。

回到北城，明烛便开始收拾行李。这次他们去的时间很长，她中途倒是可以回来。但她想如果有时间、有机会的话就去找陆焯峰，所以带的行李很多。

她蹲在行李箱前想了想，起身打开另一个衣柜，从那一排散发着柔光的旗袍里挑了几条素色的，折叠好放进行李箱。那边天气暖和，她可以穿旗袍。

第二天，明烛跟剧组一同上了飞机。

明烛跟唐馨的位置挨着，明烛问唐馨：“不是说你不用跟组吗？你还去？”

唐馨笑眯眯地说："跟去看看，反正最近也没什么事。"

话音刚落，唐馨就看见机舱口走进来一个高大的男人。

明烛看了一眼，说："姜导没说唐总也去啊。"

唐域停住脚步，朝唐馨这边看了一眼。

明烛有些明白了，凑到唐馨的耳边问："他难道是追着你来的？"

唐馨笑眯眯地说："谁知道呢？不管他。"

明烛笑道："要不我跟他换个座位？"

"别，你要是换了，我跟你绝交。"

"……"

明烛坐在靠窗的位置，唐馨坐在靠走道的那边，而唐域坐在走道的另一边。唐馨一抬头就跟唐域的目光撞上了。

唐域勾了下嘴角，跷起二郎腿，看着唐馨说："唐馨，你瞪我干吗？再瞪我，我就扣你工资。"

唐馨："扣你妹。"

唐域真的有妹妹，每次听到这句话，都觉得别扭，挑眉笑道："下回把我的妹妹带给你看看，你当着她的面骂。"

唐馨深吸一口气，忍住没骂人。

剧组抵达 G 国时是半夜，安排好住宿后已经很晚了。

明烛跟唐馨住在同一房间。唐馨去洗澡了，明烛则拿着手机翻看领证那天跟陆焯峰的合影。他们俩虽然都在 G 国，但不知道什么时候能见上面。

唐馨洗完澡，一出来就看见明烛盯着陆焯峰的照片发呆，在明烛的面前晃了晃手，问："想你老公啦？"

老公……明烛还没这么叫过陆焯峰呢！

明烛微翘嘴角，放下手机叹了口气，道："想啊。"

明烛是真的想他啊！

唐馨在床边坐下，看着明烛说："拍摄时间很紧张，你是主编剧，估计也不好走开。陆焯峰能联系你吗？"

明烛摇头道："我也不知道。"

"你们可真不容易……"

明烛笑了笑，拿了衣服去洗澡。

全组人员休整了一晚，第二天一早便赶往拍摄地点，跟军事制片人顾绍安碰头。

顾绍安去年年底就过来了。拍摄军事片需要筹备的东西太多，整个剧组几百个人，前期准备了很长时间。各种道具在进海关时卡了很久，好在目前拍摄需要的道具基本准备妥当了，剧组可以顺利开机。

明烛看见了主演和两个可爱的小演员，那是两个小女孩儿，一个四岁，一个八岁。当初明烛据理力争，总算说服杜宏，没有将其中一个小女孩儿改成男孩儿。

人群中最显眼的男人当属影帝季东阳了，他是《反恐》这部影片的男主角。他身旁站着一个肤白貌美的女人，正是他的妻子周宜宁。两人容貌出众，姿态亲昵。

唐馨喜欢季东阳好多年了，激动得不行，对明烛说："是东哥和宜宁啊，我还是第一次在公共场合同时看见他们！"

季东阳演技好、为人低调，周宜宁也一样，两人很少在公共场合同时出现。这次，周宜宁在《反恐》里饰演的是一名无国界医生。

明烛说："他们要在剧组里待很长时间，你可以去要张合影。"

唐馨连连点头，说："必须去，以前东哥可是我的梦中情人。"

身旁的唐域一听，低头瞥了唐馨一眼，漫不经心地说："你的梦中情人还挺多的啊。"

唐馨听后气愤地说："关你什么事？！"唐馨说完就跑了。

明烛想了想，对唐域说："馨馨吃软不吃硬。你要是想追她，可以给她送礼物示好，她挺喜欢别人送她花的。"说完，明烛也走了。

唐域低头摸摸鼻子，脸有些红，觉得自己真不是个东西，既没追到明烛，又没在唐馨表白时给唐馨一个准确的答复……

唐海程拍拍唐域的肩，调侃道："改追唐馨了？也好。那姑娘挺可爱的，适合你。"

"小叔，你是觉得我追不上明烛，所以退而求其次，改追唐馨？"

唐海程奇怪地看着唐域，问："你是这种人？"

唐域："别用看渣男的眼神看我好吗？"

那边，姜导喊道："唐队长，来这边合个影。"

唐海程作为《反恐》的军事顾问，将全程跟组，直到拍摄结束。

唐海程道："来了！"

唐域黑着脸跟了过去。

开机仪式很简单，姜导带领大家上了一炷香后就结束了。现场没有记者，只有摄影师拍照、录视频。

接下来，剧组进入紧张的拍摄期！

第一天的拍摄任务比较简单，拍摄地是人烟稀少的街头。尽管如此，剧组还是引来了不少围观群众，大多是G国本地人，中国面孔很少，安保人员在旁边维持秩序。

明烛给自己和唐海程各搬了一张椅子过去，唐海程坐下后，笑着道谢。明烛在唐海程身旁坐下，二人一起看着前面的监视器。

姜导举着喇叭道："摄影师就位，群演都准备好。"

"《反恐》第一场一镜一次！ Action（开始）！"场记打板。

明烛看了一会儿，忽然想起了什么，转头对唐海程说："唐队长，我想问个问题。"

唐海程问："什么？"

明烛说："陆焯峰在G国南边维和，我可以去看他吗？"

"可以去，但要提前申请，毕竟那边靠近战场，比较乱。"唐海程笑了，又说，"不过，我估计陆焯峰不愿意让你过去。他应该会跟你联系的，你到时候可以问问他的意见。"

明烛摇摇头，道："我想问的是，在他不知道的情况下，我能过去看他吗？"

明烛不是任性妄为的人，但既然已经跟陆焯峰结婚了，在条件允许的情况下，为什么不去？

唐海程沉默半晌，似乎有些为难。

明烛也没逼他立刻回答，默默地喝了两口水。

唐海程说："医疗队会过去。你要是想去，可以跟医疗队一起去。"

明烛眼睛一亮："真的可以？"

唐海程笑了："当然可以，我帮你问问吧！"

"好，谢谢唐队长。"明烛真诚地说道。

明烛在剧组待了半个月，拍摄一直很顺利。

三月的天气比二月时暖和了不少，明烛穿着黑色的连帽卫衣、牛仔裤，坐在监视器后面跟姜导讨论下一个场景。

副导演说："这场拍完就要转到下一个场地了，听说那边挺乱的。"

杜宏点头："对，上次我们就在那边被贫民围攻了，明烛还受伤了。"

明烛跟姜导讨论完毕，看向副导演，道："我们这次人这么多，不会有事的。"

唐海程走过来，看向明烛道："也不一定，小偷还是有的。贫穷有时候会把人逼到绝境，大家都小心一点儿。晚上比较危险，还好这部电影夜戏少，就那么几场，我们不用熬夜。"

明烛点点头，在心里感叹这部电影真的不好拍。

晚上照样是六点准时收工，明烛正要跟唐馨回去，唐海程叫住明烛："明烛，等一下。"

明烛停下脚步，有些好奇："唐队长？"

唐海程没有拄拐杖，站得笔直："过几天有医疗队回来，到时候会送医药过去。"

明烛的眼睛亮晶晶的，她激动地说："好！"

唐海程跟明烛说了地点以及如何会合等注意事项，明烛高兴地一一记下了。

晚上回到酒店，明烛跟唐馨去餐厅吃饭，正好碰上了季东阳和周宜宁。周宜宁看见她们，笑着冲她们挥手，道："明烛、唐馨，一起坐？"

明烛看了一眼季东阳，有些犹豫："我跟唐馨坐到另外一桌就好了，不打扰你们。"

周宜宁瞥了一眼季东阳，轻轻一笑："餐厅里这么多人，有什么打扰的？反正我和他住在一个房间，有的是时间交流。"

季东阳拍拍周宜宁的脑袋。周宜宁无辜地看着他说："怎么了？我又没说我们在房里做什么……”

明烛和唐馨有些尴尬，周宜宁直接把菜单递给她们，问：“我们点了不少，你们要吃什么？”

明烛看了一眼，没什么胃口。她很想吃中餐，但附近没有中餐厅，便跟唐馨随便点了一些吃的。

唐馨看着季东阳和周宜宁，一反常态，话很少，估计是太紧张了。

“明烛，听说你的男朋友是军人？”周宜宁好奇地问。

明烛弯起眉眼：“嗯。”

周宜宁是听主创团队说的，这件事一开始只有姜导和副导演知道，不知道怎么就传开了，现在剧组里的人几乎都知道了。大家都说明烛去部队取材写剧本，顺便把部队里最帅的军官变成了自己的男人。

周宜宁张了张嘴，想问个问题，想起季东阳在旁边，又忍住了，换了个话题：“晚上去你们房间打麻将怎么样？我买了麻将。”

剧组晚上的娱乐活动很少，要么是打牌、打麻将，要么是听姜导说戏。明烛既会打麻将也会打牌，只是不热衷于这些。

唐馨听后立即响应道：“好啊，那现在三缺一，东哥来吗？”

周宜宁笑眯眯地说：“他不打，咱们把副导演叫上。”

几个女人就这么约好了。

明烛刚洗完澡，周宜宁就提着麻将过来了。

唐馨和周宜宁把麻将放到桌上，搓得哗啦作响。

明烛将手机放在一旁，手机振动了好久，她才发现有人给她打电话了。明烛看了一眼号码，心怦怦地跳了起来，连忙站起来说：“你们先玩，我接个电话。”

她拿着手机匆匆走到窗前，接通了电话。她屏息几秒，终于听见电话里传来了男人低沉的嗓音：“知道是我？”

明烛听见他的声音，满心欢喜地说：“看到号码了，感觉是你。”

“嗯，是我。”陆焯峰走出营区，嘴里叼着半根烟，手里握着枪，往四周看了一眼，低头笑了笑，“听起来你很高兴，想我了？”

“你不想我吗？”明烛反问他。

陆焯峰还穿着作训服、黑色的防弹背心，一边打电话，一边在黑夜里巡视四周，保持警惕。

营区离战场比较远，没那么危险。但这边难民众多，且枪械管理得很差，难民有可能持枪袭击。军人们走出营区都得持枪，以防万一。

前些日子陆焯峰带队去雷场排雷，转移未爆的航弹。那边的营房和设备几乎全被炸毁了，还有许多伤员需要救治，医疗分队与建筑工兵分队已经过去了。昨天，有个当地军人牺牲了，他的妻子看起来早有准备，表情平和，或者说在常年战乱里已经变得麻木了，但眼底的伤痛是掩盖不住的。

陆焯峰遗憾之余暗自庆幸，庆幸自己生在一个和平的国家。现在，时间变得异常可贵，他跟明烛在一起的时间是按秒算的。这通电话也很难得。

陆焯峰静静地站着，夹着烟的手垂下，烟灰落地，青烟缕缕。他抬头看了一眼夜空，道："明烛，我很想你。"

明烛握着手机的手一紧，她小声说："我想见你。"

陆焯峰抽完最后一口烟，问："想见我？"

"嗯。"明烛也不管他看不看得见，点了下头。

陆焯峰扔掉烟头，用脚踩灭，嘴角微勾："忍忍？现在真的没办法。"

明烛撇撇嘴。唐海程说得没错，陆焯峰果然不让她过去。她皱了皱眉，说："我记得你来之前不是这么说的，你说我们还是可以见面的。你骗人！"

"没骗你！我们真的能见着，不过不是现在。"陆焯峰好脾气地哄着她。

"那什么时候可以？"明烛立即追问。

陆焯峰："这么着急？"

明烛忽然反应过来，自己确实急躁了些，顿时不说话了。

韩靖从营区走出来，看见陆焯峰正在打电话，神情十分温柔。韩靖从来没见过陆焯峰这副模样，往四周看了一眼，见没什么异常之处，便点了根烟，站在光线昏暗的墙角看戏，暗自感慨陆焯峰哄人确实有一套。

十几分钟后，陆焯峰挂断电话，瞥了一眼韩靖，问："韩队长什么时候喜欢听墙角了？”

韩靖乐了，问：“我这算吗？”

“不算吗？”陆焯峰把手机还给通信员，又回到墙边，问韩靖。

韩靖问：“我问你，明烛哭没哭？”

陆焯峰瞥了他一眼，道：“没哭，她不爱哭。”

韩靖叹了口气：“行吧，佟佳还挺爱哭的。我刚才给她打电话，她一听见我的声音就哭了，说想我。我哄了半天，越哄她越哭。明烛那姑娘看着挺柔弱的，真的不爱哭？”

“不爱哭，也很好哄。”陆焯峰淡淡地道。

明烛看似柔弱，却很有韧性。陆焯峰很少看见她哭。但是，她一哭，她眼底的情绪他看得一清二楚，悲伤、压抑、心痛……陆焯峰最看不得她哭了。

“还真是不一样，女人有时候真不能只看外表。”韩靖感叹道，又笑了一声，“不过，我还挺乐意哄佟佳的。”

“睡觉。”陆焯峰懒得搭理韩靖，转身走了。

另一边，明烛挂断电话，唐馨和周宜宁已经码好牌了。

唐馨见明烛回来了，笑眯眯地问：“不会是陆焯峰的电话吧？”

明烛在唐馨的对面坐下，道：“嗯。”

周宜宁挑眉问：“听说你们写剧本的时候跟着部队去了边境，还参加了野战训练？明烛，你跟陆焯峰是取材的时候认识的吗？”

几人说话时，唐馨开始拿牌了。

明烛拿了四张牌，垂下眼眸，道：“我十七岁时就认识他了。”

剧本的主人公是有原型人物的，周宜宁作为主演之一，自然知道这点。周宜宁看向明烛，有些佩服：“怪不得剧本写得这么有血有肉，等电影上映后，观众估计很难相信编剧竟然这么年轻，还是女的。”

明烛不以为意地说：“不相信也没事，我又不是公众人物。”

其实，这种话明烛听得多了。她入行后，一直有很多人以为她是男的。她一开始还想在微博上澄清一下，后来想想就算了。明明她的百度资料里写得清清楚楚，但有些人就是不信她是女的。

第一把，明烛赢了。

不知道是不是因为陆焯峰，明烛今晚的运气好得不行。几个人打到晚上十点多，一共打了二十多把，明烛就赢了十多把。

周宜宁接了好几个电话，是季东阳催她回去睡觉。但周宜宁就赢了两把，怎么肯回去？

唐馨也没玩够，不过她是季东阳的骨灰级粉丝，忍不住说："宜宁，你不回去，东哥生气了怎么办？"

周宜宁挑挑眉，随意地道："男人生气了，睡一觉就好了啊。"

唐馨："……"

明烛认真地问："真的吗？"

虽然陆焯峰好像从来没有真正地生过明烛的气，不过两个人在一起，总归有吵架、生气的时候，明烛觉得自己得学学。

周宜宁凑到明烛跟前，相当有经验地说："那当然，一次不行就两次、三次……"

明烛红了脸，哦了一声。

副导演作为牌桌上唯一的男性，被忽略了许久，闻言猛地咳了几声，道："我还在这儿呢，你们都当我不存在？我也是男人，你们怎么不问我？"

周宜宁扫了一眼副导演的啤酒肚，诧异地道："副导，您一晚上还能三次？"

副导演："……"

这天没法聊了，牌也没法打了。

敲门声突然响起，唐馨去开门，看见季东阳冷冷地站在门外。

唐馨小心翼翼地说："东哥……"

季东阳点了下头，站在门口道：'周宜宁，跟我回去。"

周宜宁皱了下眉，对明烛笑了笑说："那我先走了，改天继续啊……"

周宜宁走到门口，双手勾住季东阳的脖子，甜甜地一笑。原本冷着一张脸的男人立刻变了神色，有些无奈地对周宜宁说："明天还要拍戏，你准备玩到什么时候？"

周宜宁笑了："现在就跟你回去。"

季东阳搂住周宜宁的腰，把人带走了。不到一分钟，房间里便清静了。周宜宁连麻将都没带走。

唐馨看得一愣一愣的，关上门后，看向明烛，佩服地说：“宜宁简直是我的偶像。东哥可是出了名的脾气臭，也只有在她面前才会露出那种无可奈何的表情。”

明烛问：“陆焯峰的脾气臭吗？”

唐馨想起陆焯峰那张扑克脸和冷厉的眼神，莫名地打了个寒战：“嗯，非一般的……”

“那他对我呢？”

唐馨下意识地说：“我看他骂人的样子跟阎罗王差不多，你说他吸引女医生，但他什么时候好好地看过人家了？他只有看你的时候，眼神才会温柔起来……我觉得这就是爱！”说完，唐馨往床上一倒，对着天花板叹息道，“我什么时候才能获得真爱啊？”

明烛正收拾桌上的麻将，往床上看了一眼：“唐域啊。”

唐馨拿枕头捂脸，尖叫道：“啊啊啊，不要说他！”

明烛顿了一下，说：“唐域回国的前一晚，我好像看见他把你拉进洗手间了，你们干吗去了？”

唐馨的脸一下红了。她在心里骂唐域“浑蛋”。

拍摄期已经过半，电影拍摄得很顺利。

四月初，明烛踏上航班，飞往G国南部的边境城市。下了飞机，她赶到医院跟医疗分队会合。除了司机，其他都是中国人。

明烛站在医疗车前，说：“我找邵骏。”

一个身材高大、面容俊朗的男人走过来，瞥了她一眼，问：“明烛？”

明烛点点头，笑道：“邵医生，你好。”

邵骏扯了下嘴角：“上车吧，马上就要出发了。”

明烛随邵骏上了医疗车，车上除了他们，还有两个护送医疗车的战士。两个小战士时不时看一眼明烛，然后又因为害羞，迅速移开视线。

邵骏饶有兴致地对明烛说：“唐海程说有个人要跟我们一起过去，我还以为是记者。”

但明烛既没带相机，也没带什么装备，一看就不是记者。

明烛有些不好意思：“我是去看人的。”

“哦？”邵骏挑眉，“看男朋友？”

明烛笑道：“看老公。”

邵骏一愣，啧了声：“结婚了啊？”

明烛点头：“嗯，领结婚证了。”

邵骏：“你老公叫什么？”

明烛：“陆焯峰。”

路途遥远，众人途经多个城市，终于抵达目的地。

明烛从车上下来，往四周看看，这里似乎刚刚重建完，营区看起来很新。营房右侧的土壤比较黑，稀稀落落地冒出一些绿叶，杂草却比那些绿叶长得更茂盛。

邵骏介绍道：“营区是前几个月刚建好的，那边是新挖的菜地，菜是工兵分队和医疗分队自己种的。这里的土壤土质不好，菜长得不好，几个月了，就长出一些胡萝卜和丝瓜。杂草倒是长得不错，连狗尾巴草都有。”

这里天气炎热，太阳高高地悬挂在空中，金灿灿的阳光洒在这片重生的土地上，有些刺眼。明烛转头看向邵骏，问：“你之前说陆焯峰一般晚上才回来？”

邵骏将手插在裤兜里，吊儿郎当地笑了笑，说：“对，我让人给他带个话。”

明烛一直提着的心终于放下，随之而来的是即将见面的兴奋。她弯起眉眼道：“谢谢。”

她这么笑的时候，杀伤力很强，旁边的战士都看愣了。

邵骏笑道：“陆少校的宿舍在那边，我带你过去休息一会儿？”

明烛只背了个旅行包，里面装着几套衣服和日用品。她点头道：“好。”

“不过，他不是一个人住，韩靖跟他住在一起。”

“没关系，我把东西放下就好。”

至于其他的，她可以等见到陆焯峰后再说。

太阳落山后，天色渐暗。

几辆装甲车停在营区外，陆焯峰从车上跳下来，一把摘下帽子，撸了下短短的发楂，大步往里面走。

四个小时前——

战区线外，陆焯峰刚准备跳上装甲车，彭戈从另一侧跑过来，激动地喊道："队长，你等会儿！"

陆焯峰攀上车门，上了车，瞥了彭戈一眼，问："慌慌张张的，有什么事？"

彭戈在他面前站定，微微喘着气，道："营区那边有人带来消息，邵军医带了个女人回来，特别漂亮，还穿了身旗袍。肯定是嫂子来找你了！"

陆焯峰惊讶地问："你说什么？"

彭戈嘿嘿一笑："我说邵军医的医疗队带回来一个女人，听描述，那个女人肯定是嫂子。"

陆焯峰用舌尖抵着腮帮，半眯着眼睛，问："人呢？"

"在营区啊。"

"我说带信的人。"

"已经走了。"

陆焯峰咬着下唇点了下头，脸色已经恢复平静了："我知道了。"

彭戈啊了声，心想：队长知道了还在这里干吗，不该赶紧开车回去吗？

陆焯峰瞥了彭戈一眼，冷冷地道："还愣着干吗？该干吗干吗去！"

彭戈一眨眼的工夫就跑了。

陆焯峰闭上眼，重重地吸了口气。前两天他给明烛打过电话，那姑娘一句话也没透露，竟然一声不吭地就跑到这儿来找他。

她真是——长本事了！

第十四章

他已百炼成钢

陆焯峰走进营区，路过那片贫瘠的菜地时遇见了邵骏。邵骏靠着门框，笑眯眯地看着他道："陆少校，你回来了？"

"人呢？"陆焯峰不跟他废话。

"谁？"邵骏明知故问。

陆焯峰瞥了他一眼，说："我老婆。"

邵骏笑了一声，指指对面的营房，说："在里面吃饭呢。"

陆焯峰快步走向营房。与此同时，明烛似乎感应到了什么，从营房里走了出来，站在门口静静地看着他。两人的视线交会在一起。

男人一身作训服，高大挺拔，身上有些尘土，却依旧英俊帅气。明烛近乎痴迷地看着他，慢慢地弯起眉眼，漂亮得不像话。大概是情人眼里出西施，陆焯峰觉得自己这么多年来就没见过比她漂亮的人。其实，这世上当然有比她漂亮的，但他从来没注意过。

陆焯峰冷着脸走过去，两人一人站在门外，一人站在门内，安静地对视着。

明烛看着他的眼神，慢慢察觉到不对劲。他在生气，虽然不动声色，却是真的在生气。

明烛拉拉他的手，小声地讨好道："陆焯峰，你……不高兴？"

陆焯峰咬着牙，冷笑一声，道："我真高兴，在这种地方你都能给我准备惊喜。"

明烛的心里咯噔一声。她有些慌，手指在他的掌心里抠了抠。不远处，一群战士正围着邵骏小声地议论着什么，全部一脸八卦地偷看这边的情况。这里是食堂，他们站在这儿，那群战士都不好过来吃饭了。

陆焯峰深吸一口气，暂时压下那股怒意，抓紧她的手把人拽了出来。明烛努力跟上他的脚步，侧头看着他，问："你真的生气啦？我不是故意的。我衡量过，也问过很多人，知道可以来这边后才来的。邵军医说了，前几天有个军官的妻子来过这儿，刚走。我本来想告诉你的，但想想还是决定先不说，想给你一个惊喜……"她喋喋不休地解释起来。

陆焯峰在宿舍门口停下，打开门，把人推了进去。

明烛转头看着他："喂……"

话音刚落，她就被男人抵在门板上。

明烛的心怦怦地跳着。她立即伸手搂住他的脖子，又一次弯起眉眼，说："你别生气了好不好？跟我说句话……我千里迢迢地跑来，你别冷着脸啊！你再这样，外面的人都以为你要家暴了……"

陆焯峰垂眼看着她，手在她的大腿上抚摸。明烛红着脸，目光盈盈地看着他。

她的裙摆被那只大手卷起来。陆焯峰在她的腿上摸了几下，挪到她圆润的臀上。啪的一声，他在她的屁股上轻轻地打了一巴掌。

明烛抬头瞪他，脸瞬间红透了。

陆焯峰把手抽出来，慢条斯理地把她皱了的裙摆整理好，嗓音低哑："教训你一下，让你不听话！"

明烛气极了："你浑蛋，哪儿有人这样……"

陆焯峰低下头，上下扫了她好几眼，还好，她穿的这身素色旗袍还算保守。

"来这儿怎么不告诉我？"陆焯峰站直了，根本没准备来个重逢吻，倒是先盘问起来了。

明烛觉得再这么聊下去，自己肯定得挨骂，又忽然想起了周宜宁的话——"男人生气了，睡一觉就好了啊"。

现在他们睡一觉肯定不行，但……

她踮起脚，勾住他的脖子，吻住他的唇，小猫似的在他的唇上又舔又咬。男人毫无反应，只是任她挂在自己的身上为所欲为。

明烛有些泄气，又咬了他一口，正准备老老实实地认个错时，腰上忽然一紧。陆焯峰再次把她抵到门上，重亘地吻住她的唇。明烛仰着脸，承受他火热的吻。

正当两人吻得难舍难分时，门忽然被人推了一下。

明烛被吓了一跳，差点儿咬到陆焯峰的舌头，幸亏陆焯峰撤得快。他用舌尖抵着下牙，低头看她。

门又被人推了两下。陆焯峰抵着明烛，纹丝不动。

韩靖骂道："搞什么，门坏了？"

明烛窘迫得不行，差点儿忘了陆焯峰跟韩靖住在一间宿舍。她推推陆焯峰，陆焯峰眯着眼，抱着她往后退了三步。

下一秒，砰——

门被人暴力地踹开了。

韩靖站在门外，瞪大了眼，惊愕地看着陆焯峰和明烛，问："我这是眼花了吗？"

陆焯峰淡淡地看了他一眼："不会敲门？"

韩靖无语了，这是他的宿舍，他进自己的宿舍还要敲门？

"不是，明烛怎么会在这儿？"

明烛窘迫得不行，脸颊微红："我下午到的，过来看看。"

韩靖转头看看外面，有些蒙："不是，怎么没人告诉我？我要是知道你们俩在房间里，肯定不会来打扰的。"他咳了声，"我先走了，你们继续啊……"

说完，韩靖真的走了。

明烛有些不好意思，抬头看看陆焯峰，说："你没吃饭吧？你去吃饭吧！"

陆焯峰笑了一声，问："你跟我去？"

食堂里的人肯定很多，明烛不想被围观，想了想，说："我已经吃饱了，在宿舍等你吧……"

"好，我很快回来。"他揉揉她的脑袋，走了。

宿舍里，明烛在椅子上坐了一会儿，目光扫到房间里的两张单人床，想到了一个严肃的问题：她今晚住在哪里？

陆焯峰速度快，一会儿就吃完了饭，直接走了，没看那帮小子。他知道，这群人肯定在背后聊他跟明烛的八卦。

天色已经黑了，陆焯峰穿过几个营房，在路上碰见了彭戈和张武林。张武林挠挠头，问："队长，今晚嫂子住哪儿？要不整理个房间出来？"

陆焯峰："不用了，邵骏那屋里不是有张床吗？"

张武林一脸震惊："啊？嫂子……"

"啊什么？"陆焯峰踹了他一脚，没好气地说，"让韩靖过去睡。"

"哦哦哦……"张武林这才反应过来。

陆焯峰急着回去找明烛，懒得搭理张武林，转身欲走，但彭戈又喊了陆焯峰一声。陆焯峰有些不耐烦地回过头，道："有话快说，干吗婆婆妈妈的？"

彭戈咳了声，道："就是……邵军医问你需不需要计生用品，他那边有。"

刚才，陆焯峰带明烛回房后，邵骏跟战士们一块儿吃饭，顺便聊了聊陆焯峰和明烛的事。邵骏之前只知道陆焯峰跟韩靖有女朋友，却不知道陆焯峰已经结婚了，问了后才发现这群战士也不知道。

陆焯峰领证的事算是秘密，他没跟任何人提过。毕竟，让明烛跟他偷偷领证算是委屈她了，不是什么值得宣扬的事。陆焯峰本打算回去之后再跟大家说，没想到明烛这姑娘先说了。不到半个小时，陆焯峰跟明烛已经领证的事就在营区里传开了。

邵骏吃完饭，临走前拍了拍彭戈的肩，非常体贴地说："我要去给伤员看看伤，你们队长等会儿要是过来吃饭，问他需不需要避……"邵骏顿了一下，微微一笑，改了个说法，"问他需不需要计生用品，我那儿有。"

陆焯峰看着彭戈，嘴角一抽，没回答，直接走了。

张武林站在原地，挠挠头，问彭戈："你说队长这是需要还是不需要？"

彭戈一巴掌拍在张武林的脑袋上，说：“废话，小别胜新婚，怎么可能不需要？除非他们准备生个小孩儿玩。”

陆焯峰回去之前还是去了邵骏那里。

邵骏刚从伤员那儿回来，迎面跟陆焯峰碰上了。陆焯峰将手抄在裤兜里，瞥了邵骏一眼，淡定自若地说：“开门。”

邵骏笑着开了门，一进门就拉开抽屉，一本正经地问：“拿药还是……不过，药对女人的身体不太好，你应该懂的。”

“我没说拿药。”陆焯峰冷冷地瞥了邵骏一眼。

邵骏拿出三个盒子，盒子里是散装的避孕套。邵骏坐到椅子上，优哉游哉地说：“从左到右，型号从小到大，陆少校自便啊……”

陆焯峰很无语。如果这附近能买到，他绝对不会从这里拿。

陆焯峰看也没看邵骏，直接从最右边的盒子里抓了一把避孕套，也没在意自己到底拿了几个。他将东西塞进裤兜，转身便走，还没走到门口，邵骏又喊了声：“陆少校。”

陆焯峰回头问：“还有事？”

邵骏咳了声：“你好像拿多了。我想提醒你一句，留点儿力气……”

“邵骏，”陆焯峰笑着打断邵骏，淡淡地道，“你知道有些人莫名其妙地就死了，是为什么吗？”

“啊？”邵骏一愣，没反应过来。

“有些人，死于话多。”陆焯峰说完，利落地走了。

邵骏：“……”

陆焯峰刚出门就跟韩靖碰上了。韩靖看见陆焯峰，顿时有些憋不住了，问：“听说你跟明烛领证了？这是真的假的？”

陆焯峰看了他一眼，嗯了一声，道：“来这儿之前领的。”

韩靖遗憾地道：“我跟佟佳本来也想去领的，但她父母不同意，说要等我回去再说。你也太不够意思了，不跟我说一声，好歹传授点儿经验吧。”

陆焯峰一直觉得这件事自己做得不够好，自嘲地一笑，道：“她父母不知道。”

韩靖啊了一声，说：“那我就平衡了！我说你怎么什么都快我一步呢。”

“去你的！”陆焯峰直接踹了他一脚，往前走了两步，又回过头说，“这几天明烛跟我住，等下我带她出来走走，你要拿什么赶紧去拿。还有，把钥匙给我。”

韩靖哼了一声，说：“我发现你这个人极其重色轻友。咱俩是战友，并肩作战了这么多年，我还比不过一个女人？”

陆焯峰笑道：“你少装！”

陆焯峰伸出手。韩靖自觉地将钥匙交了出去，挑眉笑了笑，道：“放心，我保证不去打扰你们。”

就在明烛坐在椅子上昏昏欲睡的时候，陆焯峰回来了。她顿时有了精神，仰头看着他，问：“你怎么去了那么久？”

陆焯峰一摸兜里的东西，感觉浑身都在发热。他不动声色地把手拿出来，摸摸她的脑袋：“去拿点儿东西。”看着她的包问，“要洗澡吗？”

“要。”明烛点头。

陆焯峰拎起她的包，从柜子里拿了套自己的便服，又拿起一条干净的毛巾，把人拉到身旁，道：“走吧。”

明烛看了看他，有些犹豫：“这里的浴室是分男女的吧？”

营区里有不少女人，包括记者，医疗队里的军医和护士，还有接受救治的女难民。

陆焯峰知道她在想什么，似笑非笑地看着她，问：“想跟我一起洗？”

明烛：“不是。”她就是问问。

陆焯峰摇头叹息，道：“是也不行。这里房屋紧张，只有两间浴室，小的那间是给女士准备的。”

明烛羞红了脸，道：“我都说不是了！”

他笑了。

明烛想了想，小声问：“我晚上住哪儿？”

“当然是住这里了，人都到我跟前了，你还想分居？”陆焯峰眉头一皱，“这几天韩靖去邵骏的房间住，邵骏那边还有张床。”

明烛想起包里的东西，镇定地点点头，道："嗯，我想跟你住。"

两人走到门外。明烛正要锁门，陆焯峰按住她的手，说："不用关，韩靖待会儿要回来拿东西。"

"哦。"

一路上，二人碰到不少战士。战士们大多喊明烛"嫂子"，还有喊"夫人"的，这个称呼让明烛有些尴尬。她只能硬着头皮点头。之后，二人又遇到了G国的军人，他们艳羡地看看陆焯峰，有人问："这位是？"

陆焯峰："我的妻子。"

"你的妻子非常漂亮。"

"谢谢。"

随后，陆焯峰搂着明烛的腰走到浴室门前，把东西交到她的手上，说："去吧，我在外面等你。"

明烛接过包，问："你呢？"

陆焯峰低头看着她："我肯定比你先洗完。你快进去吧，待会儿一出来就能看见我。"

半小时后，明烛穿一身淡粉色的旗袍，披着湿漉漉的头发走出来。靠在墙边的陆焯峰转头看见她，舔了下嘴角，伸手搂住她的脖子，把人拉到怀里，又接过她的包，漫不经心地说："这几天别穿旗袍，穿裤子！"

"为什么？我看别的女人也穿裙子啊。她们的裙子比我的短，我的裙子到脚踝了，款式很保守的。"明烛现在穿的是改良款的旗袍，看着端庄大方。

陆焯峰又看了她一眼，没回答她的问题。她可能不知道，她这么穿比其他女人穿低胸款的短裙更勾人。这个国家的有些男人喜欢东方女人，尤其是像明烛这种类型的。刚刚那个G国军人看明烛的眼神就赤裸裸的，带着渴望和艳羡之意。当然，他们不会做什么，但那种眼神确实让陆焯峰很不舒服——哪个男人喜欢别人盯着自己的女人看？

回到房间后，他将人抵在门上，盯着她白皙漂亮的脸蛋，手在她的腰上或轻或重地捏着。他缓缓道："这里很多男人很久没有过女人了，你懂吗？”

明烛啊了一声，反应过来了：“懂……”

陆焯峰很欣慰，摸摸她的脑袋。她的头发上还滴着水，他将毛巾盖在她的脑袋上，不轻不重地擦着她的头发，说：“有我在，不会有人明目张胆地盯着你，但男人有时候会控制不住自己……”

明烛点头，特别赞同地说：“嗯，我知道。就像你一样，在外面正直得不得了，关上门……也一样坏。”

“一样坏？”陆焯峰掐着她的腰，又把人抵在门板上，低头咬住她的唇。

明烛瘦，蝴蝶骨蹭在门板上，有些疼。她刚张嘴，他的舌头就钻了进来，在她的唇舌上轻轻地一挑。

她含混地说：“嗯，很坏……”

“那就让你见识一下什么叫坏。”陆焯峰咬着她的唇，手滑入她的裙摆。

明烛浑身轻颤、面色潮红，颤声求饶道：“别这样……”

他低头看着她，手上的动作不停，嗓音低哑：“别怎么？”

明烛咬着唇，没回答。她勾着他的脖子，眼睛里泛起雾气，眼神迷离地看着他。她觉得不能让自己一个人受煎熬，便踮着脚去亲他的喉结。陆焯峰的背顿时直了。

明烛有些得意地说：“我也懂你……”

他勾着嘴角，笑得有些坏，膝盖挤进她紧闭的双腿间。明烛叫出了声，红着脸，张嘴咬住他的肩。他在她的耳边轻声说：“你连看都不敢看我，真的懂？”

明烛觉得头昏脑涨，渐渐站不住了。就在这时，陆焯峰却忽然撤离。她有些迷茫：“怎么了……”她不懂他为什么停下。

陆焯峰看着她的眼神，在她的腰上掐了一下，说：“忽然想起还有笔账没算清楚。说吧，谁告诉你可以让邵骏带你过来的？”以她的本事，应该找不到邵骏。

陆焯峰试探道：“唐域？”他唯一能想到的人就是唐域了。

唐域追过明烛，在她的身上花的心思可不少。如果明烛开口，唐域肯定会帮忙。现在，陆焯峰要在这边待大半年，谁知道唐域那小子会不会卷土重来。

陆焯峰撩开她半干的发丝，脑子里想的是谁有吹风机，嘴上却问：“唐域也来剧组了？”

明烛的脑袋里一片混沌，她软软地搂着他的脖子，只回答了他后面的那个问题：“唐域是来找唐馨的，不是来找我的……”她怕陆焯峰误会，又解释道，“唐域现在喜欢唐馨。我觉得他们俩能在一起。”

陆焯峰摸到她腰侧精致的小盘扣，弄了好久才解开第一颗扣子，但解第二颗、第三颗扣子时便顺利许多。他慢条斯理地从她的腰臀处往上解，一颗一颗地解，一边解一边说：“真的？”

“嗯……”她被他撩拨得头昏脑涨，没办法思考，伸手摸到他的腰带。

咔嗒一声，腰带被她解开了。她第一次这么主动。

与此同时，旗袍的盘扣解到了胸口处，她黑色的内衣露出半边，衬得她的皮肤更白了。这身旗袍是尤欢设计的，盘扣三颗三颗地挨着，精致又小巧，从腰侧到领口一共有二十多个盘扣。

尤欢说，急性子的男人要解开这件旗袍，估计会疯。

陆焯峰并不是急性子，找到诀窍后，一颗一颗解得干脆利落，却也费了不少时间。

“谁让你去找邵骏的？”他又问了一次。

“唐队长……”她这才反应过来，陆焯峰是要算账了。明烛连忙解释道：“我问了他很久他才告诉我的。我是真的认真地考虑过，确定你这边很安全后才过来的。”

“队长？”陆焯峰很意外，目光落在她的身上，眸色沉了。

明烛点头，道：“嗯，我真的不是一时冲动。我等了一个多月才有机会过来，不告诉你是想给你一个惊喜……”

显然，他并不喜欢这个惊喜。她想起周宜宁的话，毫不犹豫地去脱他的裤子。

陆焯峰挑眉，按住她的手：“这么着急？”

明烛不知道该怎么办了，满脸通红地问：“你不想要吗？”

他看着她不说话。

她想了想，啊了声：“是不是因为没有安全套？其实……我买了，在包里。”

陆焯峰眯了眯眼，表面淡定，但内心很惊喜：“准备得这么充分？”他话锋一转，“不过，下不为例。以后有什么事情你要提前跟我商量，这里真的没你想的那么安全。医疗车被突袭这样的事不是没发生过，就算你跟在邵骏身边，也不一定安全，懂了吗？”

明烛咬咬唇，有些委屈：“我都已经在这里了，你还要算账吗？”

“当然要算。”陆焯峰解开她脖子上的盘扣，旗袍的领口大开。

他没把她的衣服脱干净，旗袍卡在腰间，裙摆撩到大腿处。明烛配合地拱起腰，想要脱掉衣服。陆焯峰按住她的手，笑得有些坏：“别，就这样。”

明烛的脸立刻红了，她道：“你怎么……这么坏……”

“你不是说，我关起门来，和别人一样坏吗？”陆焯峰脱掉身上的T恤，露出肌理分明的胸膛和腹肌。

她喜欢他的身体，不由自主地伸手去摸他。陆焯峰低头吻她的唇，过了一会儿，将她的包取过来，问：“东西在哪儿？”

“这里……”明烛指了指背包的侧面。

陆焯峰笑着拉开拉链，摸出一个小盒子。

明烛的脸红了，她小声说：“没有看见你之前买的那种，我也不知道这个好不好……”

他把包放回去，瞥了一眼：“六个？”

明烛无辜地看着他，说：“我就待三个晚上，不够吗？”

陆焯峰深深地看着她，忽然笑出声来：“够不够你不清楚？”

明烛不出声了，勾住他的脖子，小声说：“你还有任务呢。”

陆焯峰笑着欺身上去，咬住她的唇……

夜半。

明烛气若游丝地靠在他的怀里，满头是汗，已经虚脱。两人挤在一张狭窄的单人床上，陆焯峰把人搂进怀里，低声说：“我去另外一张床上睡？”

她满脸通红地抬头看他，说：“不用，我不怕挤的。”

陆焯峰一顿，手在她的肩上来回抚摸，漫不经心地说：“我不是怕挤。”

他是怕忍不住。

明烛反应过来后，还是没放手，困得快睁不开眼了，嘟囔：“那你再抱我一下，等我睡着了再过去。”

陆焯峰看着她，嘴角勾了一下，摸摸她的脑袋，说：“嗯，睡吧。”

她困极了，闭上眼睛后立刻睡着了。

单人床上睡两个人，其中一个还是一米八几的男人，是真的挤。但陆焯峰看了她一会儿，还是没舍得放开她，叹了口气，往床边挪了一点儿，让她睡得舒服些。

第二天早上，明烛醒来的时候已经快十点了，陆焯峰早已不在。整个营区，估计就她一个人没起床。她自己去食堂吃了早饭，遇见了医疗分队的两个女护士，其中于护士的年纪跟明烛差不多。于护士看着明烛暧昧地笑了，弄得明烛有些不好意思。

陆焯峰晚上不知道几点才会回来，明烛总不能闲着，便问于护士：“你们要去做什么？我可以帮忙。”

于护士笑眯眯地说：“待会儿要去给伤员检查伤口、派药，中午吃完饭去种菜，你要跟我们一起种菜吗？很有意思的。”

明烛长这么大只种过盆栽，没种过菜，一听就来了兴致，说：“好啊。”

中午，明烛顶着太阳跟护士们去种菜，还拔了一些萝卜。

萝卜个头小，于护士笑着告诉明烛：“你别看萝卜小，其实还挺甜的。”

明烛不在意地笑了笑：“那晚上拿来炖汤？”

“好啊。”于护士看了一眼明烛身上的牛仔裤，笑道，“你怎么不穿旗袍了？旗袍很好看。”

明烛想到昨晚，那件旗袍最后都皱成了一团，红着脸摇头道：“不穿了。”

于护士：“是不是陆队叫你别穿了？”

明烛有些害羞，没敢承认：“不是。”

天黑之后，陆焯峰、韩靖和邵骏一起回来了，一群战士跟在他们后面走进营区。彭戈和张武林一看见明烛就笑了，道：“嫂子！”

明烛点了下头，然后看向陆焯峰。

陆焯峰摘下帽子，瞥了一眼她的手。她的手上满是泥。他问：“你做什么了？”

明烛指指一旁松软的泥土，说：“于护士找到一包种子，不记得是什么了，我试着种了，不知道能不能长出来。”她指了指一片区域，“我就种在那儿了，以后要是长出来了，你记得告诉我。”

陆焯峰把她嘴角的发丝捋到耳后，把人带到水龙头下给她洗手，动作温柔：“今天在这里都做了什么？无聊吗？”

“不无聊，早上跟护士去看伤员了，中午跟他们种菜、拔萝卜，挺有意思的。”

“是吗？”

“嗯，等会儿你喝萝卜汤，是我炖的。”

确定她的手洗干净了，陆焯峰关掉水龙头，直接把她的手往自己的衣服上蹭了蹭，说：“好。”

二人走到食堂，昨晚那位夸她漂亮的外国军官正在跟邵骏说话。那位军官似乎在学普通话，费劲地说：“骚军医。”

邵骏微微一笑，纠正他：“是邵，不是骚。”

众人笑了。

外国军官点头：“OK（好的），骚军医。”

邵骏嘴角一抽，再次纠正道：“邵，不是骚。我不骚，谢谢。”

众战士没忍住，哄堂大笑。

韩靖笑得直抽气，拍拍邵骏的肩膀，说：“骚军医。”

外国军官完全不知道他们在笑什么，不过也没恼，微笑着继续喊了声：“骚？骚军医？”他顿了一下，求表扬似的看向隔壁桌的陆焯峰和明烛。外国军官用英语对明烛说：“Pretty girl, am I right?（美丽的姑娘，我说得对吗？）”

明烛愣了一下，没回答，看了一眼陆焯峰。

陆焯峰面无表情，淡淡地说：“说得很好，是骚军医。”

明烛忍不住笑了。韩靖、彭戈和张武林几个也没忍住，哈哈大笑起来。

邵骏脸都黑了，又纠正了几次。但他平日里就爱开玩笑，大家都不怕他，依旧喊他“骚军医”。一时间，“骚军医”这个名号传遍整个营区。

吃完饭，明烛和陆焯峰走回房间，陆焯峰的脸色不太好。明烛拉拉他的手，弯起眉眼道：“于护士说明天要去镇上的小学，给学生检查身体。我想跟他们一起去，可以吗？”

陆焯峰捏住她的手，说：“明天几点？”

明烛说：“早上八点，大概傍晚回来。”

这个城镇靠近战场，环境艰苦，难民众多。镇上只有一所小学，孩子们都集中在那里上学，学校里只剩两个老师了。

陆焯峰想了想明天的安排，低头看着她，问：“你真的想去？”

两人站在房门外，明烛抬头看着他，老实地说：“好吧，我说实话，我们转移到新的拍摄地后遇上了不少事。最难的是有一次下暴雨，我们的摄像机被抢了两台、毁了一台，摄像小哥被打得小腿骨折，幸好剧组提前做好了准备，不然拍摄进程就耽误了。我从大学开始写剧本，参与过的电影、电视剧不算少，我觉得自己很幸运，这条路走得很顺。但那些剧本跟《反恐》不一样，《反恐》是我写得最用心、最满意的剧本，当然，拍摄过程也是最艰难的……”

陆焯峰安静地看着她，余光瞥见外国军官从旁边走过，不动声色地打开门，搂着明烛进了房间，关上门。

二人靠在门上，他垂眸看着她，低声问：“还有呢？”

陆焯峰不知道她想说什么，但知道重点肯定不在《反恐》的拍摄过程有多艰难上。她是编剧，不是导演或投资方，拍摄有多困难跟她的关系不是很大。

明烛搂住他的脖子，弯了下眉眼，说：“我想晚一天回去，后天跟记者去前线拍照。”

陆焯峰的眼睛微微地眯了起来，脸色倒是平静，他淡淡地说：“哦？再说一次。”

明烛一顿，然后小声说：“我想跟记者去前线拍照。”

她已经问过住在营区的记者了，他可以带她一起去，前提是陆焯峰同意。

“理由。”

“我想到一个新的剧本！既然我已经在这里了，就想去实地观察一下，毕竟这样的机会不多，以后……”明烛看着他的脸色，语速飞快，“回去之后要准备婚礼，还要生孩子，时间上可能很紧。就算有时间，你可能也不会答应……”

屋子里没开灯，光线很暗，陆焯峰沉默了很久，不知道在想什么。

明烛看不清他的神色，勾着他的脖子，踮着脚亲了他一口，忐忑地等他的答案。

陆焯峰拉下她的手，冷声说：“你应该猜到了，我是不可能答应的，现在和以后都不可能。”

没有绝对安全的地方，更何况这里靠近战场。谁都料不到下一秒会发生什么。就算她是为了工作，他也不可能让她去冒险。

明烛咬着唇，不说话了。陆焯峰捏捏她的脸，叹了口气，语气软了：“撒娇、生气都没用，不行就是不行。你明天可以去学校，后天上午我送你去机场。”

她还是不说话。

他直接把人打横抱起，走到床边坐下，让她坐在自己的大腿上。

明烛站起来，抬起右腿，跨坐在他的腿上。

陆焯峰挑眉，明烛看着他说：“谈话要面对面。”

他笑道：“行，去把灯打开。”

“哦。”

她走到门口打开灯，又回来坐到他的腿上。

明烛是真的想去看看，怕以后没有这样的机会。虽然她很清楚陆焯峰的脾气，也猜到他不会同意，但还是想争取一下。

明烛亲昵地勾着他的脖子，小声问：“真不能去吗？以后就没机会了。”

陆焯峰往后仰了仰，双手撑在床上，态度依旧强硬：“不行。”

明烛凑过去，想贴近他，他又往后靠。

一来二去，她始终碰不到他的脸，最后直接趴在他的身上，沮丧得不想说话。

陆焯峰拍了拍她的脑袋，有些无奈：“在我这里，一般情况下，你想做什么我都能答应。但现在，我明知那边有危险，怎么可能让你去？如果你出事了，我怎么办？谁赔我老婆，谁给我生孩子？”

明烛埋首在他硬邦邦的胸膛上，声音闷闷的：“谁要给你生孩子？！”

“你两分钟前说的。”

好吧，她确实说了。

其实明烛早料到陆焯峰不会答应，所以郁闷了一会儿就想开了。她仰头在他的喉结上亲了一下，感受到他的身体僵了僵后，得意地站起来，准备去洗澡。下一秒，她又被人拽着跌坐回去。陆焯峰搂着她的腰，在她的下巴上亲了一口，亲昵地蹭着她的鼻尖，问：“去哪儿？”

门外，张武林斗胆敲门，大声喊：“报告队长，韩队长说有事跟你商量，让我过来叫你……”

明烛被吓了一跳，转头往门那边看了一眼。

陆焯峰在她的唇上咬了一口，拍拍她的脑袋，说：“在房间里等我。”

明烛爬到床边坐下，问：“我能先去洗澡吗？”

陆焯峰点头：“去吧，洗好了就回来。”

从浴室出来后，明烛跟那个外国军官迎面碰上了，明烛记得他叫卡扎迪。卡扎迪摆了个自以为帅气的姿势，笑着问：“陆少校没陪你？”

明烛点了下头，不想跟他说话，快步走了。刚转弯，她就看见陆焯峰拎着衣服走过来。陆焯峰看见她，眯了下眼，问：“怎么走得这么急？”

明烛高兴地说：“没事，你谈完事情了吗？”

陆焯峰看见那个军官走进浴室，收回目光：“嗯。”

“那我回房间等你。”

陆焯峰走进浴室，脱掉上衣，一边解腰带一边走向卡扎迪。

卡扎迪站在水龙头下，光着身体抓了抓湿漉漉的头发，半眯着眼看向陆焯峰。

陆焯峰冷眼看着卡扎迪，把裤子扔了，走到另一个水龙头下。

卡扎迪看了陆焯峰一眼，挑了下眉。

陆焯峰问：“看什么？”

男人都爱比较。卡扎迪讪讪地笑了笑，摇了摇头，随后开始洗澡。

陆焯峰迅速洗完，回到房间时明烛已经乖乖地坐在床上等他了。他走过去，弯下腰，她便抱住他的脖子。他顺势趴在她身上，说：“以后看见卡扎迪绕路走。”

明烛啊了一声，想到那个人看她的眼神，说：“好。”

“还有几个？”

“什么还有几个？”她愣了一下，反应过来后红着脸瞪他，“还有几个你不知道吗？”

他自己用了多少个不知道吗？

他笑出了声，低头吻她的唇，道：“今晚用完好不好？”

明烛被他亲得迷迷糊糊的，道：“用完吗？”

她后天才走，那明晚呢？不过这样也好，明晚他们可以好好聊天。

明烛道：“好啊，明晚我们就聊天，我有很多话想跟你说。”

“嗯。”

第二天，明烛醒来后拿手机看了一眼时间，瞬间清醒了。

她慌慌张张地穿上T恤、牛仔裤、袜子，把脚塞进鞋里，正要弯腰系鞋带时，门开了。一身作训服的男人径直走过来，在她面前蹲下，修长的手指利落地帮她把鞋带系好。

明烛愣了一下，看了看鞋，问：“你给我打的是死结吗？”

陆焯峰笑了一下，说：“可能吗？”

“你系得太快了，我以为是死结。”明烛懊恼地坐在床上，问，“他们是不是已经走了？”

现在都快十点了。

陆焯峰嗯了声，在她旁边坐下。明烛靠在他的肩上，还有些困。他低头看着她，问：“还想睡？”

明烛点点头，又立刻摇头，道：“不睡了。”

他拉着她站起来：“不睡就去吃早饭，吃完我带你过去。”

“啊？”明烛愣住，“你有时间吗？”

“不去？”

“去去去！”

一个小时后，明烛和陆焯峰从车上下来，医疗分队的护士已经在给小孩儿检查身体了。一群衣衫褴褛的小孩儿排队等着检查，眼神或好奇，或呆滞，或迷茫……

陆焯峰瞥了一眼，带着她走过去，告诉她：“这里有不少孩子是孤儿，在四周围观的人不一定是家长。你有什么想知道的、想问的，都可以问我。我知道的比你能看到的更多。”

他是想说，她不一定要去前线，只要有他就够了。

明烛仰头看着他，说：“好。我不想去前线了。”

他摸摸她的脑袋：“乖。”

明烛觉得他像在摸小狗，躲了一下，从包里拿出几包糖。那群孩子看见她手上的糖果，眼睛都亮了，眼巴巴地看着她。

陆焯峰问：“哪儿来的糖？”

明烛把包装拆开：“剧组里不是有两个小演员吗？我跟唐馨买了糖哄她们，不过口味好像没买对，两个小丫头不太喜欢吃。我一直把糖放在包里，这次就带过来了。”

她走过去，那群小孩儿立即拥向她。

陆焯峰微微皱眉，挡在她前面，说：“排队，不排队没有。”

那群孩子愣了愣，推搡了一会儿后认真地排起队来。糖果不多，一人只能分到一颗。最后，明烛的手里还剩下一颗糖。明烛摊开手心，将糖伸到陆焯峰面前，问：“你要不要吃一颗？”

她知道他不爱吃甜的，但还是想将糖留给他。陆焯峰拿过那颗软糖，撕开包装看着她，懒懒地道：“啊。”明烛歪着脑袋，不明所以地啊了声。他立刻将糖塞进了她的嘴里，说：“给你吃。”

明烛笑了，吃着糖走到于护士身旁帮忙去了。

下午，营区那边传来消息，韩靖带队出去时遇袭了，彭戈受了伤。陆焯峰立即带明烛赶回营区。

彭戈的手臂上挨了一枪，邵骏正在给彭戈取子弹。陆焯峰和明烛还没走近，就听见彭戈边抽气边喊：“骚军医，你轻点儿，我疼！

“骚军医，我这伤养几天能好啊？

“哎哎哎，我真的不是故意的！我说话有口音，嘴瓢……”

陆焯峰松了口气，脚步缓下来：“没事，伤得不重。”

明烛问：“你怎么知道？”

“他现在还这么能贫，应该没什么大事。”

明烛点点头，随后听见邵骏冷笑了一声，道：“再喊一声‘骚军医’试试？信不信我在你的伤口上撒盐？”

彭戈立即安静了。

韩靖出来抽烟，看见陆焯峰和明烛后笑了一下。

陆焯峰走过去，问：“怎么回事？”

韩靖把烟盒递给他，陆焯峰没接。韩靖笑了笑，说：“最近这边的局势又乱了，有几个武装分子突袭，想抢张武林的车和枪，彭戈在帮张武林的时候挨了一枪。”

陆焯峰沉默不语，往里面看了一眼。

邵骏取完子弹，为彭戈包扎好伤口后走出来，说：“没事，休息一段时间就好。”

陆焯峰带明烛去看彭戈。彭戈的精神状态还不错，他说：“嫂子，你给我拍张照片，到时候帮我发给我的女朋友，让她心疼我一下。”

明烛：“你确定？”一般人不该报喜不报忧吗？

彭戈一本正经地解释道：“我女朋友正跟我闹别扭呢，我怕她跟我分手。我得让她心疼我，这样她才舍不得我。”

明烛看了一眼陆焯峰。

陆焯峰：“歪理。”

彭戈笑嘻嘻地说：“真的！”

明烛笑了笑，还是拿出手机给彭戈拍了照片。

张武林站在旁边，忍了半天才小声问：“嫂子，子瑜……没来这边，对吧？”

“没有。”

林子瑜已经退出主创团队了。

“哦。”张武林有些失落。

明烛看着张武林说：“你有什么话或者东西要我带给她吗？”

张武林犹豫了一下，摇头道："没有。"

晚上，张武林还是没忍住，跑来找明烛，塞给她一个小盒子，有些不好意思地说："嫂子，你帮我带给她吧。"

明烛没问什么，点头答应了。

晚上，洗完澡后，明烛就开始收拾行李。陆焯峰躺在床上，支起一条腿，慵懒地看着她把衣服叠好放进包里。最后，明烛把张武林的小盒子放进背包的最里层。

明烛把包放在桌上，转身对陆焯峰笑了一下，爬上床坐在他身上，说："我收拾好了。"

他抱住她，说："聊聊？"

"剧组的拍摄期还有一个多月，顺利的话，五月中旬我就要回去了……"她眼巴巴地看着他，"我回去之前，能不能再过来一次？"

陆焯峰静静地看着她，半晌，有些无奈地捋捋她的发丝，说："我九月份回去，忍忍？"

明烛撇撇嘴："好吧。"

她趴到他的胸膛上，手不自觉地摸着他身上的肌肉，说："我回去后就跟外婆说我们领证的事。外婆把户口本给我了，就算我们提前领了证，她也不会说我们的。对了，外婆一直想给我办婚礼，你说是在镇上办还是在北城办？"

陆焯峰按住她的手，说："办两场吧，还得问问外婆和你爸妈的意见。"

"我还没见过你爸……"她抬头看着他。

"回去带你见见。"

"好。"她继续用手摸他硬邦邦的肌肉。

陆焯峰按住她的手，眼底的欲望正浓："这么好摸？"

明烛有恃无恐地笑了笑："嗯，挺好的。"

陆焯峰抱着人翻了个身，明烛只觉天旋地转，随后便被他压在了身下。她咬唇看着他，陆焯峰直起身，脱掉身上的迷彩服，松了松裤子上的扣子。

明烛一愣，问："你脱衣服做什么？"

他们不是说好了今天要好好聊天吗？

陆焯峰笑得有些坏：“你还真以为我们能纯聊天？”

“那不是没有……”

“谁说没有？”他示意她将手伸进他的裤兜里，道，“拿出来。”

明烛摸到几个正方形的小袋子，一下取出来三个避孕套。明烛瞬间傻眼了，呆呆地看着他，问：“哪里来的？”

陆焯峰把剩余的避孕套一并掏出来，随意地扫了眼，估计有八九个。

明烛一看，被吓了一跳：“怎么还有？”

他笑着压在她的身上，一本正经地说：“这是骚军医提供的……计生用品。”

计生用品？

明烛愣一会儿，反应过来后瞪大了眼睛：“你们这里还提供这些啊？为什么？”

陆焯峰低头亲亲她的耳朵：“哪有什么为什么？有男人、有女人的地方就会有这个。”

她的身上有一股好闻的味道，陆焯峰闻着那股味道，从脖子处一路往下吻……明烛还处于震惊当中，被他咬了一口后才反应过来，叫了一声。

他直起身，咬住她的唇，低声道：“专心点儿。”

她颤声道：“好……”

结束后，陆焯峰撩开她汗湿了的头发，垂眸看着她，问：“在想什么？”

明烛眼神迷离，可怕的战栗感还没散去，嗓子干哑得说不出话。她摇摇头，表示自己什么也没想。

陆焯峰的嘴角勾了一下。他起身把避孕套取下来的时候忽然发现不对劲，仔细看了看后整个人愣住了。

明烛拉过被子盖住自己，一双湿漉漉的眼睛迷迷糊糊地看着他。陆焯峰扔掉垃圾，坐回床上，连人带被一起抱过来，下巴在她的脑袋上蹭了蹭，有些无奈地说：“明烛，跟你说一件事。”

明烛昏昏欲睡，自己挪了下位置，靠得更舒服了，半眯着眼问：

“什么？”

“计生用品……破了。”

“哦。”她点了下头，还没习惯“计生用品”这个词，一下子没反应过来。

几秒后，她转过身，呆呆地看着他说：“啊？”

那个东西竟然破了？！怪不得她刚才有点儿疼。

陆焯峰皱着眉，冷静而克制地问：“嗯，破了，你上个月什么时候来的那个？”

明烛自己算了一下，现在不算太安全。她咬唇看着他，脸一阵红一阵白的，不是害怕而是纠结，因为婚礼还没办……外婆给她绣的嫁衣非常漂亮，她还想在婚礼上穿给他看的。如果她怀孕了，等陆焯峰回去时她的肚子大了，穿不上嫁衣了怎么办？要是她穿不上的话，外婆就白绣了。那套嫁衣外婆绣了两年多，非常精致，独一无二，外婆一直盼着她能穿上的。想到这儿，她低下头，有些焦虑。

陆焯峰站在床边，弯腰摸摸她的脑袋，语气无奈且愧疚：“邵骏那边有药。抱歉，就这一次……”

明烛回过神来，抱住他的腰，说：“别去了。”

陆焯峰也不想她吃那种药，但谁知道那东西会破？他深吸一口气，笑问：“想怀孕？”

“也不一定会怀孕啊！”

“那如果有了呢？”陆焯峰咬着下嘴唇道。

明烛想了想，小声说：“邵医生那儿的避孕套都能破，万一药是假的呢……再说了，我明天回去后可以买，你别去找邵骏了。”明烛抱着他不撒手了，脸都红了，“你别去……要是被人知道了，咱们就太丢人了。”

陆焯峰看她这么害羞，说：“好，我不去了。”

她埋首在他的怀里，说：“明天我去买药，听说四十八小时内吃都有效。”

陆焯峰懊恼地闭上眼，嗓音低哑：“嗯，就这一次。”

因为这个意外，明烛明明累极了，却翻来覆去地睡不着。陆焯峰搂着她，在她的背上轻轻地拍着，低声道：“是不是害怕了？”

他知道明烛还年轻，大概还没准备好生孩子。最重要的是，二人还没办婚礼，一般女孩子接受不了这个。

明烛抱住他摇摇头，道："我不是害怕。外婆给我绣了嫁衣，如果我到时候穿不上，她会难过，我也会……有点儿遗憾。"

但是，她又不太想吃药。

陆焯峰笑得有些苦涩，开玩笑道："明天把邵骏打一顿吧。"

明烛想了想，觉得这怪不了邵骏。她仰头在他的下巴上亲了一下，说："快哄我睡觉。"

陆焯峰微挑眉梢，笑着低声道："不然再来一次？反正已经破了。"

明烛立即闭上眼睛："我睡了哦，晚安。"

她睡着后，陆焯峰穿好衣服，走出房门，点了根烟。这几天明烛在，他抽得少，这会儿有些烦躁，忍不住抽了一根。

韩靖和邵骏从浴室里走出来，隔着不远的距离，看见陆焯峰姿态慵懒地靠在门边抽烟。

邵骏笑了一下，小声问韩靖："啧，陆少校抽的是事后烟？"

韩靖哈哈大笑："绝对是，现在就他一个能抱着老婆睡觉，咱们羡慕不来。"

陆焯峰听见韩靖的笑声，抬头看过去。邵骏朝陆焯峰挥了挥手，陆焯峰的目光瞬间变冷了。

天色灰暗，邵骏看不清陆焯峰的脸色，但莫名地身上一冷，转头问韩靖："你有没有感觉到一股杀气，我怎么觉得陆焯峰好像对我有敌意？"

韩靖笑道："你想多了吧？"

邵骏又看了陆焯峰一眼，陆焯峰还保持着那个姿势。邵骏觉得那股杀气源源不断地传过来，真的不是自己的错觉……就在邵骏想过来问问情况的时候，陆焯峰掐灭烟头，转身回房了。

第二天中午，陆焯峰把明烛送到了机场。机场附近有个药店，陆焯峰要去买药，明烛拉住他摇摇头，笑道："等我回酒店后再去买吧。你现在买我也吃不了，坐飞机前吃药的话，我会吐。"

这是真的。

明烛很怕吃药，不管是坐飞机前还是坐车前，都不能吃药。

陆焯峰看了一眼时间，快登机了，有些无奈地说："好吧，那你自己记得买。"

明烛点头，拉他到旁边坐下，有些眷恋地看着他说："嗯，我在家里等你。"

"好。"

"还有，我知道有护士喜欢你，你离她们远点儿，别忘了你很招女医生或女护士喜欢。"

"……"

明烛看他不信，轻哼一声："本来就是，于护士告诉我之前有个护士喜欢你。"

陆焯峰揉了揉她的脑袋，低声说："再胡说八道，下次就不是三次的事了。"

明烛一点儿也不怕，小声嘟囔："那也要五个月以后……"

陆焯峰被气笑了，懒洋洋地说："行啊，等我回去。"

广播提示旅客登机。陆焯峰牵着她的手站起来，把她送到入口处。明烛一步三回头，恋恋不舍。陆焯峰微微地勾了一下嘴角，目光温柔地看着她，嘴巴动了动。

人声鼎沸，她听不见他的声音，但从口型知道他在说："等我回家。"

第十五章

她以柔情刻骨

明烛在天黑之前赶回酒店，正在浴室里洗澡的时候，唐馨回来了。

唐馨见明烛从浴室里出来，笑眯眯地说："我还以为你舍不得回来了呢。"

明烛穿着浴袍，头发还在滴水。她一边用毛巾擦头发一边说："陆焯峰不让我多待。"

唐馨上上下下地打量她，点点头："嗯，憔悴了，看来没睡好。小别胜新婚啊！"

明烛红了脸，无力反驳，想起还要买药，忙丢掉毛巾随便吹了几下头发，用木梳将头发梳顺了，换好衣服后对唐馨说："走吧，去吃饭。"

两人走出酒店，餐厅在左边，药店在右边。

唐馨刚要往左边走就被明烛拉住了，明烛说："先陪我去买个药……"

"什么药？你哪里不舒服？"唐馨忙问。

"不是。"明烛的脸有些红，"买事后药。"

唐馨啊了声，瞪大了眼，忍不住道："不是吧，陆焯峰不戴套却让你吃药？他不知道吃药的副作用很大吗？是不是男人都一样，只顾自己爽啊……嗯……你……"

明烛捂住她的嘴，防止她再胡说八道，急忙说："不是你想的那样，你小声点儿。"

唐馨喊得这么大声，真是丢死人了。

唐馨拉下明烛的手，瞪了明烛一眼，问："那你干吗要吃事后药？"

明烛面红耳赤，觉得难以启齿，看了看四周，支支吾吾地说："嗯……那个套破了……"

唐馨愣了一下："什么破了？"

"安全套破了。"

唐馨一脸震惊地看着明烛，嘴巴张圆了，感叹道："套都破了，那得多激烈啊？你们家陆队挺彪悍的啊。"

明烛的脸红了。不过，她觉得是邵骏给的计生用品有问题，一本正经地说："是军医给的东西太劣质了，这个不怪我们。"

唐馨更震惊了："你不是买了吗？一盒还不够啊？军医还负责这个？"

明烛越说越觉得羞耻："我买的用完了……"

唐馨算是开眼界了，拍拍明烛的肩，感叹道："陆焯峰的体力果然不容小觑，辛苦你了。"

明烛买了药，唐馨给她买了瓶水，还体贴地替她拧开了瓶盖，一走出药店就催促她道："你快点儿吃，别怀孕了，回去吓坏你外婆。"

明烛有些无奈，笑道："我怎么觉得你比外婆还着急啊？"

唐馨翻了个白眼："外婆估计都不知道有事后药这种东西。"

明烛接过药，点点头："她说不定真的不知道。"

毕竟外婆年纪大了，又不爱上网，不知道新鲜事物。

明烛正要把药塞进嘴里，忽然被人撞了一下，小小的药片从手中掉落，在地上滚了好几圈，掉进了地板的缝隙里……

"Oh，sorry（对不起）……"撞到明烛的外国男孩儿立刻向明烛道歉。

明烛没心思应付他，看了一眼那颗药，药脏了。

唐馨拉着明烛往药店走："走吧，再去买一颗。"

到了药店门口，明烛忽然停住脚步，拉住唐馨，说："算了吧，不买了。”

“你疯啦？”唐馨不可思议地看着她道，“虽然你们领证了，但婚礼还没办呢。”

明烛笑了一下：“没事，赌一下吧，要是有了就生，生完再办婚礼也行，现在很多人这样。上次我们去吃喜酒，那对夫妻不就是满月酒和结婚酒一起办的吗？”

唐馨：“你确定？”

明烛把人拖走了，说：“走吧，最近伙食不太好，我都瘦了，大姨妈也不准，不一定会有。”

“我还想当伴娘呢！”

“让你当啊！”

“万一你明年办婚礼，我也结婚了怎么办？”

明烛停下脚步，转头看着她，问：“你跟唐域好了？”

唐馨摸摸脸，小声说：“算好了吧，反正现在是他追我。当时我追得那么辛苦，向他表白他还不答应，这次一定要让他吃点儿苦头。”

“那你答应他了？”

“我说回国后再说……”唐馨说完又瞪她，“现在在说你的问题！你真的不怕啊？”

明烛说：“不怕啊。”

唐馨无话可说。

五月，拍摄进入后期阶段，剧组转移阵地，来到上次遭遇难民袭击的那几座山下。这边天气炎热，风沙乱飞，明烛和唐馨每天都围着头巾，只露一双眼睛。

明烛站在车子前，拿望远镜看向分布在不同山头的摄像机和工作人员。这是一场伏击戏，场面大，摄影师和演员们每天要在好几个山头来回跑。姜导对画面的要求很高，一点点瑕疵都不能忍受。所以，这场戏特别难拍。

姜导拿着大喇叭吼得喉咙干哑：“休息十分钟，大家喝口水，辛苦了！”

瞬间，剧组的工作人员和演员们都松了口气——

“拉我一把，脚全部陷进黄沙里了，出不来。”

“给我一瓶水！我的嘴巴里全是土！”

“你的眼睛怎么了，进沙子了？我给你吹吹……”

有工作人员把照片和视频拍下来发到朋友圈里，感叹这是进组以来最辛苦的一次。不知道谁将照片和视频发到了微博上，粉丝们纷纷心疼起自家的偶像，表示等电影上映后一定要去电影院看。

明烛放下望远镜，看向正在玩手机的唐馨，说：“这里的信号不是很差吗？”

唐馨一边刷微博一边说：“还行，两格信号，有时候一格。对了，有人把你的照片放到网上去了，就是你前几天穿旗袍时拍的照片。虽然你只展示了一个背影，但粉丝们都在猜测你是哪个来客串的演员，身材这么好。”

剧组里有两个小演员，在影片中都要穿旗袍。但小孩子心性不定，不太愿意穿旗袍，更喜欢穿蓬蓬裙或者公主裙。而且她们年龄小，有时候要人哄。服装组的人都知道明烛是个旗袍控，就把明烛找来，让她穿旗袍给两个小演员看。两个小丫头一看明烛穿得漂亮，眼睛都亮了，点头道：“我也要穿。”

就在那天，不知道谁偷拍了一张明烛穿着旗袍站在摄像机前的照片，并将照片传到了微博上。

有知情人在下面回复——

“不是演员，是编剧！”

“是主创团队的编剧，不过长得不比演员差，特别漂亮、有韵味，我见过本人。”

“很年轻，二十五岁，颜值高、身材好，还有男朋友！听说她的男朋友就是军人。”

唐馨把手机递给明烛，道：“你看看，现在这些网友连编剧也开始扒了，有人在求你的正脸照，还想看你老公长什么样。你要不要发条微博啊？”

明烛瞥了一眼，不太在意地说：“不发，他们喜欢说什么就说什么吧。”

唐馨习以为常。

微博上持续有人曝光《反恐》的路透照（通过非官方渠道发布的照片），不知道是工作人员，还是混进来的媒体或粉丝拍的。那些人拍了照就往微博上发，其中，几辆装甲车和坦克是真货。不仅如此，剧组拍摄所用的所有军事设备，都是大使馆以及制片方跟当地政府沟通后借来的。

网友纷纷感叹，这部电影肯定耗资巨大，时光影视真有钱。

一晃到了五月底，明烛的月经迟迟没来，她开始怀疑自己是不是怀孕了。

唐馨比她还急，拉着她去药店买验孕试纸，一回来就把她推进洗手间，催促道："你快测！都推迟一个多星期了！"

明烛拿着东西，忽然有些不敢测，说："我怕回去被外婆骂。"

唐馨瞪她："快测！"

明烛没办法，只好拿着东西关上门，坐在马桶上静静地等了一分钟。

那一分钟，她想了很多事情。

她已经做好了跟陆焯峰结婚、生孩子的准备，但一想起外婆给她绣的嫁衣，就有些担心……如果她真的怀孕了，外婆肯定会失望的。她不想让外婆失望。

如果那天那个男孩儿没有撞到她，那颗药她已经吃下去了，也就不会有现在的事了。但是，她当时迷信了一下，觉得是命中注定，那颗药不能吃。

明烛心想：那就赌一次吧！

她睁开眼，盯着那张试纸，上面显示只有一条杠。她没怀孕？

她又测了一次，结果是一样的。

唐馨在门外急得拍门，问道："你好了没？到底怎么样了？你急死我了！"

明烛说不上来是什么感觉，茫然地打开门，看着唐馨说："没中。"

唐馨拍拍胸口，松了口气："你吓死我了，我还以为我要当干妈了呢！"

明烛抿抿唇，捏着那张试纸看了看，小声嘀咕："我还以为有了呢。”

唐馨翻了个白眼：“你很遗憾？”

明烛回过神来，笑着摇头道：“没有，孩子以后会有的。我可能最近在剧组跑上跑下太累了，月经不调。”

“谢天谢地，不然看你回去怎么跟你爸妈和外婆交代。”唐馨顿了一下，“不说你，就说陆焯峰吧，如果你这时候真的怀孕了，他怎么跟你爸妈和外婆说？我怕他连门都不用进了。”

明烛深吸一口气，心想：唐馨说得很有道理。

第二天一早，明烛就来月经了，彻底消除了顾虑。

唐馨抱着枕头笑眯眯地说：“既然你的‘好朋友’来了，那我过几天就回国了啊，反正我在这里也帮不上多少忙。”

拍摄期还剩十几天，顺利的话，电影六月初就能完成境外部分的拍摄了。

明烛随手理了下头发，说：“我早就说你可以先回去了，是你自己不愿意走。”

“我这不是不放心你吗？”

“谢谢你啊，你赶紧回去跟唐总谈恋爱吧，别在这里浪费时间了。”

“哼，谁要跟他谈恋爱！”

明烛背上包，笑道：“你可别打脸。”

唐馨无奈地下了床，也背上包赶往剧组。

这些天境外拍摄的条件太艰苦了，各种仪器没办法搬来搬去，只能派人留守。剧组的男人还是比较体贴的，让女人回去休息，自己留在拍摄点。

明烛她们到达山脚时发现有台摄像机不见了。姜导一脸愤怒地说：“一过晚上十二点，那些难民就想来抢东西，料定我们不敢拿他们怎么样，胆子越来越大了。”

境外拍摄的风险大，他们每天都要先把拍摄录像备份才安心。

唐海程坐在旁边，皱着眉，一副若有所思的模样。他越想越觉得不对劲，难民没有那么大的胆子。这个剧组人数众多，一般难民是不敢过来抢东西的。这些人说不定是被恐怖分子利用了。

唐海程跟姜导商量后决定，之后的十几天里，每天的拍摄任务完成之后就把摄像机和道具收起来，将人员集中在一起。如果真的出了什么事，人员也不至于太分散。

几天后，唐馨回国了。

最后三天，在所有人都准备松口气的时候，那群难民似乎按捺不住了，开始捣乱，拿着棍棒到拍摄地点一边戳着地面一边大声喊：

“为什么政府支持你们中国人拍电影，却不肯救济难民？”

“难民越来越多，政府却不管，反而支持中国人拍电影。中国人给政府钱了吗？”

“我们抢他们一点儿东西怎么了？这儿是我们的地盘！”

“对，这儿是我们的地盘！”

“我们的地盘！”

难民闹得很凶，政府和大使馆出面也只能勉强维持秩序。

拍摄的最后一天，明烛跟服装组让两个小演员换上旗袍。两个小演员很喜欢明烛，拉着明烛的手，说：“姐姐，你也穿啊，你穿旗袍最好看了！”

明烛低头看了看自己的牛仔裤，笑着摇头道：“我不拍戏，你们穿就行。”

两个小丫头不依不饶，一人拉着她的一只手，说：“穿吧穿吧，特别好看！”

服装师看着明烛，有些无奈，说：“要不你穿吧？不然这两个小祖宗不知道要闹到什么时候。反正今天没什么事，就补一些镜头，你等会儿在车上待着就行。”

明烛只好答应换旗袍。

服装组的旗袍不如外婆做的精致，但明烛身段好，穿起来依旧很有韵味。明烛换好旗袍出来后，两个小丫头就围着她转。明烛拍拍她们的小脸蛋，说：“好了，去化妆吧。”

那天他们拍摄得不是很顺利，一直到傍晚才收工。两个小演员被父母带走了，其他工作人员留下善后。明烛坐在车上，看向站在边上指挥的姜导，忍不住笑了，终于拍完了。

唐海程正要走到明烛这边，忽然觉得不对劲，往边上一看，一大群难民又出现了。难民们忽然一拥而上，扑向那几辆装甲车和坦克。

砰砰砰！难民中有人开枪了，子弹打穿了当地军人的脑袋。

“啊啊啊，有人开枪了，他们想干吗？”

“你们要什么东西？好好商量，别开枪啊！这不是杀人吗？”

“快跑啊！愣着干吗？”

“我的摄像机！”

一瞬间，整个剧组都乱了。

混在难民间的恐怖分子趁机抢了装甲车和坦克，轰隆隆地开起来。尘土飞扬，他们根本不管前面有没有人，就这么碾过去。

唐海程大吼：“全部退开！全部退开！”

一时间，灯光师、摄影小哥、演员等全部四处逃窜。

明烛坐在车上，惊愕地看着这一切，脑子里有些混乱。但她知道，这群人不单单是想抢东西，不然怎么可能抢装甲车和坦克？

这是一场蓄谋已久的暴乱。

一时间，哭喊声不断。

装了义肢的唐海程冷静地指挥大家有序撤离，指着前面破旧的建筑物说：“都去里面，先进去！别出来！”

大家听从他的指挥，躲开乱窜的装甲车、坦克，迅速跑向建筑物。

明烛下了车，正要趁乱逃走之时，被一个男人抓住手腕扔回车里。男人回头瞪着她说：“别动。”

陆陆续续有人质被扔上车，男人、女人、当地人、中国人都有。

最后一个人质是被打得奄奄一息的唐海程。

人质一共有六个。

先行躲起来的人员立即试图联系外界，请求支援。

他们第一时间联系的是大使馆。

姜导的手都在抖，他努力控制好情绪，对大使馆的人说：“我们整个剧组遇袭，群演包括中国人和G国人，我们有上百号工作人员……请你们一定要保护我们。”

有人中了枪，躺在地上呻吟，血流不止。剧组里的医生立即蹲下检查他的伤口，说："不行，得动手术把子弹取出来。"

有人害怕了，怕自己会命丧于此，急着跟家人联系。

很快，《反恐》剧组在境外拍摄遭遇暴恐事件的新闻上了热搜，网友看着发出来的照片和视频，胆战心惊，纷纷在网上留言。

"我是刘放的妻子，他是《反恐》剧组的摄影师，请他一定要平安回来！"

"我是王远的妹妹，他是个灯光师！哥哥，请你一定要平安回来！"

"为什么拍个电影会遇上这种事情？大使馆呢？维和部队呢？"

"东哥和宜宁不会有事吧？别啊，请保佑他们千万别出事，保佑所有人平安！"

…………

陆焯峰第一时间接到了救援指令。

"《反恐》剧组在索马镇被恐怖分子袭击了。那边靠近贫民窟，很多难民受到恐怖分子的蛊惑，与恐怖分子一起袭击了《反恐》剧组。现在，我们不知道哪些是恐怖分子，哪些是难民。不过，最重要的是整个剧组以及群演都被困在那里，我需要你们去把他们救出来。"

陆焯峰一听《反恐》剧组遇袭，整个人都蒙了。

整个剧组……那说明明烛也在其中。

韩靖担忧地看了看陆焯峰，但陆焯峰比韩靖想象中冷静。陆焯峰抿紧唇说："是！我想知道他们手上有几个人质。"

"六个，三男三女，有五个成年人，一个十多岁的男孩儿。成年人中有两个中国人，一男一女，男的装了义肢，女的穿着旗袍。"

陆焯峰的脑袋嗡的一声，一片空白。

他坐上直升机后，韩靖拍拍他的肩说："没事，已经跟当地政府联系了，那些有不少从南边逃过去的难民，集中在那几个贫民窟里。长久以来，他们活得压抑，十分愤怒，觉得政府不公，只保北边不保南边，让他们家破人亡。这种情况下，他们确实很容易受到恐怖分子的蛊惑，但我相信他们没那么坏，你别太担心了。"

而且，穿旗袍的女人不一定是明烛。韩靖想了想，最终还是没把这句话说出来。

这种情况下，谁都没办法冷静。他理解陆焯峰。

陆焯峰没心思搭理他，张武林和彭戈等人更是一声不吭，生怕说错什么。

这时，指挥中心来了消息："他们僵持在原地，坦克、炮弹对着建筑物里的上百号人，人质被困在车上，那些人估计是要跟当地政府谈判。"

陆焯峰冷声道："那如果谈判失败了呢？人质怎么办？"

"人质肯定要救，时间一到或者一有异动，你们就马上行动。"

陆焯峰："好。"

《反恐》剧组在境外拍摄遇袭的事在国内持续发酵。剧组里有明星，公众人物的影响力大，网友对这件事的关注度越来越高，他们不断刷话题，寻求最新消息。

网友纷纷给剧组的官方微博、时光影视的官方微博留言询问情况。

"请问季东阳和周宜宁怎么样了？他们现在安全了吗？请给个答复！"

"请问剧组有人员伤亡吗？我们的偶像到底怎么样了，给句话不行吗？粉丝和家人都很着急！"

"是不是因为有危险所以才不曝光出来？不管事实如何，请你们给句准话！"

时光影视楼下和季东阳等演艺工作者的工作室外围满了粉丝，粉丝们都在询问结果。唐馨躲在唐域的办公室里急得团团转，红着眼眶看着唐域打电话。

纵使是唐域，这时候要获得最新的消息也要下一番功夫。

他一挂断电话，唐馨就上前抓住他的手，问："到底怎么样了？明烛他们有没有脱离危险？要是她出事了可怎么办……"唐馨说着说着眼泪就下来了，"她跟陆焯峰刚领证……"

明烛还没办婚礼，还没穿嫁衣。

唐域按住唐馨的手，神色有些凝重，拍拍她的肩膀，低声安抚道："没事，你先别着急。"

唐馨急了："你跟我说实话，到底怎么样了啊？！你的表情一看就是有事……”

唐域深吸一口气，看着唐馨哭花的脸，抬手在她的脸上抹了抹，说：“问到了，只有几个人受伤，大部分人暂时躲在安全的地方等待救援。恐怖分子手上有六个人质，四个是当地的群演，另外两个是中国人，一个装着义肢，另一个……是穿着旗袍的年轻姑娘。”

“义肢、旗袍？”唐馨的脸色瞬间白了。

这两个特征太明显了，装着义肢的肯定是唐海程，而穿着旗袍的，除了明烛还能有谁？

“你是说……你小叔和明烛都是人质？”

唐域轻轻点头，心里也不好受。他小叔是军人，那种情况下肯定会挡在大家的前面，但明烛……

唐域俯身抱住唐馨，轻拍她的背，安抚道：“大使馆那边说已经有维和军队过去了，没猜错的话应该就是陆焯峰他们。空军也赶过去增援了，一定会没事的。”

唐馨又哭了一会儿，抬头可怜巴巴地看着他说：“真的吗？”

“真的。”唐域勉强笑了一下，“你要相信中国军人。”遇上这种事情，他只能往好的方面想。

唐馨低下头，眼泪、鼻涕全往他的肩上蹭：“好，我相信你，如果你骗我，你就死定了……”

唐域啧了一声，道：“脏不脏啊，你……”

唐馨一把推开他，转身走到落地窗前看向楼下的人群。

唐域无奈地叹了口气，给助理打电话，让助理通知保安告诉正在等消息的人，已经有军队赶去救援了，让他们安心等待。

与此同时，中国大使馆发了微博：“中国军人已经出发，他们一定会拼尽全力把你们的家人、朋友带回来，请大家相信他们！”

网友的情绪瞬间沸腾了。

“太好了！相信中国军人！”

“相信中国军人！”

“他们一定能成功，希望所有人都能安全回国！”

“中国军人万岁！”

…………

楼下的人群慢慢散开，各自焦急地等待最新消息。

唐馨转头看向唐域，轻声问："你说，陆焯峰知道人质是明烛会是什么心情？"

唐域一愣，说："我不知道，但他肯定很难过、很着急。"

唐馨动了动嘴唇，最终什么都没说。

唐域顿了一下，道："幸好你回来了。"

唐馨的眼睛亮了。

唐域笑了一下，有些感慨，走到她身旁道："等他们脱险了，我们谈一下。"

唐馨仰着下巴说："那当然，明烛必须得平安，不然我怎么有心情跟你谈情说爱？"

唐域瞪了她一眼，说："我说要跟你谈情说爱了？"

唐馨深吸一口气，心想：你干脆这辈子都打光棍算了！

G 国。

直升机上，陆焯峰看起来非常冷静，指着地图说："现在已经知道，除了被控制的人质，其他人躲在破旧的建筑物里。整个剧组加上群演有将近四百人，对方把人逼到这里，是因为这里很难逃出去。"他顿了一下，指着一排当地政府为贫民搭建的临时救助站，道，"但是，我刚才看了一下，将这里的障碍物清除后，我们就可以用车把这四百人先转移出去，以防对方失控的时候用坦克轰炸。只要把这四百人转移出去了，我们就没有后顾之忧，可以拼尽全力救人质了。"

这个方案确实是最保险、最万无一失的，但是……

韩靖犹豫道："但是这里是救助站，当地政府不会让我们炸掉吧？把这里炸了，相当于扰乱贫民的生活，估计又要引起动乱。"

陆焯峰冷冷地说："让他们在满足恐怖分子的条件和炸掉救助站之间做选择，看哪个损失比较大。"

以他们多年的作战经验来看，这种敢于在非常时期发起暴乱的恐怖分子可谓狂妄无比，提出的条件绝对不是炸毁一个救助站能比的。

韩靖："我立刻联系指挥中心。"

结果很快就下来了。

王国洋说："他们已经安排人员去转移贫民了，当然，我们的人也跟着过去，以免拖延太久。时间就是生命！你们要冷静一点儿。"

显然，王国洋也知道明烛和唐海程是人质的事情了。所有人都绷紧了神经。

王国洋："那四百人要救，人质也要救。"

陆焯峰抿紧唇，敬了个军礼："是！"

韩靖担忧地看了陆焯峰一眼，问："你没事吧？"

陆焯峰神色无异，嗓音却很干哑："没事。"

如果要问陆焯峰现在是什么心情，其实他自己也不知道。他只知道自己入伍十二载，出过无数次任务，包括2013年的大型撤侨救援行动。他从来没有这么害怕过，但越害怕，越冷静。这次，他前所未有地冷静、执着，脑子里只有一个想法——把人救回来。

陆焯峰指着地图继续部署："剧组人员说那边还有没有来得及带走的摄像机。从摄像机拍到的画面可以看到，现场的攻击者大概有上百号人，我猜这里面至少有三十个恐怖分子。其他地方还有没有人暂时不知道，对方有没有配枪我们也不知道。根据目前的情况，我们在这里落脚，沿着这条道翻过去，在这一带找制高点……具体情况等人员就位后听我的安排。"

"是！"众战士齐声道。

救助站对难民来说就是命，没人愿意舍弃，更何况他们并不相信政府。政府出面说要把他们转移到更好的地方时，他们脸色一变，毫无惊喜，反而忌惮地说："我们在这里很好，不用转移，谢谢。"

当地政府的代表再三表示："真的是要带你们去更好的地方，请你们相信我们。"

大概是当地政府平时的所作所为太令人失望了，即使他们把照片和地址详细地展示出来，众多难民中依旧只有少部分人的表情有所松动。

最后，实在没办法了，中国大使馆的理事长站出来冷静地说："中国政府可以保证，这次绝对不会骗你们。中国每年给G国的难民拨了多少救助款，你们应该清楚。中国每年在这边派遣了多少维和军人，你们肯定也听说过。G国政府是不会跟中国起冲突的，如果今日我们说半句假话，你们可以去大使馆找我。我们现在非常需要这个救助站，请你们配合，非常感谢。”说完，理事长深深地鞠了一躬。

难民们终于有些动容了，有人是被理事长打动了，更多的人是相信中国政府。

当地政府的代表虽然略有不满，但理事长说的是事实，G 国现在确实比较依赖中国。当地政府不愿意为了一个救助站得罪中国，也清楚救助站跟恐怖分子提出的要求相比，简直微不足道。

最终难民代表同意了，大家都松了口气，立即将人员转移走了。

炸毁救助站的炸药早已准备好。

轰炸声停止后，十几辆大巴车在军队的护送下，加速前行。

此时，已经是晚上八点。

车辆悄无声息地抵达旧建筑的后方，恐怖分子们也不傻，派了人把守。

临时赶到的空军特种兵悄然潜入，一直注意着恐怖分子的中国公民看见了特种兵，眼里闪过惊喜，立即捂住自己的嘴，生怕自己忍不住激动地喊出声。

领头的特种兵悄无声息地干掉了一个恐怖分子。

陆续跳进来好几个特种兵，将恐怖分子全部处理掉了，只留下一个负责通信的活口。正在等待救援的中国公民陆续发现中国军人，瞬间泪流满面，捂着嘴指向有光的方向，不敢出声。

十个……三十个……八十个……

这群军人朝他们走过来，走在队伍最前面的就是明峥。明峥看着他们说：“跟我们走吧，离开这里你们就安全了。”

他们指着自己的嘴巴。

明峥笑了笑，说：“可以说话。”

姜导立即说：“这里有八个伤员，其中一个大腿中枪，流了很多血；还有一个被车撞倒了，目前昏迷不醒；另外六个受了轻伤。”

明峥向身后的战士示意，几个战士立即前去检查伤员的情况。

明峥对姜导说：“你们先走，伤员我们会安全送到车上救治的。”

姜导说：“让伤员先上车。”

杜宏接着说："然后让女人和小孩儿先走。"

"对，让伤员先上车！"

在前方观察的战士回过头来，说："老大，好像有人过来了。"

明峥没有多说，打了个手势，道："快！不要浪费时间，不要出声，按次序、听指挥。"

大家慌张地站起来，听从战士的指挥，有序而迅速地撤离。姜导和杜宏几个不停地回头看，姜导忧心忡忡地问："那……唐队长和明烛怎么办？"

明峥眼神一黯，随后笃定地道："放心吧，他们会没事的。"

几分钟后，所有人员离开旧建筑，包括那个负责通信的恐怖分子。其实，他并不是真正的恐怖分子，只是伪装成恐怖分子的难民。他很怕死，见脑袋上抵着一把枪，就什么都说了。

人员撤离后，明峥对着通信设备说："人员已全部安全撤离，接下来，看你们的了！所有精锐兵随时待命，准备增援，必定要将人质安全地救出来。"

陆焯峰收到消息，打了个手势，跟韩靖各自带队，跳上几辆装甲车。

装甲车迅速开上山坡。

翻过几个黄土坡后，装甲车在恐怖分子的据点对面停下。战士们一个个身姿矫健，飞速地下车翻越山头。韩靖趴在山顶上说："看见人了。"

此时，天色已经暗了。但今晚的月光极亮，对他们的行动非常有利。

陆焯峰的眼力极佳，他举着望远镜仔细地观察着对面的情况。

那些恐怖分子迟迟等不到政府的答复，开始起了疑心。他们担心会有军队从后方或者上空侵入，一会儿抬头看向天空，一会儿又看向四周。

地面上除了剧组的车，还有八辆车。

第七辆车里，有个穿着黑衣的高壮男人正举着望远镜四处观察。

陆焯峰沉声道："隐蔽。"

黑衣男没发现异常，有些不耐烦，跟当地政府连线。

黑衣男的手下从第五辆车里拉出一个十一二岁的G国男孩儿。黑衣男一只手举枪对着男孩儿，一只手握着电话，用英文对电话那头的人说："不给答复的话，我就十分钟打人质一枪，直到他没命了为止。"

黑衣男话音刚落，男孩儿的腿上立即挨了一枪。男孩儿叫着倒在地上，惊恐不已，不断往后退，嘴里说着求饶的话。

"前进，注意隐蔽，他们准备杀人质了。"陆焯峰心一沉，翻越一块岩石，匍匐前进，"难民和恐怖分子有本质的区别。难民长期吃不饱，眼神空洞、呆滞，而且比较瘦弱，恐怖分子的眼神是疯狂的，仔细看能分辨出来。第一辆车的驾驶座和副驾驶座上的是恐怖分子，第二辆车的副驾驶和车门边那个穿绿衣服的是恐怖分子……"

韩靖："第四辆车里面，抽烟的和有文身的也是……"

陆焯峰："第五辆车，也就是人质所在的车，四周围着的全是恐怖分子。我们要确保人质安全。"

紧接着，陆焯峰看到一个穿旗袍的女人被人从车上揪下来。当他看清她的模样后，瞳孔猛地一缩，几乎咬碎了牙。所有人都绷紧了神经，那个女人确实是明烛。

接着，唐海程被扔下车，倒在地上。

几个恐怖分子看见明烛，眼睛顿时亮了，目光贪婪地往她的胸口和旗袍的开衩处扫。

"好久没见过这么漂亮的女人了。"

"还是东方人，这身打扮真好看……"那人顿了一下，目光落在明烛白皙修长的腿上，"如果谈好了，我们把她带走怎么样？"

"一人一晚上？"

明烛咬紧唇，一声不吭地低下头，眼神倔强而冷静。

有人抓住她的手，在她的腰上摸了一把，明烛立即躲开，忍住给他一巴掌的冲动。她知道这个时候他们不会对她做什么，但就是觉得恶心。

陆焯峰看见这一幕，握紧了手中的枪。

唐海程的义肢早已经松了，他坐在地上冷笑着说："对女人和孩子动手动脚，算什么男人？"

旁边那人一脚踩在唐海程的膝盖上，在唐海程的残肢处用力地踩，唐海程咬紧牙，青筋暴起，愣是一声不吭。

“我发现这个残疾人挺有意思的，被打成这样也不吭声。”

“骨头挺硬的，以前该不会是军人吧？”

“哦，是吗？”恐怖分子抓起唐海程的手，看到唐海程手上的茧子，说，“哈哈哈，还真是。”

“那待会儿第一个就杀他。”

“好啊。”

明烛看向唐海程，心猛地一沉。

唐海程依旧抬头挺胸，目光无所畏惧。任何时候，他都不会丢中国军人的脸，中国军人的惧意永远不可能暴露在敌人眼前。

明烛的眼眶蓦地红了。

没人知道当地政府是怎么跟那群恐怖分子谈判的，明烛只知道领头的人越来越不耐烦了。

十分钟到了，砰的一声，站在她旁边的人毫不犹豫地朝唐海程的残肢开了一枪。唐海程的腿剧烈地抖了一下，他低低地呻吟起来，表情相当痛苦。明烛连忙半跪在地上，红着眼眶拼命地把手按在他的伤口上，想堵住那不断涌出的鲜血。

陆焯峰刚转移到一处岩石后隐藏起来，看见这一幕，脸色沉了下来，咬牙切齿地说：“我就知道他们的要求当地政府是不会同意的。”陆焯峰低头对着耳机说，“全部就位，确保第五辆车旁的所有恐怖分子无反抗之力，确保人质绝对安全，听懂了吗？”

“是，全部就位。”

“确定吗？是否万无一失？”陆焯峰问道。

山下。

砰！一声枪响，唐海程的残肢上又多了一个血洞。

“确定吗？是否万无一失？”陆焯峰又重复了一遍。

所有人一顿，一秒后，齐声道：“确定！”

陆焯峰观察着唐海程的表情，确定唐海程还能坚持后，又说：“韩靖，你负责解决其他车上以及隐藏在难民里的恐怖分子。”

韩靖架着枪说：“交给我。”

“行动。”

砰砰砰……

八声枪响。

原本站在第五辆车四周的恐怖分子，全部被一枪爆了头。其他车上的恐怖分子立即拔枪向四周扫射。

唐海程第一个反应过来，趁那些人还没靠近，朝明烛大喊：“快，躲到车上去，趴下。”

明烛拼尽全身的力气，使劲拖着唐海程站起来。两人艰难地回到车上。

那个被打伤的男孩儿还在外面，唐海程在车里探身抓住他的手，但男孩儿的身体再次被子弹打穿。最终，男孩儿倒在了车门外。

唐海程用力地捶着车厢，眼神懊恼。

事已至此，明烛抱着唐海程的手臂，用力地喘着气，说：“唐队长，趴下吧……”

砰砰砰！

车外是枪林弹雨。

唐海程忽然笑了：“中国军人来了……这种时候，就别指望谁能来救我们，只能指望中国军人。”

明烛看了唐海程一眼，心里一惊，一方面希望来的人里有陆焯峰，另一方面又希望来的人里没有陆焯峰。她张了张嘴，颤声问：“会是他吗？”

执行紧急救援任务的除了空军，就是南边的维和军人了吧。

唐海程看向明烛，对上她担忧又兴奋的目光，知道她说的是陆焯峰，点点头道：“应该是。”

明烛攥紧了拳头，蜷缩着身体，把自己蜷缩成最安全的状态。

如果来的人是他，那她就乖乖地等他。

如果来的人不是他，那她要更努力，坚持到最后，确保自己能安全、顺利地回家，等他回国。

毫无征兆的袭击行为让恐怖分子们怒了。

领头的人对电话疯狂地喊道："你们说话不算话！你们……"后面是一串骂人的脏话。几秒后，他猛地转头吼了一声："还愣着干吗？给我把人质全部杀了。"

陆焯峰脸色大变："不好，他们要杀人质了。"

韩靖大骂道："就知道不能指望当地政府。"

陆焯峰架着枪，英气十足的脸上没有任何表情。他冷静地道："枪，瞄准了。"

山脚下，所有持枪的恐怖分子面目狰狞地架着枪，对准了人质所在的车，准备疯狂地扫射。

砰砰砰砰砰！

枪声不断响起，车上的人惶恐不已。有个男人中了枪，压在明烛的身上。明烛被吓了一跳正要挣扎，唐海程按住她，说："别乱动，你瘦，趴平了。"

明烛似乎意识到了什么，红着眼眶拼命地摇头道："我不要……"

唐海程按住她的脑袋，接着整个人压在她的身上。明烛毫无抵抗之力，低头狠狠地咬着自己的手，泣不成声："唐队长……"

唐海程像是没听见，对着那个中了枪但神志还清醒的男人说："把女人护好。"

那个男人本来还在拼命地往下钻，忽然一愣，看了看自己泪流满面的妻子，指着明烛对唐海程说："你的女人长得那么漂亮，你当然护着她。"

唐海程伸手把前排的座椅放倒，勉强挡住自己，没看男人，只说了一个事实："她不是我的女人，但你相信我，她越安全，我们活命的概率越大。"

男人的妻子趴在车里，惊恐地缩着身体。

又一颗子弹打穿了车门，车玻璃被震碎了，那个男人和他的妻子同时叫了起来。男人看了妻子一眼，哽咽着说："对不起……"

他让妻子和另一个女人像明烛一样，在地上躺平，自己压在她们的身上。

唐海程让男人把座椅放到最低的位置。

唯一的遗憾是，那个男人比较胖，不能像唐海程那样完全将自己隐藏起来。

明烛哭着道："唐队长……"

唐海程低声说："他曾经是我的兵，我了解他，他是我见过的绝地求生能力最强的战士。如果来的人真的是他，你越安全，他就越冷静，这样我还能喘口气。缺胳膊少腿也没事，能活着出去就行，懂吗？"

砰——又是一枪，子弹打进了唐海程右腿的残肢里。

明烛感觉到他的身体一颤，眼泪流得更凶了。

唐海程的身体越来越沉，他虚弱地说："而且，我是军人，有义务守护中国人的安全，这是我的责任。"

明烛泪流满面。

他一句军人，身上的担子有千万斤重，命便不属于自己了。

车外。

山头上，陆焯峰率领队伍不断扫射着试图靠近人质车的恐怖分子。他们扣动扳机，弹无虚发，即便没将恐怖分子一枪打死，也能让恐怖分子们倒地。

原本想专心扫射人质的恐怖分子慢慢地自顾不暇，有人冲着还没拿枪的难民喊："都给我拿枪！想活命的，就给我开枪！"

那个人一枪击中了没有拿枪的难民的头。

一瞬间，所有难民脸色突变，这跟之前说的不一样啊！但已经没办法了，他们惊慌地从车上取下武器，冲着子弹来的方向不断地开枪。

陆焯峰十分冷静，隐蔽着前行，道："韩靖、彭戈掩护我，我要去人质车那边。"

"可是，那边太靠前了……"彭戈十分犹豫，"而且那边有个视觉盲区，我不能确保你的安全。"

陆焯峰连眼都不眨，说话间一连开了几枪："那你就在能确保的时候保护我，其他的，我会想办法解决。"

彭戈咬牙，不愿松口。

韩靖："让他去！你的盲区在哪里？我转移一下。"

陆焯峰："不用，你不能动。你一动就看不见人质车后方的情况了。"

陆焯峰连这个都算得这么准，冷静得过分。这个家伙现在心里只有一个想法——救人。

韩靖咬牙道："好，你去吧。"

陆焯峰装好子弹，脸颊贴着枪杆，闭着一只眼，走一步开三枪，枪枪瞄准恐怖分子的头。

耳机里传来一声惨叫，陆焯峰脚步不停，沉声问："孟恒？哪里受伤了？"

"大腿，还能爬……"

"谁在他附近？"

张武林："我。"

"看情况，把人拖到安全地带，注意安全。"

"是！"

陆焯峰已经靠近人质车了。那些人为了隐藏人质车，把车停在一块大岩石的后面。陆焯峰到了后，贴着岩石探出脑袋。

车后方有几个人举着枪，其中一个被陆焯峰一枪击中。剩下的四个人中，有两个翻滚着到了车底。陆焯峰神色一变，立即翻身而出，一枪击中其中一个人的脑袋。另一个人反应极快，躲到车身的另一边。剩下的两个被韩靖和彭戈制住了。

陆焯峰没有犹豫，迅速拉开车门扫了一眼车里的情况。只一眼，他就看见了被压在最底下的，泛着柔光的旗袍。

他不确定她好不好，但没时间犹豫，没办法停下，更没办法分心，只能继续作战。

砰砰砰！

对面的人胡乱地连开了几枪，陆焯峰俯身躲过，又迅速起身跳到座椅上，弓着腰瞄准对方。

那人大喊："有……"

声音戛然而止，陆焯峰一枪击中了那个人的头。

陆焯峰的身后是一群围攻过来的人。如今，黑夜将至，陆焯峰已经很难分清哪些原本是难民，哪些是真正的恐怖分子。只要拿着枪不要命地扫射的，韩靖和彭戈就一律开枪。

陆焯峰喘了口气，压低声音对车内的人说："明烛，叫我一声。"

明烛一听到他的声音就忍不住哭了。

“嗯？叫我。”

明烛颤抖着说：“我在……”她吸了口气，语速很快，“我很好，陆焯峰，我在呢……”

陆焯峰嗯了一声，又说：“队长，出声！”

唐海程笑着骂道：“臭小子，我还在喘气呢。”

陆焯峰跟着低声笑了起来。

有个女人哭了。陆焯峰瞄准前方，低声说：“别哭，我会保护你们的。”

明烛的眼泪悄然滑落，她忽然极度满足，从未有过的安全感像盾牌一样将她保护起来。她闭上眼睛，轻声回应道：“好。”

那个男人的妻子跟明烛脸对脸地趴着，她的丈夫很沉，她费力地问明烛：“他是中国军人，是你的……爱人？”

明烛自豪地道：“他是我的丈夫。”

陆焯峰勾起嘴角。这是他第一次听明烛这么叫他。

大巴车上，明峥连接到其中一台没被打坏的摄像机，大家看到了救援现场的画面。有人悄悄录下视频，发到微博上。视频里看不见人的正脸，只能听见枪林弹雨的声音，但能看到大部分画面。

唐馨在微博上看见视频时非常激动，兴奋地抱住唐域，说：“是陆焯峰！明烛有救了！”

唐域盯着画面，道：“嗯，他的老婆，他拼了命地去救，不应该吗？”

唐馨瞪他：“你这个人怎么这样？你不高兴吗？怎么说话这么酸？你还喜欢明烛啊？”

唐域无奈地拍拍她的脑袋：“我说的是实话，要是我老婆在车上，我也去救。”

“你这种人，会有老婆吗？”

唐域垂眸：“那你抱着我干吗？喜欢我？”

唐馨立即松手。

唐域迅速搂住她的腰，似笑非笑地看着她。

唐馨挣扎了几秒，没挣脱，半晌后小声说："我喜欢的是你的钱。我从小就想傍大款，立志做豪门太太，出门有司机、购物刷黑卡、回家有用人……"

唐域打断她的话："你少胡说八道！"

G国。

另一座山的山脚下，一辆装甲车开过来，车上跳下来十几个恐怖分子。

张武林发现了，立即道："不好，他们还有人藏在高处。"

话音一落，砰砰砰——

韩靖半眯着眼睛看向那边，对彭戈说："你掩护陆焯峰，我带两个人去收拾那几个不要命的人，稳吗？"

彭戈："陆队已经到那里了，稳！"

陆焯峰藏身于人质车中，被一个恐怖分子发现了。那个恐怖分子非常狡猾，用难民的身体做盾牌，从车后方一路潜伏到车前，绕到敞开的车门边。他动作太快，加上有人掩护，彭戈来不及开枪。

陆焯峰迅速连开两枪，但那个恐怖分子都翻滚着躲了过去。陆焯峰怕他开枪扫射，伤到车上的人，便跳下车，先一枪击中了前方冲过来的人的头，再踩住那个恐怖分子的手，最后，砰的一声，打穿了那个恐怖分子的后颈。

紧接着，陆焯峰看见有个人正往装了炮弹的坦克的方向逃窜。

彭戈开了几枪，那个人都躲过了。彭戈有些气恼，道："打不中啊，队长！怎么办？他跟缩头乌龟似的……"

陆焯峰从地上捡起一把枪，扔给唐海程，说："队长，拿着！"

说完，陆焯峰猛地将车门关上，迅速向坦克的方向跑去。

明烛听不到他的声音，看不见他的身影，心再次提到了嗓子眼，惶惶不安。

韩靖接到指挥中心的消息："人质救出来了吗？"

韩靖已经解决掉山头的恐怖分子了，回头看了一眼，对陆焯峰充满信心，说：“算救出来了。陆焯峰在人质车上，没问题的。”

“接应你们的直升机快到了，准备一下。”

“他们人太多了……”

“什么意思？”

“我说他们人太多了，就算直升机到了，我们也不一定能安全登机。”他一边观察四周一边说。

眼前的画面让韩靖吓了一跳，他定睛一看，根本顾不上跟王国洋说话，立即下山。

大巴车上，明峥盯着画面，低骂道：“他们想攻击哪里？旧建筑还是人质车？”

陆焯峰在枪林弹雨中穿梭，一边开枪一边找落脚点，手臂不慎中了枪。但陆焯峰脚步不停，一个翻滚到了坦克边上。那个人已经爬到了坦克的驾驶室内了，正在启动坦克，寻找轰炸目标。

好在旧建筑中的人已经全部转移了，陆焯峰松了口气。不过，陆焯峰担心那个人想轰炸人质车。

陆焯峰攀上坦克，把那个恐怖分子引了出来。

在远处的彭戈暗中瞄准恐怖分子，但一枪没打中恐怖分子的要害，只打中了那个人拿着枪的手。

枪掉落在地。

陆焯峰抬头，迅速朝那个恐怖分子补了一枪，直中对方的眉心。

大巴车上，所有人都松了口气。

下一瞬，屏幕忽然黑了。

姜导黑着脸说：“估计是谁打坏摄像机了……”

明峥皱眉道：“也可能是信号断了，还有吗？”

安装摄像机的摄影小哥上前说：“我试试另一台……”

此时，韩靖带队将山下的人团团围住，对方还剩下二十多个人。

韩靖大声喊道：“难民们，把枪放下，我们不会伤害你们的！”

恐怖分子那边，刚开始还有人开枪，被打倒两个后，有人开始放下枪，哭着求饶道："我不想死，我不想这样的……都是他们逼我们的！求你们饶了我们……"

接着，那群人一个接一个地把枪放下。所有中国战士汇集到中心点，拿枪对准那群人。

危机基本解除，大家齐齐松了口气。

陆焯峰走向人质车，拉开车门把唐海程抱下车。唐海程已经奄奄一息，陆焯峰大喊："军医！"

邵骏立即跑过来，把唐海程放平，检查他的伤口，一边做止血处理一边说："全部伤在右腿上，命能保住，不过，可能要二次截肢了……"

唐海程的声音很小："短一寸就短一寸吧，能保住命就行……"

陆焯峰见明烛安然无恙地趴在那里，松了口气，弯腰小心翼翼地把人抱出来。明烛全身都麻了，动弹不得，费力地看着他。

陆焯峰埋首在她的颈窝里，闭上眼睛，深深地吸了一口气，紧紧地抱住她……

明烛被他抱得浑身疼，忍不住叫出声，陆焯峰这才松开她。明烛笑了一下，眼眶红红的，看见他手臂上的血，急得直掉眼泪："你受伤了？"

"没事，小伤。"他不甚在意，抱着她坐到车上，哑着嗓子问，"你呢？"

"我没受伤，唐队长护着我。"明烛紧紧地抱住他的脖子。

大难不死，她觉得其他东西都不重要了，只有眼前的人才是最珍贵的。

她低头去看唐海程，邵骏撕开了唐海程的裤子，伤口处有些血腥。

陆焯峰怕她看了不舒服，立即捂住她的眼睛，说："别看。"

明烛低下头，乖乖地道："好……"

张武林打开另一扇车门，把那个 G 国男人和两个女人拉下车。而那个倒在地上的男孩儿早就没气了。

就在韩靖检查难民中是否还有恐怖分子的时候，突然，一辆车从山下冲上来。车子开着直射灯，照得人眼花。陆焯峰眯着眼，看清来人疯狂的笑容，脸色一变，站起来，一枪击中了司机的头。

车在张武林的面前停下，张武林迅速打开车门，彭戈跟着上车检查。

张武林一脚将趴在方向盘上的司机踹下车，却忽然听到了一声异响。这个声音太熟悉了，张武林神色大变，仔细一听，手在座椅下方摸了一通，摸到了一个东西！他立即俯身去看，一个定时炸弹浮现在他眼前，炸弹的屏幕上显示着，还剩十八秒！

他的脸色瞬间变得苍白，脑子里一片空白。他呆滞地直起身，听见彭戈喊："车里全是炸药，快跑……"

彭戈正要回过头，忽然被人一脚踹在屁股上，整个人以狗爬式的姿势跌倒在地。彭戈吃了满嘴灰，茫然地想要回头，就听见陆焯峰大吼："张武林，你在干吗？！"

陆焯峰察觉到不对劲，神色大变，迅速冲过去。

张武林已经坐到了驾驶座上，喃喃道："十五秒，怎么办？"

下一秒，他的脚已经不受控地把油门一脚踩到底。

车飞速地从陆焯峰的面前冲了出去，卷起狂风，带起尘土。陆焯峰在最后一刻，看清了张武林的口型，大吼道："张武林！"

张武林甚至连车门都没来得及关，在心里默念："十二……十一……十……九……"

车子越开越快，已经到了极限，张武林嫌不够快，咬着牙死命地踩油门。

车开得越远越好！车开得越远，地方越空旷，他们越安全。

"张武林！"陆焯峰眼眶通红，又吼了一声。

奈何车开得太快，一下就冲出去几十米远，陆焯峰跟着跑了几米，被迫停下。

张武林听见了陆焯峰的声音，但没有回答，也没办法回答。他脸上的表情是肃静、平和的，他想起入队的时候，陆焯峰问他："怕死吗？"

张武林老实地说："怕。"

陆焯峰笑了一声，拍拍他的肩膀，说："正常，我也怕！不过，既然做了军人，有时候必须做选择，把国家、人民和部队的损失降到最低，哪怕是要你以牺牲生命为代价。从你成为一名军人开始，你的命就属于国家了，懂吗？"

张武林懂，所以义无反顾，绝不后悔。

这里有他的战友，有他尊敬的队长，还有他们辛苦营救的人质。

张武林知道，如果换作陆焯峰，陆焯峰会毫不犹豫地做出跟自己同样的选择。

以一人之命，解百人之苦，他很值。

张武林在心里倒数，忽然张大嘴巴，像在哭也像在笑，用尽全部的力气嘶吼出声："啊啊啊啊啊啊……"

那声音，壮烈、不甘、悲壮。

再也没有比亲眼看着自己的爱人、家人、战友陷入困境，而自己却无能为力的感觉更让人绝望了。陆焯峰深深地知道这种情绪。

陆焯峰闭上眼，从知道明烛被抓为人质到现在，已经近十个小时了，眼看着战斗就要结束了……最后，他却只能眼睁睁地看着张武林送死。

陆焯峰的眼泪不受控地从眼角滑落。他红着眼眶回头，一边往回跑一边吼道："所有人原地趴下！"

明烛担忧地看着他，被他猛地一扑，二人一起倒在地上。陆焯峰把明烛牢牢地护在身下，紧紧地捂住她的耳朵。随后，撕碎人心的爆炸声在不远处响起。

明烛慌得不知所措，想去捂他的耳朵，却动弹不得。

天空被照亮，是高高燃烧起的火焰。

地动山摇，天空欲塌。所有人都蒙了。

爆炸声停止后，那里只剩一片火海。

陆焯峰被爆炸声震得头晕目眩，晃晃脑袋，晃掉满身满脸的黄土，有些呆滞地盯着那片火海。

明烛同样呆滞地盯着那片火海，很久都没反应过来。

活生生的一个人，怎么突然就没了呢？

旁边，有个恐怖分子突然挣扎着起来，摇头晃脑地爬过去，想捡起地上的枪。陆焯峰敏锐地察觉到那人的动作，迅速拔枪，一枪击中了那人的头。

韩靖也反应过来，制住了几个混在难民中的恐怖分子。

陆焯峰的脚步有些虚，他晃晃悠悠地走向那片火海。

所有战士都红了眼眶，跟着陆焯峰走了过去。

明烛忽然从身后抱住他，不知道要说什么，最后只说了一声：“对不起……”

她也不知道为什么要说对不起，但就是想说。她知道他有多难过，心疼他。她害怕得想放声大哭，想为他做点儿什么，却无能为力。她也很为小班长难过。

在某一个瞬间，她想起了林子瑜。

林子瑜如果知道张武林再也回不去了，会不会特别后悔？

林子瑜一定会吧。

毕竟，林子瑜和小班长相爱过。

或许，他们现在依旧爱着对方。毕竟，林子瑜喜欢上的是这样一个忠诚、勇敢的人。林子瑜跟这个人拥抱过、亲吻过、恋爱过，还想过嫁给这个人。

这样的小班长，林子瑜是忘不了的。

明烛紧紧地抱住陆焯峰。陆焯峰盯着那片火海看了很久，直到眼睛发酸，才猛地回过神来。他回头捂住她的眼睛，低声说：“没事啊，别看，忘记这些，将今晚所有的画面都忘掉。”

一切都结束了。

大家登上前来接应的直升机，医生给伤员检查伤口。这群战士看着战友被火海吞噬，一个个都不吭声。

邵骏走过来，情绪低落：“陆队，你把伤口处理一下。”

陆焯峰的胳膊和脖子上都有伤。

明烛安静地坐在一旁，看着陆焯峰。陆焯峰摸摸她的脑袋，低声说：“没事，我去一趟。”

他起身去找军医，明烛跟了过去。陆焯峰回头看了她一眼，说：“嗯？”

他不想让她看。

明烛坐了回去。等他背对着她的时候，她又站了起来。邵骏看了明烛一眼，什么也没说。

陆焯峰知道她在看，叹了口气，朝后面伸出手，说：“过来。”

明烛走过去握住陆焯峰的手，坐在他面前，轻声说："没事，我以前也看过我哥处理伤口，不是很可怕。我的胆子没那么小。"

他反握住她的手，抿紧了嘴唇。

明烛抱着他没受伤的胳膊，身体贴近他，感觉这样他会好受一点儿。她像是在自言自语，又像是在安慰他："我小时候就觉得徐睿哥像天使。小班长跟徐睿哥一样，是天使，也是英雄。其实我第一次见到小班长的时候，就觉得小班长跟徐睿哥是同一种人，虽然徐睿哥比小班长更阳光、更精明。"她顿了一下，"其实，你们都是同一种人。你、唐队长、徐睿哥、小班长还有其他人都是……"

她的声音不大也不小，刚好让机舱里的人都听见了。

韩靖坐在旁边低声问："天使？"

邵骏接话道："你们女孩子这么形容……好吧，天使也好，英雄也好，都是烈士，能上天堂的。"

明烛点头。

陆焯峰搂着她，跟她头挨着头，亲密无间。他像是在依赖她，这给了明烛一种心理上的满足，让她觉得他是需要自己的。

她摸摸他的头发，挺直了背，柔声问："你累了是不是？那你靠着我。"

陆焯峰甩掉脑子里的画面，闭上了眼，嗓子干哑得不像话："过些天，我需要回国一趟。"

明烛咬着唇小声问："把……小班长的骨灰带回去吗？"

他们从那片灰土里取了一把出来，把它当成了小班长的骨灰。

他们要带小班长回去，回中国，回小班长的故乡。

陆焯峰闭上眼，低低地嗯了一声，摸摸她的脑袋，说："闭上眼睛，什么都不要想。"

明烛闭上眼睛，脑子里乱得很，心中惶惶不安。她见过陆焯峰严厉地训兵的模样，见过他对她生气的模样，见过他无可奈何地向她妥协的模样，见过他温柔地哄她的模样，但从未见过陆焯峰像现在这样。

陆焯峰看起来很难过，却在极力地忍耐。

她心疼得不行，却不知道要说什么来安慰他，只能靠得更近一点儿。

陆焯峰感受到了，搭在她肩上的手臂又用力了几分。

大家沉默着闭上了眼。

飞机快降落的时候，韩靖拍拍陆焯峰，道："回头我把这八个月的维和工资都给张武林的家人。"

陆焯峰说："老婆本不要了？"

韩靖看着他说："我知道你肯定会给他的家人一笔钱，他家里还有个弟弟在念高三，对吧？我猜你会资助他的弟弟念大学，那得花不少钱。他是咱们的兵，咱们一起带出来的，我不能让你一个人承担。再说了，你也要娶老婆，也要老婆本啊。"

明烛转了一下眼睛，脱口而出："我养他，他不需要老婆本。"

这话一出，气氛总算活跃了一些。有人笑着低声道："陆队要吃软饭吗？"

明烛有些不好意思，刚要解释，陆焯峰便浅浅地笑了，说："对，我老婆养我，有问题？"

"啊？真的吃软饭啊？"彭戈瞪大眼睛。

"吃。"陆焯峰闭上眼，搂着明烛，嗓音很低。

"不是这样的……"明烛的脸红了，她的意思是她支持他的决定。

他要供养一个大学生念完书，这花不了多少钱，而且陆焯峰家境好，工资也不低……他供得起。她反正不需要花他的钱，他做什么她都支持。

他对徐奶奶那么好，现在，这样对张武林的弟弟才是正常的，那才是他。

她在陆焯峰的耳边小声说："你想怎么样都可以，我都答应。"

陆焯峰的眼眶湿润了，睫毛颤了几下。他侧过头，唇在她的脸上眷恋地蹭了蹭，低声道："好。"

飞机降落。

大家齐齐松了一口气。

陆焯峰撑着身体站起来，站得笔直，低头在她的耳边说："我没事。还有，不要跟我说对不起，这件事你没错，知道吗？"

明烛抬头看着他，点点头：“好，我把话收回来，可以吗？”

陆焯峰点头：“好，回头说几句好听的话吧，我听着能高兴一点儿。”

他是真的很难受！他忘不了那个画面，但不想在她的面前表现得太脆弱，不想让她担心。而且，他怕明烛经历这些事会留下心理阴影。她毕竟不是军人，只是一个内心柔软的女人，没有接受过特别的心理培训。

他还有几个月才能回去，能感觉到她的情绪受到了自己的影响，也能感受到她的紧绷和害怕。她一直强忍悲痛，努力地控制着自己的情绪，不让他再多一丝负担。他想让她尽量放松一些。

他摸摸她的脑袋，问：“行吗？”

她乖得不像话，什么都答应他，说：“好，你想听什么我都给你说。”

他低头看着她，问：“什么都可以？”

“嗯，我答应你了，什么都可以的，只要你想听。”她想了想，有些为难地补充道，“就是别让我学狗叫就行，我最怕狗了，学不来……”

“学猫叫呢？”

她坚定地点点头：“可以的。”

正排队下飞机的战士们一听，齐刷刷地回头，目光呆滞且不可置信地看着他们。

有人心想：陆队的媳妇儿……可真温柔啊！陆队是怎么调教的？求秘方啊！

还有人想：陆队不仅喜欢听媳妇儿学狗叫，还喜欢听她学猫叫？这是什么奇怪的爱好？

韩靖直接用眼神表明了自己的态度：陆焯峰，你关起门后就是个变态啊！

陆焯峰自动忽略他们的眼神，深吸一口气，揉揉她的脑袋说：“到家后跟我说。”

明烛没有注意到其他人，心思全在陆焯峰的身上。她乖巧地点点头，说：“好……”

韩靖忍不住说：“那个，明烛啊，你可长点儿心吧，别被这小子吃得死死的。男人回到家，要多听女人的话，那才是好老公。”

明烛抬头，茫然地看着韩靖。

陆焯峰冷淡地看了韩靖一眼。

韩靖咬牙，摆摆手，道：“没事没事，当我没说。”

明烛抬头看了一眼陆焯峰，心想：陆焯峰挺听话的啊！

时光影视的官方微博发了一条消息。

时光影视：“剧组的所有人员全部安全撤离，会挑个黄道吉日回国，请大家做好准备，迎接你们的偶像、家人和朋友。以后，大家要好好过日子，努力赚钱，不要浪费时间去做没有意义的事情。大家要珍惜当下，有想吃的东西就去吃，有没看的电影就去看，有想去的地方就赶紧去，但是要确保安全！最重要的是，有喜欢的人就赶紧表白！想谈恋爱的赶紧去谈恋爱，相爱的赶紧结婚，没孩子的赶紧生孩子，吵架的赶紧和好，没办法和好的就分了找下一春……祝福大家早日达成生命的大和谐！”

唐域看着唐馨连一口气都不喘，以一分钟一百六十字的速度敲下一排排字，然后将微博发了出去。

评论区里挤满了人——

“已经接到消息了，很感动！所有人都能平安，真的太好了！”

“今天时光的官方微博意外逗乐啊……”

“今天的微博是换了人发的吧？平时那么高冷、低调、有内涵！”

“我想睡季东阳啊！”

“我想嫁给兵哥哥！全世界最帅的男人就是军人了！如果不是他们，我就没办法回来了！我最爱军人，以后一定要嫁给军人！”

“楼上的这位，你是获救人员？”

唐馨一边看评论，一边打字回复道：“今天运营官方微博的人是我，你们的唐大编剧。”

“季东阳有周宜宁了，你们没希望了。”

“兵哥哥当然帅了，最帅的那个是你们唐大编剧的。”

“嗯，这个是获救人员，《反恐》剧组的化妆师。非常高兴你们能平安回来……”

三个小时前，唐馨让唐域在电脑上登录了时光影视的官方微博。她闲不住，太担心了，忍不住想看私信和评论。

唐域跟助理要来账号和密码，登录了微博，看着她在微博上玩了三个小时。

最后，大家接到消息，所有人平安无事！

唐馨兴奋地抱住唐域，激动地问："我能发条微博吗？用官方微博发！"

唐域无奈地笑了，纵容地点头，道："发吧，想发什么就发什么。"

现在，唐域看着她回复网友时那眉飞色舞的样子，越发觉得唐馨这个姑娘好玩、可爱。他在惊叹之余，忍不住调侃她："手速挺快的啊，写剧本也这么努力的话，给你加工资。"

唐馨忽然站起来，转身面对他，仰着下巴骄傲地冲他伸出手，说："不要加工资，要你的工资卡行不行？"

唐域挑眉道："嗯？"

唐馨眨眨眼："要黑卡，可以随便刷的那种。"

唐域看着唐馨，双手抱胸，笑着低声道："要黑卡可以，你得做我的女朋友才行。"

唐馨两眼放光，手直接往他的眼前伸，急切地催促道："快给我！不给不是男人！"

唐域的嘴角一抽，他俯身愤愤地在她的唇上咬了一口，然后从钱包里取出卡，塞到她的手上，动作一气呵成："给。"

唐馨搂住他的脖子，红着脸道："成交！"

剧组成员回国的那天，机场里里外外都挤满了人，全是来接机的粉丝、朋友和亲属。

大家彼此对视着，感慨万分。

有人忍不住红了眼圈，感叹道——

"终于回来了！大难不死，必有后福！"

"还是中国好啊！以后再也不想出国了……"

"我还是忘不了那些兵哥哥！我想嫁，但又没有那个勇气……"

明烛跟姜导等人走在最后，隐约听见他们的议论声，嘴角抿了一下。

陆焯峰还有很多事情要处理，明烛只能跟剧组先回国。飞机刚落地，她就想他了。

“明烛！这里！”唐馨踮起脚，奋力地喊她。

明烛顺着声音望过去，笑了一下，快步走过去。唐馨用力抱住她，又哭又笑，道：“真的吓死我了，幸亏你们都回来了！我看到视频了，陆焯峰厉害死了。”

网上流传着几段救援视频，虽然画质有点儿差，大家都看不清楚视频中的人脸，但唐馨认识陆焯峰，隐约能看出来是他。

明烛也抱住她，说：“是啊，回来了。”

唐馨高兴地松开她，带着人往外走：“今天来接机的人实在是太多了，我们快点儿走吧，外婆和你妈妈在外面等你呢。”

明烛一愣：“外婆也来了？”

“是啊，外婆都快被吓死了，你快去看看她，她担心得不行。”

这么大的事，就算唐馨想瞒也瞒不住。外婆知道后直接被吓晕了，沈曼如就把人接到了北城。明烛不敢耽误，连忙加快脚步。

外婆站在车子旁边，一看见明烛就激动地喊道：“哎，丫头。”

明烛笑着跑过去，抱住外婆说：“外婆，你在家里等我就好了，跑来跑去多累啊……”

外婆拍拍她的背，又上上下下地把她检查了一遍。

明烛忍不住说：“外婆，我的身上一点儿伤都没有，你放心。”

外婆看她安然无恙，松了口气，又说：“那小陆呢？我听说他参与了救援，他没受伤吧？”

“他受了点儿小伤，您别担心。”明烛安抚她，看向一旁的沈曼如，喊了声：“妈。”

沈曼如摸摸她的脑袋，说：“回来了就好，你哥哥前两天已经回来了。”

明烛点头道：“嗯，我知道。”

任务完成后，明峥就回国了。

明烛见唐馨好像有很多话想跟自己说，安抚好外婆后，让沈曼如和外婆到车上等自己。

外婆和沈曼如一上车，唐馨就拉着明烛走到旁边。

明烛问："你是不是有事要告诉我？"

唐馨挑了挑眉，问："对，你猜猜？"

明烛看着她说："你跟唐域在一起了？"

唐馨撇嘴道："这么好猜吗？"

"嗯。"明烛笑了笑。

唐馨戳了一下她的脸，疑惑地说："我怎么觉得你不太高兴呢？大家都很安全，大难不死，电影也拍完了，你应该高兴才对……"

明烛抬头看着她，不知道该怎么跟她说小班长殉职的事，沉默片刻后低声问："你最近有看到林子瑜吗？"

话题怎么转到林子瑜的身上去了？

唐馨点头："前几天在公司里见过，听说她的家人正安排她相亲呢。你找她？"

"馨馨。"

"嗯？"

"小班长……回不来了……"

晚上八点。

明烛把陆焯峰求婚时给她的戒指戴上了。之前在G国拍摄期间，她怕弄丢了，一直没敢戴。她摸了摸戒指，下楼陪外婆和父母。

明烛在外婆的身旁坐下，外婆抓着她的手，轻轻地在她的手背上拍，忽然发现她的手上多了一枚戒指，愣了一下，举起她的手看了看。这下，连明成军和沈曼如都看见了。

明烛看了他们一眼，晃晃手，说："陆焯峰的求婚戒指。"

外婆回过神来，笑眯眯地盯着她的戒指道："挺漂亮的，小陆的眼光真好。"

明成军知道陆焯峰的事，琢磨了一下，问道："陆焯峰过些天就要回来了吧？他父亲那边你见过了吗？"

明烛摇头道："没有，这件事不用着急，他现在还有很多事情要做。"

沈曼如顿了一下，并不是他们做父母的着急，而是闺女连戒指都戴上了，他们却连对方的父母都没见过，不能不急。经历了这么一件事，明烛跟陆焯峰是不可能分开了，两人的婚事迟早要办，总不能一拖再拖。

外婆护着明烛，摆摆手，说："你们管明峥就行，明烛的事别操心了。小陆还没回来，回来后肯定会安排的。婚礼这种事情急不来，要好好办。"外婆顿了一下，然后看向明烛，说："跟军人结婚还要打报告对吧？小陆的报告打了吗？"

明烛没敢说结婚报告早就批下来了，而且她跟陆焯峰连结婚证都领了。

沈曼如说："妈，是结婚报告，那个很快。"

外婆："哦，那就好。"

晚上九点半，外婆要去睡觉了。明烛跟着她回房间，坐在床边小声说："外婆，我老实跟你说吧，我跟陆焯峰已经领证了。"

外婆闻言一愣，气不过地拿食指戳戳她的脑门，说："你啊，领证这么大的事都不跟我们说？什么时候领的？顺不顺利？"

"他出国前领的，很顺利，先不要告诉我爸妈。"明烛弯起眉眼，跟着爬到床上，脑袋挨着外婆的肩，撒娇道，"外婆，今晚我跟你睡吧。"

她已经好几个晚上没睡好了，很容易做梦，有些画面在脑子里挥之不去。

外婆笑得慈祥，摸摸她的脑袋，说："这次吓坏了吧？"

明烛摇头道："没有。"

"睡吧。"外婆叹了口气，像小时候那样，伸手在明烛的脑袋上一下一下地摸着，明烛很快就睡着了。

这是明烛这几天以来睡得最安稳的一觉。

第十六章

愿我一世有你

六月底，陆焯峰回国了。

那天，王国洋等人到机场接机，迎接烈士。随后，陆焯峰随张武林的父母把张武林的骨灰带回老家进行安葬。

明烛、唐馨以及林子瑜都提前到场了。林子瑜眼眶通红，眼神呆滞，到现在还不敢相信这件事，怎么人就没了呢？

直到这一天，大家才知道 G 国的那场救援行动并不是一帆风顺的，他们这边牺牲了一个军人。那名军人很年轻，还不到二十四岁。

网络上，网友自发举行了默哀仪式。街道上，有近千名群众聚在外面，送别张武林。

张武林被安葬于当地的烈士陵园内，魂归故里。他的照片和相关视频被放在新闻稿内，在网上广为流传。

“哪儿有什么岁月静好，不过是有人替我们负重前行。”

“长得挺周正的，可惜了，这么年轻，英雄走好啊……”

“哭了！最看不得这种新闻了，希望军人们都长命百岁！”

“英雄走好，希望你只是变成了天使，去了天堂。插个题外话，中间的那个军官好帅！”

唐馨把手机放到明烛面前，说：“说你家陆焯峰的。”

明烛看了一眼，又看向不远处正跟王国洋说话的陆焯峰。

陆焯峰一身军装，高大帅气，但比之前瘦了一点儿。他像是察觉到她的视线，目光倏地移到她身上，安抚地看了她一眼。她穿着黑色的连衣裙，胸前戴着小白花，四肢纤细，皮肤白皙，比上次更瘦。

王国洋对陆焯峰说："你的伤还没好吧？这几天先休息一下。"

陆焯峰收回目光，回复王国洋道："好。"

陆焯峰和明烛从见面到现在，还没来得及说上一句话。他知道她在等自己，也知道她担心自己，二人心意相通，一个眼神就能明白对方在想什么。

明烛看着陆焯峰，弯起眉眼。

他是她爱的男人，他永远是她的骄傲。

一切结束后，明烛走向呆坐在角落的林子瑜，从包里拿出一个小盒子，递到林子瑜面前，轻声说："我四月初去过一次维和营区，小班长……"明烛顿了一下，改了口，"张武林让我把这个带回来给你。这应该是他想送给你的东西。"

失魂落魄的林子瑜听见明烛的话，慢慢回过神来，抬头看着明烛，颤抖着手接过那个小盒子，道："他……还说了什么？"

明烛看得出林子瑜很难过，也看得出林子瑜很后悔。可林子瑜在后悔什么呢？明烛不知道，也不打算去问，只是道："这是他让我帮忙带给你的。我想，这是他离开前唯一想送出去的东西。"

明烛犹豫过，不知道这个东西给林子瑜带去的是安慰还是痛苦。不过，既然这是张武林的遗愿，明烛就应该帮他完成。

林子瑜细细地摩挲着那个小盒子，眼泪控制不住地往下掉。她抬头看向明烛，说："你说，如果……如果我不跟他分手，他是不是就能更用力、更拼命地活着……为了我……"

明烛瞬间红了眼眶，低声说："我想，任何时候他都在努力地、拼命地活着。"

唐馨看到林子瑜这样，有些于心不忍，从包里摸出纸巾递给林子瑜。

林子瑜忽然抓住唐馨的手，歇斯底里地喊道："你不是说，他几年后也会像陆队长那样成为队长吗？你不是说过的吗？可现在才一年……才一年啊……”

是啊，现在离当时才过去了一年。

世事难料啊！

“你别这样……”唐馨也很难过，“小班长真的很好，我也不希望是这样的。”

林子瑜忽然跌坐回去，将头埋在膝盖上，呜呜呜地哭了出来。

唐馨想上去劝，被明烛拉住了。明烛说：“让她哭吧，发泄一下比较好。”

半晌，唐馨有些唏嘘地道：“你说，她会不会从此忘不了小班长？”

“会吧。”

就算林子瑜以后嫁给别人了，心里也永远会记得张武林这个人。

林子瑜爱上过这么一个忠诚勇敢的人，这辈子是忘不了他的。

一切结束后，陆焯峰回到北城。

明烛在家等到半夜，陆焯峰才回来，身上还穿着那套军装。门一打开，明烛就扑进了陆焯峰的怀里。他揉了揉她的后脑勺，低头看着她说：“在等我？”

她仰头笑了一下，说：“嗯，这儿是你的家。”

二人领证之后，他就把家里的钥匙给她了，包括老宅的钥匙。明烛不确定他今晚会不会回来，打电话给他也没人接，只能跑到这里来碰运气。

“这儿也是你的家。”陆焯峰纠正她，摘下帽子顺手放在玄关柜上，把人拉进去，“我没带电话，用曹铭的手机给你打电话你没接，刚才路过这里，想上来看看你会不会在这里等我。”他把人搂在怀里，拨开她额前的碎发，说，“在楼下就看见灯亮着。”

明烛抱住他，脑袋在他的手心蹭了蹭：“我也是来这里碰运气的，白天都没跟你说上几句话，也不知道你结束公务后会不会直接回部队。”

陆焯峰的心里痒痒的。他这段时间经历了这么多事，心里很难受。但他是男人，当了十二年的兵，再怎么样也得坚强！

他牵着明烛走向沙发，明烛则一直盯着他看。

陆焯峰忍不住笑了："看得这么认真？"

她点头道："想你了。"

陆焯峰在沙发上坐下，让她坐在自己的大腿上。明烛转了个身，变成跨坐，跟他面对面地对视着。他笑着低声道："队里给我放了几天假，我这几天专心陪你，嗯？"

明烛问："几天？"

陆焯峰笑了笑，说："五天吧。"

明烛高兴地道："好！"

五天，对军人来说，算是很长的假期了。

她想起他的伤，去解他衬衣的扣子。陆焯峰靠在沙发上看着她，故意漫不经心地说："我还没洗澡。"

明烛抬头道："我看伤口，跟你洗没洗澡没关系。"

陆焯峰按住她的手，说："已经没事了，再养养就好了。跟我说说，你回来这几天都在做什么？"

明烛想了想，觉得睡觉的时候也可以看伤口，就暂时放弃了，道："我这几天都在家陪外婆，还跟唐馨、欢欢一起吃了顿饭……对了，唐馨跟唐域在一起了，就在我们获救的时候。"她抿嘴笑了一下，"你可能不知道，唐馨用时光影视的官方账号发了条微博，现在都在网上传成顺口溜了。"

陆焯峰哦了一声，饶有兴致地问："她说什么了？"

"她说有想吃的东西就去吃，有想看的电影就去看……"那条微博很长，读起来很顺口，明烛记忆力很好，看过一遍就基本记住了，背了出来，"她还说，相爱的人赶紧结婚，没孩子的赶紧生孩子，祝福大家早日达成生命的大和谐！"

"生命的大和谐，是我想的那个意思吗？"

明烛将脑袋埋在他的肩上，说："嗯，应该是……"

陆焯峰忍不住低头亲她的耳朵，说："现在几点了，嗯？"

明烛想了想，道："好像过十二点了……"下一秒，她就被人打横抱起，吓得忙低下头，不敢乱动，"这样抱没关系吗？你的手还伤着呢！"

"没关系，我没用力，你瘦了。"他说着，掂了掂重量，"瘦了五斤？”

明烛瞪大眼睛：“你这都能猜出来？我真的瘦了五斤。”

陆焯峰抱着人往卧室走，有些无奈：“这才几天，你就瘦了五斤……你是没好好吃饭，还是没睡好？本来就没多少肉。”

明烛掐着他胳膊上的肌肉，不满意地说：“你也瘦了，肯定不止瘦了五斤，还好意思说我……”

她被放到床上，陆焯峰低头在她的脖颈上蹭了几下，说：“洗过澡了？”

她点点头。

他直起身，慢条斯理地解衬衫的扣子，转身打开衣柜，拿出一套衣服，背对着她脱下衬衫。他肩宽窄腰，肌理分明，手臂上还缠着绷带，一边脱衣服一边说：“我是男人，瘦几斤没事，多训练几次、多吃几碗饭就长回来了。你不一样，我认识你这么多年，就没见你胖过。”

明烛坐在床上看着他，轻声道：“女孩子胖了不好看，我要是个大胖子，你能喜欢我吗？”

咔嗒——

陆焯峰解开腰带，转身上上下下地打量她，说：“你能长到多胖？”

明烛还真的不是容易长胖的体质。而且她吃得不多，要长胖还真是挺难的。她不说话了，盯着他的腹肌。陆焯峰低头笑笑：“估计你也就怀孕的时候能养胖一些。”他拍拍她的脑袋，拿着衣服去洗澡。

明烛摸摸脑袋，若有所思地盯着他的背影。

陆焯峰很快就回来了，掀开被子一角，坐到床上。明烛主动靠过去，挨着他的肩。

陆焯峰把人抱起来，让她趴在他的胸口上，捏捏她的耳朵，说：“最近晚上有没有失眠，有没有做噩梦，有没有什么不舒服的地方？有事要跟我说，不要自己憋着。这件事已经过去了，你不要再想了，懂吗？”

之前，他担心她会有心理创伤，想让她进行心理疏导，但她比较抗拒，说自己没事。

明烛摇摇头：“嗯，我知道，没多想。我刚开始心里有些不舒服，回来后跟外婆睡了三个晚上。外婆每晚都摸着我的头哄我睡觉，还像小时候那样给我讲故事。从那之后，我就可以自己睡了，虽然入睡速度没以前快，但不会做噩梦了。”

陆焯峰松了口气。明烛乖巧地趴在他的胸口，听着他强劲有力的心跳声，问：“你呢？”

你还好吗？

“我很好！我是男人，也是军人，这种事情是我该去面对的，你不用担心我。”陆焯峰一下一下地摸着她的脑袋，问，“是这样吗？”

“嗯？”

“我是说，外婆是这么摸你的脑袋哄你的吗？”

明烛忍不住偷笑：“外婆可没这么抱我。”

“那换个姿势？”陆焯峰说着就要把她弄下来。

明烛忙抱住他不放，道：“不要，就这样，你的手还没好呢，别动来动去的，安分一点儿……你不摸我的脑袋，我也能睡着，跟你睡最容易睡着了。”

陆焯峰笑着低声道：“为什么？”

明烛脸红了，一本正经地小声说：“因为累啊。”

陆焯峰回想起那些让她累的画面，身体有些发热。

明烛已经从他的身上爬下去了，脑袋贴着他的肩膀，拿起他的手，有模有样地教他：“这样，再这样，要顺着摸，不要太用力，外婆的力道很轻的……”

他试了几下：“这样？”

她点头，闭上眼睛：“嗯嗯，就是这样。”

陆焯峰从她的额角顺着耳朵的方向，轻柔地往后脑勺上摸了几下。小姑娘闭上眼睛，神情放松，他嘴角微勾，动作不停。

或许她是真的累了，或许是因为他在身边，她很放松，陆焯峰不过摸了十来下，她就睡着了。

他一愣，低声道：“明烛？”

明烛自然没回应他。

他看了看自己的手，这双手是有什么魔力吗？这么有效！看来，他以后要多跟外婆学习、交流了。

陆焯峰低头在她的唇上亲了亲，也闭上了眼睛。

第二天早上，陆焯峰想起床，明烛却抱住他不放。他怕吵醒她，又靠了回去，多睡了一个小时。快八点的时候，明烛醒来，惊讶地发现他还在，而且眼睛还是闭着的。

她很少有机会看见他睡着后的模样，因为她总是比他先睡着，醒来的时候他已经起床了。

他可真帅啊……

他的睫毛还挺长的，明烛伸手戳了一下。

陆焯峰抓住她的手，睁开眼看着她。

明烛笑了："你醒了？"

"你动的时候我就醒了。"他搂住她的腰，嗓音低哑，又闭上了眼睛。

明烛半趴在他的身上，用手指戳了一下他的脸，道："陆焯峰，我想跟你说一件事。"

他嗓音沙哑，道："嗯？"

"其实那次我没吃药。"

他倏地睁开眼，盯着她的脸，目光下移，手迅速在她平坦的小腹上摸了一下："有了？"

明烛被他弄得脸红，忙摇头："没有，我只是告诉你我没吃药……但也没怀孕，虚惊一场。"她低下头，小声嘀咕，"其实我本来也以为有了，你那么强悍……"

陆焯峰愣了一下，随即哭笑不得地看着她说："你这是在夸我吗？"

明烛小声说："我实话实说。"

当时月经推迟了，她真的以为自己怀孕了。

"后来发生了那样的事，我又庆幸，幸好没有怀孕。"明烛又抱住他，"不过我想，我们办完婚礼后就生个孩子吧。有个孩子挺好的，你不在家的时候，我能转移一点儿注意力，不那么想你。"

"不那么想我？那这个孩子是生还是不生，我得重新考虑一下了。"陆焯峰的语气挺沉重的，他似乎真的在考虑。

明烛忙说："我不是那个意思，我的意思是……你出任务的时候，我在家时还能有个孩子陪我，感觉更安心。"

“真的想生？”他看着她。

她用力地点头：“想。”

“我其实很怕你怀孕后需要我的时候，我不在你身边。而且你生了孩子后，负担会比我重很多，会很辛苦。你的年纪又小，我总觉得自己能给你的太少了。外婆和徐奶奶以前说得没错，徐睿的遗愿也没错，是我自私了。”陆焯峰看着她，用手摩挲她的脸颊，继续道，“所以，我曾经做了一个错误的选择。后来你来部队采风，我依旧在犹豫，到底该不该让你跟我过这样的日子。我总觉得自己得小心翼翼地护着你，觉得跟我在一起会委屈了你。不过后来想想，你喜欢我，我喜欢你，如果我们不在一起，委屈的就是两个人，不划算。我们俩得结婚，这样才对得起彼此。”

明烛很少听陆焯峰说这么一长串的话，仔细地品味了一下，弯起眉眼道：“对，幸亏你想通了。”

陆焯峰低下头，正好看见她的胸口。她的衣领宽大，她趴在他的身上，胸前的风光全部暴露在他的眼底。

明烛反应过来，红着脸要去遮，被他牢牢地抓住手腕。他道：“遮什么，看都看光了，你身上我哪里没看过？”他不但看过，还非常仔细地研究过。

明烛不知道别的情侣或夫妻会不会这样，但真的觉得再也没有比这更羞耻的事了，忍不住小声说：“你怎么这么坏……”

“男人不都这样吗？有些只是不说而已。”陆焯峰翻了个身，把人压在身下，“我记得家里还有避孕套……”

明烛红了脸，道：“我怎么知道，又不是我用……”

陆焯峰探过身子，拉开抽屉，摸到之前剩下的一个避孕套。明烛飞快地看了一眼，脑袋埋进他的胸口，有些犹豫：“现在好像八点了，天早就亮了……”

“正好……”陆焯峰说着就把衣服脱了，俯身去亲她，笑着低声道，“听说有些女人早上会比较敏感，试一下？”

明烛被他亲得头昏脑涨，半眯着眼问：“你怎么知道？”

陆焯峰将手探入她的睡衣里，在她的腰上摸了一下：“队里都是男人，已婚的不少，平时也开些不着调的玩笑，听多了……”

“你们还说这些啊……”

“来，说几句好听的，你答应过的。”他咬着她的唇，没忘记自己的福利。

“说……什么？”明烛轻喘，胡乱地夸他，“我喜欢你，你好帅，你的身材特别好，你好棒……”

陆焯峰听得头皮发麻。这种话平时听到他可能会笑，但在床上听到就不一样了。于是，他三两下地脱光了她的衣服……

窗外，阳光灿烂，光透过窗帘洒进房间。

或许是因为太久没见面了，或许是因为经历了生死危机，两人都有些失控。陆焯峰这次是真的放开了折腾她，偏偏她受不了却也逃不掉，只能答应他的各种要求……

恍惚间，明烛觉得自己快要死了。

临结束的时候，她还晕乎乎地想：难道女人在早上真的会比较敏感？不然，她的感觉怎么这么强烈？

一个多小时后，陆焯峰抱起小姑娘，去浴室清理。

“你最近体力不好。”

“我没吃早饭……”

下午，陆焯峰跟明烛回了明家。他们已经结婚了，总归是要见家长的。

进门前，明烛怕他紧张，底气十足地安慰他：“你不要紧张，其实我爸妈都不太管我的事。而且，外婆在，会给咱们撑腰的。”

陆焯峰忍不住乐了：“我看起来像很紧张的样子？”

明烛摇摇头：“我就是跟你说，让你不要紧张。”

陆焯峰牵住她的手，道：“好，我不紧张，我们可以进去了吗？”

话音一落，外婆出来了，看见他们后，道：“丫头、小陆，你们怎么半天还没进来呢？”

陆焯峰走过去，弯腰在外婆的耳边低声说：“外婆，明烛怕我紧张，跟我说待会儿有您给我们撑腰，要我别害怕。”

明烛呆住了，他怎么可以直接跟外婆这么说？！

外婆瞪了明烛一眼：“你这个小丫头，怎么越来越不正经了？你以前可不是这样的。”

明烛狡辩道：“我没有啊！”

明烛气得直跺脚，心想：陆焯峰这个浑蛋，卖老婆上瘾了是吧？！

明家客厅。

明成军、沈曼如端坐在沙发上，一副完全不在意门口的动静的样子。专门在家休假的明峥则大大咧咧地靠在沙发上，盯着门口。

外婆走在前面，后面跟着陆焯峰和明烛。明烛的脸有些红，她偷偷在陆焯峰的腰上掐了一下，还觉得不解气，走到前面挽住外婆的手，故意冷落陆焯峰：“外婆……”

外婆拍拍她的手，小声安抚道：“行了、行了，我给你们撑腰。”

明烛：“……”她不是这个意思啊！

陆焯峰低头笑了笑，心情舒畅，心想：她可真好逗！

三人走进客厅后，明成军站了起来，上下打量陆焯峰。陆焯峰站得笔直，不卑不亢地说：“叔叔、阿姨，你们好。”

沈曼如是第一次见陆焯峰，之前听说过他，知道这个小伙子长得帅。现在一看，沈曼如发现陆焯峰是真的很帅，首先在外貌上给他打了满分。

沈曼如忙说：“坐下再说，一个小时后开饭。”

明峥把二郎腿放下，挑了挑眉，对陆焯峰道：“还有我呢。”

陆焯峰叫他一声“哥”是应该的吧？

外婆瞪了明峥一眼，道：“你就别瞎掺和了，婚礼办了之后再说。”

明峥摸摸鼻子，咳了一声，又问陆焯峰：“你的伤还没好吧？”

陆焯峰在旁边坐下，神色自若地说：“差不多了，再养几天就好了。”

“过几天又要去G国？”

“嗯，到九月份才回来。”

明成军看了陆焯峰一眼，叹了口气，道：“这次行动你辛苦了，以后多加小心，这样明烛跟着你，我们也放心些。”

陆焯峰坐在沙发上，想了想，还是说了实话：“我一定会在确保任务完成的前提下保全自己的。但有些事情您也知道，很多时候是没办法保证的。”

不只明成军，明峥也是当兵的，都深知这种保证没有任何意义。

沈曼如看了一眼明烛。明烛笑了一下，道：“爸、妈，这个你们不用担心，我不怕。”

外婆拍拍明烛的手，对明成军和沈曼如道：“我之前去庙里给他们俩算过了，这两个孩子都是有福之人。你们担心的那些，我之前比你们还担心。现在我都放心了，你们还怕什么？我老了，不图什么，只希望能在生前看着丫头把我绣的嫁衣穿上，漂漂亮亮、开开心心地嫁给她喜欢的人，这就足够了。”

明烛心里十分感动，看向外婆。

陆焯峰看了明烛一眼，眼神温柔而宠溺，又低声对外婆说：“谢谢外婆。”

外婆都说话了，明成军和沈曼如也不好再多说，而且说来说去也没什么意义。

沈曼如换了个话题，问陆焯峰：“你爸爸那边……”

陆焯峰笑了笑：“来之前我爸给我打过电话，说明天请你们和外婆一起吃饭。”

下午，陆升确实给陆焯峰打过电话，想让他带明烛回家一趟。父子俩虽然关系一般，但结婚是大事，父母是肯定要出面的。

沈曼如放心了，明成军笑道：“听说你爸最近生意做得很不错，你以后有没有想过转业？”

陆焯峰顿了一下，随后道：“我退役后肯定会有别的打算，但这么多年都在部队，对经商没什么想法。就算以后不上前线了，我也想待在部队。不过，这个也说不准。”

外婆说：“小辈有小辈的打算，他们的事情就让他们自己决定吧，开心最重要。明烛做的选择，我都支持。明烛小时候你们没好好管她，现在她大了，你们也别想管。”

明成军和沈曼如心里有愧，也不好多说，再往深了一想，觉得以陆焯峰现在的情况，转业未免可惜。

众人聊了一个小时，阿姨喊道：“开饭了。”谈话这才算结束。

有外婆撑腰，陆焯峰的这场家长见面会进展得格外顺利。美中不足的是，明烛晚上被留在明家，陆焯峰没办法，只能自己一个人回去了。

第二天中午，陆焯峰先跟陆升见了一面。陆升五十多岁，看起来挺年轻。陆焯峰长得不太像陆升，更像陆老爷子。

陆升看了儿子一眼，问："伤好了？"

陆焯峰笑道："还行吧，不碍事。"

陆升看了一眼他的车，道："都结婚了，你这车该换一辆了。我知道你不愿意要，不然我给明烛买一辆，算是送你们的结婚礼物？"

陆焯峰："你跟她说吧，她要是愿意拿，你就给。"

陆升想了想，随后点点头："行吧……"

晚上，双方家长第一次见面。吃饭地点由陆升做主，定在北城著名的私人饭馆。

陆升在商场上混了半辈子，说话分寸拿捏得恰到好处，陆焯峰对他很放心，基本上不太插话。关于婚礼，陆升说："婚礼就照着明烛的喜好来，你们想怎么办就怎么办。听说外婆和明烛都喜欢中式婚礼？那很好，中国人的传统要延续下来，中式婚礼大气，我也很喜欢。"

外婆笑了笑，很高兴："对，嫁衣我都绣好了。丫头从小受我的影响，喜欢中式婚礼。"

沈曼如笑道："我这两年参加过不少婚礼，中式的也好，西式的也好，都是个形式。既然两家都觉得中式婚礼好，那我们就按照中式的办。说真的，中式婚礼办起来才喜庆。"

陆焯峰看了一眼明烛。明烛将手搭在他的大腿上，轻轻地挠了他一下。

他按住她的手，靠过来低声问："今晚可以跟我回家了？"

明烛怕被人听见了，看看周围，小声说："嗯……"

还有三天，他就要走了。

其实，昨晚外婆还说明烛了。外婆比较传统，觉得俩人还没办婚礼就住在一起不太好。但明烛小声嘀咕："我们领证了。再说，他过几天就要走了。"

领证了，他们就是正式夫妻了。

外婆一想也是，小两口见面不容易，自己不该那么古板。

双方家长谈了一会儿。陆升是看出来了，明烛的事由她外婆做主。陆升看向外婆，道："那婚礼日期选在什么时候好？我看十月份挺好的，时间上也来得及。"

外婆摆摆手："我找人算过了，他们俩十月份办婚礼不合适，明年三月三十日最好，互不相冲。"

外婆其实不想两人那么早就结婚、生孩子，明烛还年轻。当年沈曼如就是因为太早结婚、生孩子，心性不够成熟，才发生了那些事。外婆不希望外孙女走女儿的老路。

明烛一愣。明年三月是不是有些晚？

明烛本来觉得十月份正合适，《反恐》的剧本写完之后，她这几个月的工作量不大，也暂时不打算再接剧本了。这几个月，她可以专心筹备婚礼。陆焯峰九月份回来，十月份他们正好可以办婚礼。

陆焯峰仿佛看穿了她的想法，歪着头，在她的耳边低语："想提前吗？"

明烛摇摇头："外婆决定的事，总有她的道理。可是，你得再等等了。"

陆焯峰笑着低声道："好，我再等等。"

婚礼时间就这么定下了，明年三月三十日。

夜里，两人回了明烛这边。

陆焯峰洗完澡后回到卧室，看了一眼挂在床头的嫁妆，走过去把正在聊微信的明烛搂进怀里，低头瞥了一眼她的手机屏幕："在聊什么？"

明烛转头看着他，发现他的头发比之前长了一些，伸手摸了一下，觉得很扎手："她们问我今天的家长见面会怎么样，我说很顺利，问她们明年谁要当伴娘。"

"谁当？"他拉下她的手。

"都要当啊！中式婚礼，她们说愿意给我做小丫鬟。"明烛很高兴，往他的怀里蹭了蹭。

陆焯峰没参加过中式婚礼，想象了一下，问："我是不是也要穿中式的衣服？"

明烛摇头："不一定，你可以穿西装。不过，还得看外婆的意思。你不喜欢穿中式的衣服吗？你穿肯定好看。你五官端正，放在古代就是大侠。"

他忍不住笑了，指指嫁妆，问："那嫁妆什么时候搬过去？"

说到这个，明烛就想起他当初钉嫁妆时的那副狠劲，扯住他的耳朵，问："你拆得下来吗？"

"我钉的，那肯定只有我能拆下来。"

"不准把我的墙弄坏。"

"弄坏了给你补上行不行？"

明烛瞪着他。

陆焯峰笑了笑，在她的唇角亲了一下，漫不经心地道："今晚吃完饭，我爸跟你单独聊了什么？"

晚上离开之前，陆升把明烛留下，说想跟她说些话。

明烛跟陆升在包间里聊了十几分钟。陆升说起陆焯峰小时候的事："我前妻去世得早，我忙着生意上的事，对他一直不够关心，把他丢给了他爷爷。后来，我跟现在的妻子结婚，想把他接过来，但他当时已经快上初中了，跟我不亲，说什么也不愿意跟我一起生活……有些事情晚了就是晚了，我再想去弥补，却发现他已经不需要了。他从小受他爷爷的影响，对什么事情都很专一。我知道你是个好姑娘，他很喜欢你，这辈子认定你了。我也看得出来，你很喜欢他。我不知道能为你们做什么，唯一能做的就是帮你们把婚礼办好，不让你受委屈。"

明烛很少听陆焯峰说起小时候的事，也没想到陆升能跟她说这么多，想了想，说："我不觉得委屈。相反，我很高兴能跟他在一起。"

陆升笑笑："我知道！我也没别的送给你，回头送你们一辆车吧！等你们生了孩子，我再……"

她吓了一跳，忙说："不用了，叔叔，我们不需要。"

陆升叹了口气："他不收，你也不收，不能让我们老陆家为难啊！老爷子在世的话，也得说我。"

陆焯峰对此毫不意外。陆升在商界待久了，沾了铜臭味，喜欢用钱解决问题。

陆焯峰把人搂进怀里，道："他给你的，你想收就收，不想要就拒绝，不用勉强，懂吗？”

明烛点头：“嗯，我知道的。”

“乖。”

“你也乖。”

陆焯峰走前带她去了一趟拳击俱乐部，看了一场拳击赛后，跟徐敬余、安晴和贺程一起去吃饭。安晴和贺程的婚事也定下来了，婚礼比陆焯峰他们晚几个月。

安晴问明烛：“嫂子，你们真的准备办中式婚礼啊？”

明烛点头。

安晴回头看了看贺程。贺程立刻道：“你别想一出是一出，前天说要办花园婚礼，昨天说要去国外的城堡，今天又跟我说你想坐轿子了吗？”

“结婚就一次，我高兴就好！你不乐意折腾，那就不结婚了。”

“你再说一次！”

“哼，说就说，你不乐意就不结了啊。”

“你别想了，你的气质不适合中式的，老老实实穿婚纱吧。”

明烛已经习惯他们两个的相处方式了，看了一会儿，又去看徐敬余。徐敬余出去了一趟，带回来一个漂亮女人，属于越看越好看的类型。

徐敬余介绍道：“我的女朋友，应欢。”

安晴笑眯眯地道：“就是让徐哥在赛前破戒的那个？”

应欢有些窘迫。徐敬余大大方方地搂着她坐到沙发上，不屑于回答这个问题。

徐敬余前段时间因为这个问题在网上被网友调侃了一番。徐敬余守了近十年的规矩，说破就破，这到底是真是假，无人知道。反正当事人一直闭口不谈，既不承认，也不否认。

明烛的目光一直落在那两个人的身上。陆焯峰把她的脸转过去，半眯着眼，低头问她：“徐敬余很帅？”

明烛点点头：“他是很帅啊，是拳击手里面最帅的！”

陆焯峰姿势不变，看了一眼徐敬余。陆焯峰从小对长相就不太关注，后来在部队待久了，看谁的长相都觉得差不多。但他想了想，从小到大，他们几个中好像确实是徐敬余最招女生喜欢。

明烛看陆焯峰不说话，以为他吃醋了，抬头笑了笑，道："当然，你最帅了。"

陆焯峰低头笑了笑："不用夸我，没生气。"

回去的时候，明烛看见应欢被徐敬余强行摁进车里，应欢那双修长好看的腿使劲地在徐敬余的身上踢，却一脚也没踢中，全被徐敬余用手挡住了。

这两人的关系也是扑朔迷离啊。

明烛津津有味地看了好久，回头看向陆焯峰，有些感慨："陆焯峰，我要是跟你打架，你会让着我吗？"

陆焯峰奇怪地看着她，觉得她被安晴影响了，问："我们为什么要打架，在床上打吗？"

明烛瞪他："我发现你结婚后越来越流氓了。"

陆焯峰打开车门，把人塞进去，绕过车头坐进驾驶室，启动车子，漫不经心地说："不然呢？你要一辈子对着一个脾气硬邦邦的男人？在你面前，我就是个普通男人，不正经，喜欢逗你几句，看你脸红就觉得好玩，这很正常。"

明烛当然知道他私底下跟在部队时很不一样。而且，他的这一面只有她知道。

她凑过去在他的唇上亲了一下。

陆焯峰按住她不放，狠狠地咬了一下她的唇，低声说："还有一天我就要走了，等我三个月？"

她点头："当然，我等你一辈子。"

陆焯峰不禁笑了："你怎么越来越会说好听的话了？"

明烛仰头问："不是说好了，回来就说好听的话给你听的吗？"

他看着她，在她的耳边亲了一下，道："我也给你说句好听的，你可听好了。"

明烛想仰头看着他，却被他按在怀里。

男人的声音慢慢钻进她的耳中。

他说："我爱你，明烛。"

明烛愣了一下，仰头看他。

陆焯峰目光深邃，直白坦诚，柔情万丈。

她扑上去，勾住他的脖子道："我也爱你。"

陆焯峰走了。

三个月，说长不长，说短不短。明烛回镇上待了两个月，每天陪着外婆和徐奶奶，过得很开心。要说有什么不愉快的事情，那就是徐奶奶的邻居李大叔养了一条狗。

那条狗的脑袋上有道疤，听说是被人打的，尽管李大叔表示狗很温顺，但明烛还是很害怕。毕竟，她小时候被疯狗追过，这种心理阴影很难消除。

九月底的某个早晨，她去街上买了早餐回来，刚走到徐奶奶家门外，那条大狗就从隔壁蹿了出来，两条前腿抬得老高，看着像是要往她的身上扑！

这条大狗不知道怎么回事，特别喜欢扑她。李大叔说："这家伙喜欢你。"

明烛怕了这种喜欢，被大狗吓得不敢动，连连后退。大狗没打算放过她，但也不敢硬扑，就一路追着她，把她堵到了墙角。

"你……走开！"

"汪汪汪！"

"走开啊！李大叔，你的狗跑出来了！"

"嗷呜！"

明烛急得不行，拿出一个小笼包，扔到一边道："给你吃，你吃完就走。"

大狗嗷呜一声，吃了包子，但还是不走。

明烛瞪着它，一连扔了好几个小笼包，它还是不走。明烛急得要哭了，正要大声喊人的时候，身后传来熟悉的声音："别怕，它不敢过来。"

明烛一僵，随即回头，陆焯峰穿着黑色的休闲服，从身后贴紧她，手臂横在她的腰上，低喝一声。那狗立刻跑了。

明烛皱眉问："它为什么不怕我？"

陆焯峰揉揉她的脑袋，直白地说："下次喊得凶一点儿！你这么温柔，它还以为你在逗它玩呢。"

明烛转身，他顺势搂住她的腰，两人对视了好几秒。

她又问："你回来了怎么不告诉我？"

陆焯峰看了一眼缓缓打开的徐家大门，把人抵在墙角不动。几秒后，徐奶奶奇怪地问："我好像听见明烛的声音了，怎么出来又不见人了？"

明烛刚要说话，就被人堵住了嘴，心跳漏了几拍。

明烛眨眨眼，他低声道："嘘。"

"你怎么不告诉我？我本来想明天回去的……"

"给你一个惊喜，不喜欢？"

清晨的阳光洒在男人的身上，他怀里的姑娘穿着勾人的旗袍，纤细白皙的两条腿紧紧地贴在墙上。她微微踮起脚，勾住了男人的脖子。

夜里，陆焯峰给徐奶奶修好家具，将家里缺的东西都补上后，一看时间已经晚上十点了。

隔壁的大门早就关上了。

他给明烛发了条微信。明烛收到消息后，立刻把窗户打开。十几秒后，男人从窗户翻了进去。她跳着扑到他的身上，低头看着他道："你爬窗户上瘾了吗？明明可以走正门。"

陆焯峰抱着人往床边走，将她压到床上，笑得有些坏："我怕吵醒外婆。"

她推开他，走到衣柜旁边，打开柜门，拉出一个大箱子："外婆给我绣的嫁衣在这里，你要看看吗？"

陆焯峰懒散地靠在床头，点点头："好。"

她拿出那套华丽的红色嫁衣，问："好看吗？"

陆焯峰一愣："不穿给我看吗？"

明烛忙把嫁衣放回去，振振有词地说："不行，现在不能穿，只能给你看一下，不然婚礼那天就没有惊喜了。"

箱子里还有两套衣服，一身旗袍，一身敬酒服。

陆焯峰走过来，手指在嫁衣的绣纹上掠过。他光想象也知道，她穿上这身衣服肯定很好看。距离婚礼还有半年，他有的等。

他深情地看着她，问：“真的要等？”

明烛很坚持：“真的要等。”

陆焯峰也不勉强，扫了一眼箱子里的嫁妆，笑着低声问：“这才算是嫁妆吧？”

明烛知道他是什么意思，他不就是嫌她绣的那幅画丑吗？她把嫁衣放回去，不高兴地嘟囔：“不喜欢就别拆啊，钉在墙上也挺好的。”

他帮她把箱子放回去，把人拉到怀里，哄道：“没说不喜欢。你就是绣根草，我也喜欢。”

明烛乐了，问：“真的？”

“真的。”

二月六日，春节前夕，电影《反恐》上映了。

因为电影的制作团队强大，从主创、导演、编剧到主演都是一流的，加上剧组在境外拍摄时经历的那场惊心动魄的救援行动，电影未播先火。

电影上映的第一天，票房就爆了。

主演们忙着飞往各地进行宣传，主创团队也上了一档访谈类节目。节目组导演知道编剧明烛是个旗袍控美人，费尽了口舌，靠和姜导毕生的交情，拜托姜导一定要让明烛一同前来录制节目。姜导跟明烛提了两次，但明烛并不想上节目。

最后，唐馨出面说：“你就去吧，穿上你最漂亮的旗袍，亮瞎网友的眼！”

盛情难却，明烛最终答应了。

节目录制当天，明烛穿了那条粉色的改良款旗袍，是陆焯峰最喜欢的那条，看上去温婉端庄、美丽动人。

明烛的出现让所有人为之一动。观众这才知道明烛真是个喜欢旗袍的美人。

这期节目要火了！

最先接受采访的是姜导。主持人问：“听说这部电影中有几个镜头是真实的救援行动的画面，是真的吗？能告诉我们是哪几个画面吗？”

姜导笑道："是的，电影结尾处有大约两分钟的画面是用真实的救援画面剪辑的，那是真正的中国军人的救援行为。那些画面是摄制团队放在高处的摄像机拍下的。《反恐》这部影片一开始就得到了国家的支持，将真实画面剪进电影，也是得到了上级领导同意的。这些画面让电影更真实、更震撼人心。"

主持人又问："听说有个大爆炸的画面也是真实的，我们牺牲了一个维和军人？"

主创团队沉默了几秒。

姜导很难过："对，他是个英雄，不应该被遗忘。不管是他，还是任何一个默默无闻、拼在前线的军人，都值得被人记住。"

主持人点头："您说得对，这部影片让更多的观众看到了军人伟大的一面，很感激你们拍出了一部这么优秀的电影。"

姜导微笑着道："应该的，拍这部电影本来就是想让大家更了解军人，了解我们中国有多强大，让大家知道如今的和平生活来之不易。不论你身在何方，只要有中国军人，就有人保护你，国家永远不会放弃任何一个中国人。"

聊完这部分，主持人将话题转移到编剧的身上。主编剧有两个，杜宏和明烛。

主持人的关注点自然先落在明烛的身上。主持人有些迫不及待地问："明老师，我以前跟网友们一样，一直以为能写出这么热血的剧本的编剧一定是男人。我先向你说声抱歉。"

明烛摇头："没事，我不介意，也习惯了。"

姜导笑了笑："她不是男人，但嫁的人是个军人。有时候，从女人的角度描写男人、塑造人物，能更深入人心。女人看男人的角度跟男人看男人的角度不一样，看她的剧本就知道了。"

主持人笑道："对，明老师跟杜老师分别从女性和男性的角度创作剧本，产生的化学反应确实很不一般。"

明烛笑了一下。

主持人忙问："听说那场救援行动是您的丈夫带队的，场面惊心动魄。很多女孩子说想做军嫂，但真正有勇气嫁给军人的姑娘不多。我代表广大网友问一句，嫁给军人是一种什么样的感受？会不会每次他出任务的时候，都很担心、害怕？”

明烛忽然想起了林子瑜。

前几天，明烛跟唐馨在公司楼下看见有个男人来接林子瑜。林子瑜看见她们，只是浅浅地笑了一下，介绍道：“这是我的男朋友。”

林子瑜跟以前不太一样了，变得温柔了许多，少了些张扬和咋呼，也少了些活力。

明烛和唐馨每次见到林子瑜，都忍不住想起张武林。唐馨说：“我总觉得林子瑜在混日子，跟没了盼头似的。我还是喜欢当年那个林子瑜，有点儿坏。”

姜导喊了一声：“明烛？”

明烛蓦地回过神来，轻声说：“会担心，也会害怕，但我更愿意相信他。我以前问他，他每次出任务之前，会在遗书上写什么？他从来不告诉我。我刚开始不懂，刚才忽然就懂了。”她顿了一下，弯起眉眼，“他不告诉我，就是想让我安心。一个人心中有念想、有期盼，才会充满希望！我愿意一直相信他。”

节目播出时，电影刚上映十几天。大家看到传说中的明大编剧真的是个美人时，都惊呆了，疯狂地看节目、刷微博。

明烛因为这档节目上了一次微博热搜榜。

“旗袍美人嫁给了军人！这是什么梦幻般的组合？”

“为什么我没早点儿相信？明烛大编剧真的是个女人！我后悔了！”

“这腰、这腿、这脸蛋……我要跟那个军官抢女人！”

“我要换女神了。”

电影院里，明烛低头刷着微博，有些被吓到了。

她不太习惯这种关注度，退出微博，看向陆焯峰说：“我以后还是不要上节目了。”

陆焯峰把爆米花放到她的手上，将手机拿过来，塞进自己的口袋，说：“那就别看了。”

明烛就着他的手咬住吸管，喝了口果汁，小心翼翼地问他：“你看过节目了吗？”

陆焯峰最近忙得很，任务多。之前他很少在春节期间休假，今年是个例外，就是为了陪她看一场电影。这部电影于他们而言，意义非凡。

电影开始了，陆焯峰注视着屏幕低声说："没有，还没时间看。"

明烛哦了一声，也看向电影屏幕。

影片结束后，明烛先从电影院出来，碰上了一个独自来看电影的男人。男人看见明烛，愣了一下，快步走过来，说："明烛。"

明烛看见他也是一愣，问："严锡哥，你怎么在这儿？"

两人已经好几年没见了。严锡三年前去了国外，但对明烛的事一直很关注。他笑着看向她，余光扫见一道高大挺拔的身影正大步朝他们走来。

陆焯峰来到明烛身旁，自然地搂住她的腰，淡淡地看了一眼面前的男人，问："这位是？"

明烛莫名地有些心虚，说："嗯……严锡哥，是我爸的朋友的儿子。"

严锡知道陆焯峰。严锡第一次听说陆焯峰这个名字还是在六年前。那时候，明烛拒绝了严锡。严锡笑了笑，说："你好，我之前听过你的名字。"

陆焯峰也认识严锡，严锡就是那个军科院的男人。陆焯峰点了点头，说："你好，我见过你。"

严锡很意外："你见过我？"

明烛更惊讶，转头看向陆焯峰。陆焯峰泰然自若地笑了笑，说："嗯，在医院里见过几次，在明烛学校的门口见过一面，对你印象深刻。"

严锡愣了好一会儿，才苦笑道："真没想到！请柬我已经收到了，婚礼……我会抽时间参加。"

陆焯峰："谢谢。"

送走严锡后，陆焯峰低头看向一声不吭的小姑娘，揉揉她的脑袋，问："没有什么要跟我说的？"

明烛笑眯眯地看着他道："嗯，都过去那么久了，没什么好说的……"

陆焯峰直接问："你跟他谈过吗？"

明烛摇头道："没有，他追了我两年多，我没答应……"她想了想，问道，"如果谈过呢？"

陆焯峰想起当初在校门口看见的画面，眉头皱了一下，低头舔了下嘴角，到底没忍住："那当初我怎么看见你跟他在校门口那么亲密？他摸你的脑袋，还把手搭在你的肩膀上。"

当初那个画面，简直令陆焯峰心痛得要死。

"你看到了？"明烛的心猛地一跳，"那时候你不是都消失一年多了吗？你去找过我？"

他淡淡地嗯了一声，把人往停车场带。

明烛被他塞进车里，抵在座椅上。他摆出一副逼供的架势，她仰头看着他，眨了好几下眼睛，只好说道："当时有个学长在追我，特别疯狂。那天，严锡哥……"

"哥？"

"不是，严锡去找我，我正好被那个学长堵在校门口，是严锡出面把人赶走的。"

"他说他是你的男朋友？"

"嗯……"

"然后他搂着你出了校门，还摸了你的脑袋？"

"嗯……"

陆焯峰啧了一声，认真地看着她道："明烛，我发现你的桃花也不少啊。"

明烛小声说："那不是因为我长得好看吗？"

陆焯峰被气笑了，凑过去在她的唇上重重地咬了一下。

明烛啊了一声，捂着嘴往后靠，惊恐地瞪他："你干吗？我们明天还要回去见爸妈，要是嘴巴被咬破了，我怎么见人？"

他拍拍她的脑袋，说："放心吧，我知道力道。"

明烛抿了抿唇，又摸了一下，确定唇上没破才放心："你的女医生、女护士也有一堆呢！"

陆焯峰正要启动车子，闻言看向她说："我跟你说，以后你不用担心这个了，队里的那帮小子帮你把我身边的桃花全部灭了，你放心吧。"

"啊？为什么？"

陆焯峰没回答，只是笑了一声，一脚油门，将车开了出去。

几天后，明烛明白了。

那天明烛和陆焯峰去部队里跟战士们过年，那帮战士正在厨房里包饺子。她刚走到厨房门口，准备进去帮忙，就听见彭戈贱兮兮地说："你们说，嫂子到底学没学狗叫啊？"

明烛："……"

孟恒大笑起来，说："我觉得陆队没那么变态！嫂子顶多……学猫叫？"

明烛的脸红了。她学猫叫？喵喵喵？

曹铭实诚，不懂就问："明小姐做错什么了？为什么陆队要让她学狗和猫叫？"

韩靖大笑起来，说："那是因为你们陆队是个变态啊！"

明烛："……"

陆焯峰才不是变态！

彭戈疯狂地笑了起来，孟恒嫌弃地说："你别笑了，口水全喷到面粉里了，恶不恶心？！"

彭戈止住笑，说："我跟你们说，前几天我不是去医院看伤员吗？有个新来的美女医生向我打听陆队有没有女朋友。你们猜我是怎么说的？"

"怎么说？"

"我说，我们陆队不是一般人能驾驭的，要做他的女人，得漂亮、身材好，还得是个旗袍控，最重要的是，要会说好听的话，起码得会学猫叫才行。陆队的口味有点儿重，一般的女人不行。"

"哈哈哈。"

明烛听得脸一阵红一阵白，怎么也没想到，当初自己随口说的话现在竟然被传成了这样。

她站在门口，进也不是，走也不是。最后，她实在拉不下脸，正要转身，忽然肩上一沉。

陆焯峰不知何时站在了她的身后，低头看着她，脸上十分淡然。

明烛小声问："你……不生气？"

"你生气？"

"也不是……"

这样至少能把陆焯峰的桃花杀尽。

陆焯峰把人带进去。那群人看见他们，吓得鸡飞狗跳，一看就是被教训过的。

明烛心满意足地笑了一下，说："我不学狗叫。"

那群战士一个个脸色煞白，说："嫂子，大过年的，让我们好好吃顿饭行吗？"

明烛大方地点头道："行吧。"

剧组庆功的时候，姜导想邀请陆焯峰一起参加，但陆焯峰没时间，明烛便自己去了。唐馨现在跟唐域的感情很稳定，两个人十分甜蜜。明烛打心底里为唐馨高兴。

唐域请大家吃饭的时候，尤欢说："什么时候陆哥能请客？"

明烛表示陆焯峰一直记着这件事，等休假的时间定了，就提前安排。

陆焯峰请客那天，为了活跃气氛，把徐敬余和安晴他们也叫上了。谁知，陆焯峰中途接了个电话，说了句抱歉后，立即走了。

明烛倒是习以为常，挺淡定的。其他几个姑娘佩服地看着明烛，竖起了大拇指。

唐馨忍不住凑到明烛的耳边，低声说："我想知道一件事情。"

尤欢一看唐馨的表情，就知道唐馨的问题不简单，笑眯眯地凑过来听。唐馨特别认真地问："我想知道，如果他接到任务时你们正在床上，那怎么办？"

明烛红了脸，支支吾吾地道："还能怎么办？出任务呗！"

唐馨和尤欢目瞪口呆。唐馨愣了好一会儿，感叹道："敬业！佩服！"

尤欢笑疯了！

明烛："……"

唐馨转头就对唐域说："唐总，我觉得你真的很好。"

唐域瞥了唐馨一眼，道："说真话。"

唐馨："真话，给你打一百分，不怕你骄傲。"

婚礼前夕，陆焯峰在明烛睡下之后，去客厅里看了明烛上的那档节目。

这是陆焯峰第二次看这档节目。他第一次看的时候是春节那会儿，在部队跟那帮小子一起看的。

明烛以前问过陆焯峰关于遗书的事，他不愿意提，因为他希望明烛永远没有机会看见那封遗书。他没有向她解释，她却懂了。刚才，她抱着他迷迷糊糊地说："陆焯峰，你答应过我的，要活得比我久。"

他笑着低声问："我什么时候说过？"

她不依不饶，道："你没说出口，但我知道你是这么想的。"

"好，我努力做到。"

第二日清晨。

明烛醒来的时候，陆焯峰已经出门了。

她摸手机的时候摸到一张字条，愣了一下。

她将字条拿过来一看，男人的字迹刚劲有力，透着坚不可摧的信念，上面写着——

愿你一生有所念、有所盼、有所依。

番外一

在呢，在我的心里

林子瑜谈过几段恋爱，对方大多是家庭条件好、自身工作也很不错的精英人士。她谈男朋友，先看工作和家庭条件，再看长相，确定综合条件基本达到她的要求后，再决定谈或不谈。

说得直白一点儿，就是她比较现实。

林子瑜还有个弟弟，父母虽然很努力地保持公平，但林子瑜从小就知道，父母更喜欢弟弟。

她从小被父母教育，女孩子学得好不如嫁得好，找男朋友一定要找条件好的，不然受苦的只有自己。

她从来没想过，自己会喜欢上张武林那样又憨又阳光帅气的小战士，更没想过，自己会谈一场姐弟恋。

有人说，判断男人成熟与否从来不是看年龄，张武林比她小三岁，却比她谈过的每一任男朋友都成熟、细心、体贴，从来没有哪个男人对她这么好过，也从来没有哪个男人像他那样爱她。

她跟张武林是怎么开始的呢？

或许，他们那段感情是从她被张武林拦腰抱起，一口气冲出训练场的那刻开始的。从那之后，她记住了他。

那天，烈日当空。

林子瑜在张武林的怀里颠得难受，皱着眉头痛苦地叫了几声："你……小班长……你跑慢点儿……"

张武林满头大汗，低头看了她一眼，感觉怀里的姑娘看起来疼得不行，脸色惨白，好像他再不小心一点儿，她就要碎了。他吓得赶紧停住了脚步，不敢再跑，看向前面的军医室，喘了口气，说："你别怕啊，马上就到了，让军医给你看看。"

林子瑜疼得说不出话来，点了点头。

"就快到了，你忍耐一下。"张武林不敢再跑，沉稳地大步往前走。

他常年训练，体力自然好，林子瑜也瘦，他抱起来一点儿也不费劲。

到了军医室门口，张武林大声喊："孟医生，你快给她看看！她疼得不行了！"

孟军医正在给一个在训练中受伤的战士处理伤口，回头看了一眼："先把她放到床上。"

"好。"张武林急忙把林子瑜放到病床上，看她好像疼得更厉害了，有些担心："你怎么样了？"

"疼……"林子瑜的眼泪都出来了。

孟军医拍拍那个小战士："等一下。"

张武林见孟军医来了，立即退到旁边，说："孟医生，你快看看，她怎么回事啊？"

孟军医在林子瑜的肚子上按了几下："这里疼？"

林子瑜脸色惨白，点了点头。

孟军医又换了个地方按，问道："这里呢？哪里更疼？"

"后面那个地方……"林子瑜疼得直抽气。

"估计是阑尾炎，送去医院吧。"孟军医看向张武林："还愣着干吗，赶紧的啊。"

张武林站直了，说："好。"

然后，张武林弯腰抱起了林子瑜。

门外，跟过来查看情况的陆焯峰问："什么情况？"

张武林满头是汗："说是阑尾炎。"

陆焯峰看了林子瑜一眼，对张武林说："你把人送去医院。"

张武林："是。"

张武林把林子瑜抱上车，看她疼得厉害，着急地说："我马上送你去医院，你别怕啊。"

林子瑜疼得迷迷糊糊的，半眯着眼看着他。她知道他是小班长，叫张武林，长得很周正，笑起来阳光，带着点儿憨劲，一看就是个很单纯的大男孩儿。

他穿着一身作训服，满头大汗。

林子瑜感动地说："谢谢……"

"没事，这是我应该做的。"张武林挠了下头。

主创团队的姜导和周静等三人也跟着一块过去了，林子瑜蜷缩在后排，张武林蹲坐在她的旁边看着她。

医院安排林子瑜去做手术，林子瑜进手术室前，张武林问她："要不要告诉你的家人？让他们来陪你。"

因为跟林子瑜相处过一段时间，张武林觉得她有些娇气。他只能陪她做完手术，照顾一下，之后就得回队里，这里没人估计不行。

林子瑜却摇头道："我不是本地人，我爸妈都不在这里……"

刚来北城的时候，她住在姨妈家。毕业两年后，她有了点儿积蓄，就搬出来住了。

张武林愣了一下，不知道怎么办，林子瑜看向姜导等人，说："我做完手术后请个护工就行了，回头我姨妈他们也会来看我。你们还有很多工作，就别等着了。"

姜导和周静确实很忙，阑尾炎不是什么大手术，他们安慰了她几句，说回头再过来看她。

等人进了手术室，姜导他们就走了。

只有张武林还在门外守着，直到她从手术室里出来。

林子瑜昏睡了两个小时才醒，张武林守了她两个小时，见她睁开眼睛，连忙问："你怎么样了？"

张武林本来想去给她买些吃的，但医生说她刚做完手术不能吃东西，等排气之后才能吃点儿流食。

林子瑜看见他愣了一下："你怎么还在这里啊？"

张武林笑着挠挠头，道：“得等你醒了后才能走啊，不然没人看着。”

林子瑜看了一眼隔壁床的护工，对张武林说：“你帮我找个护工吧，找到后你就回去吧……”

张武林说：“行。”

他的行动力很强，很快他就找了一个老实憨厚的中年护工：“那个，林小姐……这是戴姐，我都跟她交代好了，你有什么事情就跟她说。我得回去了，有机会再来看你。”

林子瑜笑了笑：“谢谢你，你快回去吧。”

张武林走后，戴姐端了盆水过来给她擦脸，笑眯眯地说：“我还以为那个人是你的男朋友呢，他交代得可仔细了，要我一定要好好地照顾你，人真好。”

林子瑜一愣：“是吗？”她想了想，继续说，“可能当兵的都这样吧，比较认真负责。”

戴姐笑着说：“也不一定。我在这里做护工好多年了，见得多了，那个小伙子是少见的细心人。”

林子瑜笑了一下，没说话。

张武林就算再细心，她也不会跟一个小战士谈恋爱的。

出院的前一天，林子瑜坐在床上看书，门敞着。忽然，一个身穿迷彩服的男人走了进来，他笑得灿烂：“林小姐，我还以为你出院了呢。”

林子瑜看着他的那口大白牙，忍不住笑了，说：“你怎么来啦？”

张武林站在她的病床前，笑着说：“有战友受伤了，我送他过来检查，顺便来看你还在不在这里。你的身体怎么样了？什么时候可以出院？”

林子瑜：“明天就可以出院了，你的战友伤得严重吗？”

“骨裂，得养养。”

林子瑜看着他，想了想，说：“你训练的时候也要小心一点儿。”

张武林高中时的模样跟现在差别挺大的，那时候的他虽然长得挺周正的，但看上去很瘦弱。他入伍三年，在部队里磨砺了一番后，人结实了，有八块腹肌，看起来高大挺拔，气质也变了很多，穿上军装阳光帅气。

他活了二十三年，从来没有姑娘这么关心过他。

张武林有些不好意思地挠了下头："谢谢啊，我会的。"

戴姐买了饭回来，看见他，忍不住笑了，说："你又来看林小姐了啊？"

张武林解释道："送战友过来检查，顺便过来看看她有没有出院。"

戴姐一边把饭菜摆放好，一边笑着说："她明天就可以出院了，我早上还说，林小姐都要出院了，你怎么没来看她。"

戴姐不知道林子瑜和张武林的关系，林子瑜也没跟她解释，没想到她就误会了。

张武林没听出来，笑着说："我们队里有规定，我没有假期，也不能随便出来。"

戴姐看了一眼林子瑜，心想：原来是这样，怪不得林小姐对小战士不冷不热的。

张武林只待了十几分钟就走了。

林子瑜出院后，在家里休养了一个月。

主创团队要去B区参加野战训练和演习，她也跟着去了，其实她对军事题材丝毫不了解，这次进主创团队是托了姨夫的关系。姨妈说："这种军事题材的电影很难得，你跟着去，还能认识不少军官，说不定有合适的呢？"

她休养了一个多月，尽管已经跟不上主创团队的进度了，但还是去了。

野外训练中，她上山的时候，张武林就走在她的前面，不时地提醒她小心，偶尔拉她一把，还帮她背包，将她照顾得很周到。

林子瑜有些受宠若惊，或许她属于有些缺爱的那类人，有人对她好一点儿，她就忍不住靠近一点儿，想要得到更多的关爱。

山上的条件比较艰苦，他们吃得不太好，住的是帐篷，蚊虫很多。

林子瑜没心情计较这些了，因为很累。

野战训练正式开始后，张武林就站在她的旁边，低声提醒她："林小姐，一会儿发生的事可能会令你有些不适，你还是别看了。我看你的胆子好像挺小的，你别吓着了。”

林子瑜：“……”

她的胆子是挺小的，但有这么明显吗？

张武林又说：“一会儿要是抓到了野山鸡之类的，我就给你吃。你的身体都没养好，脸色还有些白。”

林子瑜有些好笑，看了他一眼：“那你吃什么？”

张武林笑着挠了下脑袋：“我吃啥都行，管饱就好。”

“你有假期吗？”

“有啊，有时候有半天，可以出去一下，大多时候会跟队里的战友们一起出去。我服役满三年了，一年有一次探亲假。”

而且，他是小班长，有时候队里有事需要他出去办，他便可以去外面。

“那你今年休假了吗？”

“没有啊。”

林子瑜笑了笑，没再问话。

晚上，他们果然捕到了野山鸡。张武林真的很照顾她，不但给她递吃的，还给她倒水。当时，明烛在队里是被照顾得最周到的，陆焯峰和明烛是焦点。她很羡慕明烛，所以，当张武林这么照顾她时，她高兴极了。有个人这么顾着你，是件很难得的事。

她看着张武林认真的模样，觉得……张武林挺帅的。

夜里，她跟明烛、唐馨住在一个帐篷里。明烛、唐馨在小声地聊天，睡得迷迷糊糊的她问：“你们在聊什么？”

唐馨笑眯眯地说：“说你跟小班长啊。”

她莫名地有些不好意思：“你别乱说，他就是看我之前做过手术，怕我恢复得不够好，才多照顾了我一点儿……”

唐馨笑了：“对啊，你看你们两个多幸福啊，明烛有陆队，你有小班长，不像我，要自力更生。”

明烛：“说得好像你没吃肉似的。”

唐馨：“……”

明烛看向林子瑜，笑眯眯地道：“我看啊，小班长就是喜欢你。”

林子瑜愣了一下，然后低下头没说话。

她要是说自己没感觉，那是假的。她多少知道，张武林好像是喜欢她的，不然他哪儿能对她这么好？

她长得不如明烛、唐馨，但也算清秀。平日里，追她的人不少，但像张武林这样，上来就对她这么好的，她从来没遇见过。

她恍惚了一下，好奇张武林知道他自己喜欢她吗？

后来，张武林受伤了。林子瑜听说他伤到了脊椎，已经被去医院检查了，不知道严不严重。她很担心，还有些慌。张武林喜欢做军人，如果伤情很严重，可能就得退伍了。

张武林回来后，林子瑜第一时间就想去看看他，又怕别人说闲话，愣是忍到跟主创团队的人一起过去的。

张武林伤得不严重，就是得休养。

一群人来到张武林的宿舍，林子瑜终于见到了张武林。张武林看见她，趴在床上朝她笑了笑。

宿舍里人多，你一言我一语，林子瑜只跟张武林说了几句话。

走的时候，她看着他说："你好好休息。"

张武林咧嘴笑道："好。"

第二天，林子瑜一个人在宿舍里，想了想，又去了张武林的宿舍。

宿舍里静悄悄的，门半掩着。林子瑜走到房间门口，看见张武林趴在床上动了几下，似乎挣扎着要起床。

她忙推门进去，问："小班长，你要干吗？"

张武林看见她，愣了一下："你怎么来了？"

林子瑜抿了一下唇，小声说："我就是来看看你。"她问他，"你是不是要帮忙？"

张武林有些不好意思，挠了一下脑袋："我……想去趟厕所。"

他伤得不算严重，就是要躺一个星期不能动。他是可以去上厕所的，就是一个人的时候有些困难，有人扶一把的话会好一些。

之前陆队说要留下一个人照顾他，他不想耽误别人训练，愣是拒绝了，没想到林子瑜来了。

林子瑜愣了一下，然后走过去说：“我扶你去吧。”

张武林忙说：“不用了，我等……”

“等他们回来你都憋死了。”林子瑜翻了个白眼，直接抓住他的手臂。她低着头，长发垂下，扫过他的脸和肩。林子瑜问：“这么扶吗？”

张武林的脸有些痒，他闻到她头发上的香味，耳根忽然红了。他看了她一眼，低声说：“嗯……谢谢。”

他单手撑着床板，借着林子瑜手臂的力气慢慢直起身，挪到床边。

林子瑜费劲地扶着他，他还挺重的……

张武林慢慢站起来，胳膊贴到了她的胸口，她自己没察觉，张武林却忽然僵住了，耳根更红了。

林子瑜很紧张，问：“怎么了？是不是疼了？”

“没事。”张武林急了，推了她一下，想把手抽回来。

但他没控制好力道，林子瑜被推得一个踉跄，往后退了两步。

张武林懊恼，又想去抓她。

一来二去，他扯到了背上的伤口，龇牙咧嘴地哼了一声，往前倾了倾。

林子瑜一看，也急了，怕他摔倒，想也没想就冲了上去，从正面抱住他，忍不住说：“你干吗？！摔了怎么办？你还想不想恢复了？”

怀里忽然多了个姑娘，张武林彻底僵住了，低头看了她一眼，手都不知道往哪里放了，涨红着脸说：“我没有……就是不小心。”他抓住床边的支架，勉强站稳，看林子瑜还抱着他，更不知所措了，说，“我站好了……”

林子瑜个子小，支持一个大男人有些吃力，转而扶住他的手臂，说：“我扶你去。”

张武林忙说：“不用了。”

他往旁边挪了一下，不敢离她太近，感觉整个人都不对劲了。

林子瑜坚持道：“不行，万一你摔了怎么办？我扶你到门口。”说完，她抬头看了他一眼，突然愣住了，只见张武林的整张脸都涨红了。她还从来没见过这么害羞的男人，忍不住逗他：“小班长，你干吗脸红？”

张武林舔了一下嘴角，说不出话了。

林子瑜挑眉，笑了笑，觉得更好玩了：“因为我刚才抱了你？我那不是为了扶你吗？”

张武林摇头，怕她误会，急忙解释道：“不是……我没怪你……”

他就是觉得整个人都不对劲，心跳很快，但又很高兴。

林子瑜想起唐馨说的话，忽然也有些不好意思起来。两人站了几秒，她想起张武林还要去厕所，抬头看了他一眼，笑着道：“我先扶你去厕所吧，别憋坏了。”

张武林：“……”

他咳了一声，说了句谢谢后，让林子瑜把他扶到了厕所门口。

林子瑜站在门口，看着他一步步挪进去，忍不住说：“要是需要帮忙就喊一声，我……你就当我是……护工好了。”

张武林吓得差点儿滑倒，匆匆回头看了她一眼，觉得她笑起来真好看。他又想起刚才她抱着他的感觉，女人都这么软吗？

这么一想，他整个人又不对劲了。

他低骂了自己一句，觉得这样很不好……人家林小姐好心帮忙，他却想些乱七八糟的，对她不尊重。

张武林用力地搓搓自己的脸，让自己清醒过来，深吸了一口气，才慢慢地走出来。

林子瑜见他出来了，忙走过去扶他。

张武林看着地面，低声说：“我可以自己来的……”

“我扶着你吧，你之前也帮过我，现在你受伤了，我帮你是应该的。”林子瑜见他的脸还有些红，又忍不住笑了，“小班长，你这么害羞的吗？”

她知道，他以前没交过女朋友。

不过，被人抱一下就脸红的男人真的很少见，他又不是高中生。

反正，她之前没见过。

张武林有些窘迫，老实地说：“没有，就是有点儿……不好意思让你扶着，你是女孩子。”

林子瑜笑出了声，说：“你可真逗。”

张武林看了她一眼，嘴角忍不住上扬。

看她笑，他觉得开心。

那天之后，林子瑜每天都去看他，基本上都是张武林一个人在宿舍。张武林刚开始有些不好意思，林子瑜逗他几句，他都能脸红脖子粗。

一个星期后，张武林不用再趴着了，行动比较自如，不用林子瑜扶，也能慢慢地自己直起身来。

林子瑜不知道，看他动了动，知道他要起来，还是习惯性地去扶他。

张武林忙说："不用，我可以自己来……"

"真的？"林子瑜看着他道。

"真的。"张武林忙撑着站起来，怕她以为自己不行，却没控制好力道，用力过猛，扯到了背上的伤，疼得龇牙咧嘴。

林子瑜皱眉，过去扶住他，说："你逞什么强呢？"

这时，走廊上有人经过。

张武林忙推开她，抓住床边的支架，自己站了起来。

林子瑜这几天动不动就被他推开，刚开始觉得他是不好意思，不曾恼过，但现在却发现自己好像想错了。她看向张武林，说："你怕别人看到我扶你？"

张武林看向她，垂下眼眸，说："不是，我是怕别人误会我们……你来我的宿舍其实不太好，对你的名声不太好……我怕影响到你。而且这是在部队，我就是……"

他怕影响不好，怕别人在背后开玩笑，更怕自己以后会习惯有她、会念想她。

林子瑜愣了一下，知道这样可能不太好，所以……每次来的时候，都偷偷摸摸的。虽然唐馨和明烛好像都知道这件事，但她们都默契地不提。

昨天，唐馨又开起了她跟小班长的玩笑。

唐馨说："你怎么知道小班长不好？说不定，过个七八年，他就是下一个陆队了呢。"

她愣了很久。对啊，小班长只是年纪小，说不定过几年就不一样了。

林子瑜看着张武林，问："怕别人误会什么？"

"误会我们……"张武林下意识地答道，说到一半又顿住了。

他知道自己几斤几两，也知道一般姑娘不愿意嫁给当兵的，平时见面都难。他跟陆队不一样，陆队有军衔。或许他努力一把，以后也能越来越好，但……起码要好几年吧。

其实，张武林一点儿也不傻，很多事情他拎得清。

他说："我觉得这对你的名声不好。"

这个家伙明明就喜欢她，装也装不像，说也不敢说。不知道为什么，林子瑜看着这样的张武林，又气又恼，还有些心疼。她从来没有遇上过这样的男人。

"真的只是这样？"她忍不住问。

她忽然想刨根问底，想知道他的答案。

或许是因为好奇，或许是因为她在不知不自觉中被这个男人吸引了，总之，她就是想知道，想听他说。

张武林看了她一眼，耳根通红，有些不知所措，一方面是怕自己说错话，让她不高兴，另一方面，他实诚守信，很少说谎。更何况，他喜欢她，不愿意对她说谎。

他低着头说："嗯，还有……"

"还有什么？"林子瑜追问道。

此时，门外忽然传来一阵脚步声，听声音，好像是有人受伤了，被人抬回宿舍休息。

张武林立即站直了，林子瑜看了他一眼，笑着道："我先回去了，有时间再来看你。"

说完，她转身就要走。

张武林却忽然抓住她的手腕，有些急，道："林小姐……"

林子瑜回头看着他："嗯？"

她比张武林大三岁，比他多谈了几段恋爱。她在感情方面比他坦荡、大胆、放得开。她有时候是有些娇气，脾气不算好，性格也不够讨喜，但她谈恋爱时不会委屈自己，合则在一起，不合则分开。

这时候，她得承认，她对张武林是有些好感的。为什么呢？大概是因为他骨子里的干净和纯粹吧。

林子瑜从来没跟这样的男人谈过恋爱。这种莫名的心动和冲动，让她想跟他试一试，让她想拥有他。

张武林被她这样看着，忽然松开她的手腕，说："对……对不起……"

林子瑜笑着看向他，细声细气地问："你对不起我什么？你就抓了一下我的手腕，就对不起我了？"

张武林的脸有些红，他真的很少跟女孩子打交道，也从来没喜欢过谁，林子瑜是第一个。

有些话，他不敢说。

林子瑜转身，跟他面对面，看着面前涨红了脸却不吭声的男人，坦率地说："小班长，你是不是喜欢我？"

张武林蓦地看向她的眼睛，大概是没想到她会这么直白地问出他藏在心底的秘密。他整个人都有些傻了，不知所措地看着她，说："我……我……"

"你没有吗？"林子瑜歪了下脑袋，模样有些可爱，"真的没有？没有的话，你就摇头。"

张武林定定地站着，完全不敢动，跟站军姿似的。他的脸、脖子都红了，他小心地问道："你问我这句话，是什么意思？你……"

张武林想问她，你是不是也有点儿喜欢我？

门外的动静声忽然大了起来，隔壁宿舍的人在喊："你去打盆水过来。"

张武林更紧张了，不敢问，只是直勾勾地盯着她。

林子瑜觉得有些好笑，他这会儿又敢看她了？想了想，她觉得自己好像有点儿过分，笑了一下，说："我先回宿舍了，你自己小心一点儿，要是行动不便，就喊隔壁的人帮你。"

说完，她真的走了。

张武林没敢再拉她的手腕，眼睁睁地看她出去了。

张武林有些懊恼，自己的嘴怎么这么笨呢？他打了一下自己的嘴巴，骂道："笨啊。"

他们都说到那种程度了，他还说不出口，活该单身。

晚上，张武林连吃饭都觉得没胃口，曹铭一边扒饭一边问他："小班长，饭是不是不好吃？”

张武林看了他一眼，觉得看到了以前的自己，又傻又单纯，这样是交不到女朋友的！

张武林真的很疑惑，自己现在这样……到底适不适合谈恋爱啊？

“曹铭，你要是有喜欢的人，会去追吗？”

“追啊！不追怎么娶老婆？”曹铭奇怪地道，“我又不想一辈子打光棍。”

“哦……”

曹铭说得也是，人总是要结婚的。

这么一想，张武林又觉得释怀了。爱情是个奇怪的东西，你喜欢她时，会替她想很多，总怕委屈了她。

可是，他想了想，又开始纠结了：林小姐这么漂亮，工作也好，自己好像配不上她……这该怎么办？

曹铭只会乱说。

那天之后，林子瑜就不来看张武林了。

张武林每天在宿舍里等她，等得心焦，还会胡思乱想。那天他是不是太不知好歹了？林小姐给过他机会，他没抓住，然后林小姐就不理他了？

但他的每个猜测，都得不到答案。

他在感情这方面太单纯了，怎么也看不透女人。

直到身体好了一些，他可以自由行走了之后，才再次在食堂里见到了林子瑜。

他一看见她，就想起她那天笑着问他喜不喜欢她时的神态和语气，心里有些害羞，又忍不住总想看她。林子瑜察觉到他的目光，抬头跟他对视，抿嘴笑了一下。

张武林一愣，挠着脑袋冲她笑，露出一口大白牙。

她没生气。他打心底里高兴。

林子瑜看着他，心想这家伙到底想没想好？她都明示暗示好几回了，他到底懂不懂啊？还是她要说得再明白一些？他好像并没有领会她的意思……

她既头疼，又觉得新鲜。

那晚，她故意吃得很慢，见张武林吃完要跟战友们离开了，才走了过去。

曹铭看见她，笑着叫她："林小姐。"

林子瑜笑着点了下头，目光落在张武林身上，问："你的身体好了吗？"

"好多了……"张武林有些紧张，看了一眼曹铭。

曹铭跟其他战友聊着，注意力并不在他们的身上。曹铭走了几步，像是忽然记起什么，回头喊："小班长，你是不是要去军医室？我陪你去吧。"

曹铭又要走过来了。

如果是平时，张武林肯定不会拒绝曹铭，这会儿不知为何忽然冲曹铭喊："不用了，你先回去吧，我自己去就行。"

林子瑜笑了一下，说："我跟小班长一起去吧，正好我之前伤到膝盖了，我要去找军医拿点儿药。"

张武林立即看向她，问："怎么会伤到膝盖？摔了吗？"

林子瑜："嗯，不小心摔了一下。"

张武林说："那……那我跟你一起去拿药。"

曹铭看着他们，总觉得气氛好像不太对，小班长像变了个人似的。他笑了一声："那……你们一起去？"

"嗯。"

B 区，晚上九点后，天才开始黑，此时天还很亮。

两人一前一后地走向军医室，张武林走在她的后面，问："怎么会摔了呢？疼不疼？"

林子瑜回头看了他一眼，慢悠悠地说："就是不小心啊，肯定疼啊，膝盖上都有瘀青了。你看我走路是不是有点儿不对劲？"

她穿着长裙，他其实看不见她的腿，自然也看不出她的腿有问题。

张武林仔细看了一会儿，还是点头道："是有点儿。"

林子瑜停住脚步，回头看他："小班长，你是不是傻？"

他沉默了两秒，然后老实地说："我确实不太聪明……"

林子瑜翻了个白眼，哼了声："我没摔，就是想陪你去军医那里，路上说说话。要是曹铭也跟来，就不方便了。"

张武林的脸涨得通红，他就算再傻、再不开窍，也听出一点儿意思了。

林小姐……好像真的有点儿喜欢他。

意识到这点，他内心狂喜，兴奋得想大声喊出来，或者绕训练场跑几公里。

林子瑜轻哼一声，手背在身后，慢悠悠地走着。

他不说话，她也不急。

这种感觉她以前从来没有体会过。跟张武林相处，她觉得轻松自在，因为她不必讨好他，也不必担心会失去他。

她回头看了他一眼。嗯，他在呢。他跟在她的身后。

张武林前两天去医院拍了片子，军医今天去医院后，将他的检查报告带回来了。他现在是去军医室拿检查报告的。

张武林到了军医室，军医说张武林的脊柱有问题，提醒他要注意锻炼，做一些恢复训练。

林子瑜站在门外，也听得很仔细，得知他的伤没什么大碍后，便放心了。

二人回去的时候，天色慢慢变暗了。

张武林依旧跟在林子瑜的身后。过了几分钟，林子瑜忽然回头说："你没有话要跟我说？"

他挠挠脑袋，脸色通红："有……有的……"

林子瑜站在他的面前，笑盈盈地问："什么？"

张武林咽了咽口水，深吸了一口气，开口道："你……林小姐，你上次之所以问我那个问题，是不是因为你也有那个意思？"

"什么意思？"

林子瑜真的服了他了，话都说到这份上了，他还不好意思直接说出口。

张武林看着她，憋着一口气，喊出那句话："我……喜欢你！你是不是也有点儿喜欢我？"

他的声音不小，吓得林子瑜忙看向四周，幸好这里没人。

她拍拍胸口，瞪他："听见了，不用喊得那么大声。"

张武林挠挠头，挺直了腰背，说："对不起，我一激动……声音就大了。"

林子瑜看他一副紧张的模样，忍不住笑了："我没怪你。"

张武林笑了几声。

林子瑜低下头，抿嘴笑了笑，又背着手慢悠悠地走了。

张武林大步跟上她。他到底是男人，表白的话已经说出口了，索性豁出去了，低声追问道："林小姐，你还没回答我呢。"

林子瑜回头，奇怪地看着他，说："我还要回答吗？明明是我先问你的，这不是很明显吗？"

张武林挠头，想了想，说："那我们现在……你是不是就算跟我在一起了？"

"算啊。"

张武林忍住心底的狂喜，高兴得不行，又问："那……那你是我的女朋友了？"

"女朋友"这三个字，可真神圣。

他从来没想过，自己这几年会有女朋友。

林子瑜慢悠悠地回头看他，问："你说呢？"

张武林立马说："算。"

他还挺聪明的。

林子瑜忍不住乐了，不再逗他："那就是了啊。"

就这样，两人偷偷摸摸地谈起了恋爱。

因为有陆焯峰和明烛那对更吸引人注意力的情侣，大家的关注点并不在张武林和林子瑜的身上，就算有人察觉，也是暧昧地一笑，再开几句张武林的玩笑就作罢了。

很多人私下会多问几句，但张武林也不知道怎么回答，连他自己都是蒙的。

这个女朋友好像是从天上掉下来的。

他洗澡的时候，忽然忍不住唱起来："天上掉下个林妹妹……"

曹铭听见后问：“林小姐好像比你大吧？”

张武林哼了声：“她年龄比我大，但比我矮、比我瘦、力气比我小，她就是需要我保护的女人，就是林妹妹。”

曹铭小声吐槽道：“还女人呢……你怕是连女人的嘴都没亲过吧……”

张武林：“……”

他确实没有。

他有想过，但有贼心没贼胆，而且时机也不够好。

两人在食堂吃饭的时候才能凑在一起，休息的时候能一起散步。但毕竟是在部队，他们还是要注意点儿，偶尔走到没人的地方，林子瑜靠得近或者抬头看他的时候，他总想起那天她抱他的感觉，软绵绵的。

昨晚，他忍不住抱了她。那种感觉，比她抱他的时候还好。她回抱他的时候，像是抱住了全世界。

他昨晚特别想亲她一下，但是没敢。

林子瑜知道张武林想亲她，也知道他害羞。其实她可以主动，但就是想知道他敢不敢亲上来。

他不敢。

她回到宿舍的时候有些后悔，本来两人相处的时间就不多，她从B区回去之后，就得写剧本了，去部队的时间就更少了，到时候想亲都亲不到……

笨蛋，他到底会不会算日子啊！

所以，第二天晚上散步的时候，两人走到没人的地方，林子瑜拉住他的衣角，抱住了他。

张武林僵了一下，舔着嘴角，涨红了脸，回抱住她。

林子瑜从来没谈过这样的恋爱，二十六岁的人了，竟然觉得怦然心动。她摸着男人硬邦邦的背，小声说：“小班长，”她从他的怀里抬起头，“你低下头。”

张武林以为她要跟他说什么悄悄话，红着脸低头道：“嗯？”

下一秒，软得像棉花糖一样的东西贴上了他的唇。他整个人僵住了，眼睛都瞪大了，心脏怦怦跳得厉害。

林子瑜将手贴在他的胸口上，感受到了他强而有力的心跳声。

她的脸红了，她的心跳也加快了，她觉得自己越来越像个坏姐姐了。

林子瑜在他的唇上吮了几下，感觉他的身体慢慢变热，唇也变热了。但他一直没回吻她，她忍不住咬了他一下，张武林像是刚刚反应过来，忽然张嘴含住了她的唇。

他很不熟练，全凭本能。林子瑜回吻他，两人的唇贴在一起，她将舌尖探进他的嘴里，他就学她的样子……

张武林吻得小心翼翼的。

过了一会儿，林子瑜推开他，轻轻喘气。

张武林看着她红润的唇，舔了一下嘴角，低声问："还能再亲一次吗？"

林子瑜："……"

她挑眉看着他。

张武林的脸涨红了，他以为自己刚才亲得不好，她不愿意了，有些窘迫。林子瑜不忍心看他这样，踮着脚亲他。

他当然可以亲她啊，有什么不可以的？

"以后，你想亲就亲，不用问我。"

"真的？"

"嗯。"

张武林当真了，一找到机会就偷亲她。

他很规矩，手不会乱摸，顶多在她的腰间上下左右地挪，十分克制。他跟林子瑜的前男友们完全不一样，那些人都想方设法地占她的便宜。在张武林这里，她觉得自己是被他珍视的人。

回北城的前一晚，两人躲在一旁偷偷亲吻。

张武林吻着吻着，浑身一热，一激动手就往前挪去，隔着衣服碰到了她的胸。他整个人像是被电到似的，立刻把手缩了回去。

林子瑜忍不住笑了，抬头看着他，说："小班长，有色心没色胆啊。"

张武林的脸都涨红了，他求她道："你别笑……"

“好，我不笑。”林子瑜抿嘴，嘴角止不住地上扬，踮着脚亲他，“小班长你可真好玩。”

“……”

她只是觉得自己好玩吗？那一刻，张武林有些心慌。

如果有一天林子瑜觉得他不好玩了，或者她玩够了呢？

但林子瑜当时并没有那个意思，她是真的觉得他好玩、可爱。

回北城后，两人有很长一段时间没见面。

张武林放过半天假，跟部队一起活动。林子瑜跟他见了一面，两人吃了一顿饭。分别时，林子瑜有些舍不得他，搂着他，问：“你下次什么时候才能休假啊？休一整天，可以陪我逛街、看电影。”

张武林有些愧疚，部队有部队的规定，他不敢乱承诺。不过，他就快要放探亲假了。

想到这里，他笑了一下，说：“我下个月可以休探亲假，有二十天，我先回家十天，然后就回来陪你？”

其实，他很想问她能不能跟他一起回家。

但是，两个人刚在一起，关系也不太稳定，现在就见彼此的父母……速度好像太快了。她大概不会同意，他就忍住了，没问她。

林子瑜眼睛一亮，抬头看着他问：“真的？”

十天，很长了。她想想都觉得美好，已经开始在脑子里规划那十天假期了。

张武林看着她开心的样子，忍不住笑了：“真的。”

十一月初，张武林的探亲假到了。

他上火车之前给林子瑜打了个电话，林子瑜怪他没告诉她，她可以去送他。

张武林笑了：“没事，我过十天后就回来。”

他想得很好，二十天假期，十天给家人，十天给女朋友。

林子瑜知道他很久没回家了，也懂事地没催他，两人每天保持联系，有时候打电话打得手机发烫、没电了，也舍不得挂。

张武林第一次归心似箭，对林子瑜说：“要不我提前两天回去吧？”

那时候，林子瑜却坚持道："不要，就按照你之前说的，换票也麻烦。"

"好吧……"张武林在外面走着，忽然说，"我真的想你。"

林子瑜一愣，没想到小班长都会说情话了，忍不住笑了："我等你回来。"

张武林高兴地道："好！"

话虽这么说，张武林还是打算提前回去。他父母知道后，刨根问底，想知道原因。

张武林没办法，只能说自己交了女朋友。他们先是惊讶，然后特别高兴，问："怎么没把人带回来啊？"

张武林也想带回来啊，不过……

他笑笑，道："才开始谈，哪儿能这么快就往家里带？！"

他心里其实很没底，八字都没一撇呢……

唉，谈恋爱真是既甜蜜又折磨人。

回到北城，张武林立刻去见了林子瑜。

林子瑜自己租了一套一居室，收拾得很干净，布置得很温馨。

张武林第一次去女孩儿家，一进屋就闻到了一股淡淡的、好闻的味道，跟她身上的香水味很像。

张武林觉得林子瑜活得很精致，跟他完全不一样。以他的家庭条件，他可能给不了她这么精致的生活……

其实，家里有香味，是因为林子瑜之前拖地板的时候在水里掺了点儿香水。

林子瑜给他倒了杯水，等他喝完就踮脚勾住他的脖子，亲他的唇。

张武林回过神来，立即低头回吻她。

两人吻了好半天才分开。

张武林低头看着她，脸都红了，说："你不是说要看电影吗？晚上我们去看。"

林子瑜早就安排好了，笑眯眯地说："电影票我买好了，餐厅也订好了，吃完饭我们就去看。最近有部电影上映，我是编剧之一，带你去支持一下票房。”

张武林愣了一下，有些不好意思地挠头：“这个得男的来吧，不然会显得我……”

那样会显得他像吃软饭的。

林子瑜白了他一眼，道：“你对这些又不熟，让你订餐厅，你也不知道订哪里，还不如我来。”

“那……我给你钱。”张武林说。

他真的觉得该男生付钱。

林子瑜看着他，笑着说：“好啊。”然后她伸手从他的裤兜里摸出钱包，从里面抽出几张一百块，拿在手里晃了晃，“好了，我拿了。”

张武林咧开嘴笑了，道：“好，你拿，多拿点儿。”他想了想，说，“要不我把卡给你，里面有点儿钱……”

林子瑜：“……”

他们还没怎么样呢，他就要把卡给她了，他是不是傻？！

林子瑜没忍住，拍他的脑袋，本来想说他两句，话到嘴边又忍不住笑了，道：“别急着上交工资卡，小班长。”

张武林：“我不是那个意思。”

林子瑜笑着把他的行李箱挪到沙发旁，说：“不是说给我带特产了吗？”

“在行李箱里，我给你拿。”张武林蹲下打开行李箱，林子瑜看见里面有两三套换洗的衣服，其他的全是吃的，占了大半个箱子。他一股脑地全拿出来，放在矮几上，说：“都是吃的。你要是喜欢吃，下回我让我妈给你寄。等会儿我把东西都拿出去，去附近找个宾馆……”

林子瑜看着那些吃的，下意识地问：“找宾馆做什么？”

张武林的脸有些红，他小声说：“住得离你近一点儿，方便过来陪你。”

“不是……”林子瑜看着他，有些不好意思地说，“你住在这里就好了，离我更近。”

张武林满脸通红：“不……不太方便吧……”

林子瑜有些好笑，无语了几秒，然后道：“你打地铺或者睡沙发都行，反正有暖气，不会冷。”

张武林看了她一眼，挠挠脑袋，耳根微红：“可以吗？”

林子瑜说：“为什么不可以？我们是男女朋友啊！”

她说得也对……

张武林之前没想过能跟林子瑜住在一起，十天九夜，算起来时间好像很多。他一想就觉得满足，忍不住兴奋起来。同时，他不可避免地想到一些乱七八糟的事情，忍不住在心里骂自己浑蛋。

林子瑜的脸也有些红，不过她到底比他大三岁，谈过几次恋爱，脸皮比他厚，拍了拍他的脑袋，说：“你快收拾，我去换件衣服，我们要出门啦。”

张武林忙说好。

张武林很快就收拾好了，倒是林子瑜，花了差不多一个小时换衣服、化精致的妆。

张武林耐心地坐在沙发上等她，等她出来的时候，看得眼睛都直了。

林子瑜很享受他的目光，忍不住哼了声，道：“看什么？我又没多漂亮。明烛和唐馨都比我好看，你之前天天看她们，再看我，不觉得我没那么好看吗？”

女人的心啊！

张武林有些摸不着头脑，老实地说：“她们再好看，又不是我的女朋友……我就爱看你。”

这话说得林子瑜心花怒放。她踮起脚，在他的嘴上亲了一下，笑靥如花：“走吧，约会去。你第一次约会吧？我不会亏待你的。”

张武林：“……”

林子瑜先带张武林去商场买了一身衣服。张武林的身材挺好的，模样也周正，换了身衣服后，整个人的气质都变了。

张武林没买过那么贵的衣服，林子瑜拍走他的卡，笑着对他说：“怎么？我送男朋友一身衣服，不行吗？”他挠脑袋，她立刻将他的手拉下来，说，“不准挠头，今天听我的。”

张武林看着她的笑脸，心里又酸又暖，完全拒绝不了她，点头道：“好。”

几分钟后，林子瑜挽着张武林的手走出商场，感觉有不少人在看他们，心里有些得意。她抬头看张武林，觉得他打扮打扮还挺帅的，过几年说不定会更帅。

两人一起吃了牛排，看了电影，又在街上逛了逛。

已经快冬天了，天气很冷，张武林给她拢了拢围巾，把她的手放进自己的口袋里。

林子瑜很久没这么开心了，张武林更是。

回到家，林子瑜先去洗了澡，穿着粉色的无袖睡裙出来。她的衣领开得有些大，大片雪白的皮肤暴露在空气中，张武林的眼睛都不知道该往哪里看。

林子瑜在沙发上坐下，他立即站起来说："我……我去洗澡。"

林子瑜看着他迅速冲进浴室，愣了一下，然后笑了起来，心里痒痒的……

他可真纯情。

林子瑜把灯关了，只开着一盏落地灯，回房间擦脸和乳液。

女人就是麻烦，涂涂抹抹都要花半个小时。门外，张武林早就洗完澡，在客厅里干坐着。他试着在沙发上躺下，虽然沙发有点儿短，但他不在意，躺在上面，脚轻轻地晃了几下。

他回头看了一眼紧闭的卧室门，心想：她是不是怕我不规矩，所以趁我洗澡的时候回房间了？

他正胡思乱想着，门开了。

林子瑜走出来，看向沙发上的张武林，问："你睡了？"

张武林连忙坐起来，说："没，我以为你睡了。"

林子瑜很喜欢他的眼睛。

每次他看她的时候，她就知道他喜欢她。

她心里一软，走过去直接坐到他的腿上，说："我就是去擦脸了。"

"嗯？"他不太懂，但闻到她身上淡淡的香味，身体有些僵硬。

"就是护肤品，女人要保养啊！小班长，你真是太不懂女人了。"林子瑜晃了晃脚，把拖鞋给踢了，脚踩在沙发上，整个人的重量都压在他的腿上。

张武林下意识地去抱她，身体依旧有些僵，说："我懂的，我就是不知道要那么久……"

林子瑜笑盈盈地转头看着他："那你现在知道了？"

他点头。

林子瑜感觉到他有些紧张，挠了他一下，发现他压根不怕痒，有些气恼，直接去亲他："你怕什么，怕我吃了你啊？"

张武林本能地回吻她，比她更用力。他有些激动，林子瑜也感觉到了，勾住他的脖子。

张武林红着脸说："小瑜……"

林子瑜抬头，小声说："不想继续亲吗？"

他……想啊……

他想得不行，连坏心思都有了。他觉得自己有些可恶，可身体完全不受控制地想贴近她。

林子瑜的脸更红了，她小声说："你……想不想试试？"

张武林涨红了脸，浑身发热。但是他慢慢摇头，道："以后吧，这样好像对你不太好，都是我占便宜……"

他怕林子瑜以后觉得他不尊重她。

"现在是我在占你的便宜，你真的不想吗？"林子瑜觉得自己可真坏，笑了笑说，"抱我去房间。"

张武林低头亲她，特别用力，过了一会儿，才把人打横抱进了房间。

结束后，两人相拥入眠。林子瑜很快睡熟了，张武林则盯着她看了很久。

林子瑜半夜忽然醒来，发现他好像没睡，而且脸色也不是很好，便问道："你是不是……觉得我不是第一次，有些介意？"

或者，他是不是觉得她刚才太主动，所以现在不喜欢她了？

张武林忙摇头，着急地道："没有，我从来没这么想过……我不介意，真的。"

林子瑜看着他，觉得自己想多了。而且，看他的眼神就知道，他比之前更喜欢她了。

张武林紧紧地搂住她，说："我以后一定对你好。"

她笑了，这句情话可真朴实！

她安心地睡了。

第二天，林子瑜醒来时已经快中午了，张武林早就醒了。他听到声音，从外面走进来，两人的目光相接。他有些不好意思，但依旧看着她说："你醒了？快起来吃东西，我煮了点儿小米粥。"

林子瑜坐起来，说："我不想吃小米粥，你帮我把手机拿过来，我订外卖。快中午了，我们吃点儿好的。"

昨晚那么累，她要犒劳自己，也要犒劳他。

张武林没去拿手机，坐到床边把人抱住，低声说："别吃外卖了，你肯定总吃外卖，所以家里才没菜。外卖不好吃，也没营养，你看你都这么瘦了……你想吃什么？我给你做！我做饭挺好吃的……"

林子瑜抬头看着他，眼眶忽然红了。

这是第一次有男人在跟她上床后，说要给她做饭吃。

"真的吗？"

"当然是真的啊，我真的会做饭，我从小学就开始给家里人做饭了。"

林子瑜笑了一下，说："那你等我，我换衣服，我们去买菜。"

张武林笑了，道："好，你先喝点儿粥吧，买完菜再做饭，估计要很久，我怕你饿晕了。"

"好。"

她喝了一碗小米粥，之后，两人去了市场买菜。

张武林做饭真的很好吃，不比她妈做得差。

林子瑜懒，平时很少自己做饭……那十天，大概是她这二十六年来过得最轻松的十天。两人白天出去玩，晚上回来后一起做饭，吃完饭要么去看电影，要么出去散步、逛街，晚上回家后就在一起缠绵。

那十天，是张武林过得最开心的日子。

探亲假结束后，张武林要归队了，林子瑜有些舍不得。她说："我要是想吃你做的饭了怎么办？”

张武林也舍不得她，抱抱她：“等我休假后给你做。”

林子瑜撇撇嘴，道：“好吧。”

张武林笑了一下，说：“下回，你想吃什么我都给你做。”

只要你愿意等我，我做什么都可以。

林子瑜点头道：“好，过段时间主创团队应该要去部队，我们很快就能见面了。”她拍拍他的脸，“就是晚上没人给我暖床了。”

这句话令张武林有些紧张，他说：“我努力，升成副营长后就能申请住房了，以后你就能随军了。其实，部队也不远，以后……”

“我知道，你别急啊。”林子瑜笑盈盈地道，“回去以后要注意安全，好好训练。”

张武林咧嘴笑着道：“好。”

林子瑜开车把张武林送到部队。

他们俩谈恋爱的事，在部队里也不算秘密了。

张武林回去后整日春风满面，曹铭贱兮兮地问：“小班长，你这么荡漾……小心陆队罚你。”

张武林莫名其妙：“他好端端的罚我干吗？”

“罚你不专心啊。”

“不会。”

张武林摇摇头笑了，他现在才要更努力才行。

不能见面的日子里，张武林加倍努力地训练，想像陆队那样立功升队长，这样就能给林子瑜一个好的未来了。

而林子瑜呢？

她回姨夫家吃饭，姨妈和姨夫问起她的剧本和生活，林子瑜一一回答了。

其实，《反恐》这个剧本她参与得很少，连署名都没有。

姨夫又笑着问：“有没有认识什么年轻帅气的军官啊？”

林子瑜想起陆焯峰，一开始她确实想打陆焯峰的主意，但陆焯峰太冷淡了，只喜欢明烛。她很快就想开了，之后又遇上了张武林……

小班长，他以后或许就是军官了。

林子瑜不知道怎么说自己跟张武林的事，抿着嘴摇头道："没有……"

姨妈忍不住念叨："你妈妈说让我帮忙看看有没有合适的小伙子，安排你相亲！我跟你说，嫁人还是要嫁给一个条件好点儿的。你要是想在北城发展，最好找个北城本地的。"

林子瑜笑了一下，没说话。

一直以来，林子瑜都很清楚自己想要什么，跟张武林的关系发展成现在这样，她也很意外。但意外的同时，她也很放纵自己。

从姨妈家回去之后，她忽然有些清醒过来，反问自己：你在干什么？他只是一个小战士，就算七八年后成了军官，你等得起吗？家里人会怎么说？他们不会同意的。

如果姨夫和姨妈知道她在跟小班长交往，会怎么说她？他们会怎么跟她的爸妈说？她以后能不能顶住压力继续跟张武林在一起？

这些问题很现实，她不得不面对。

林子瑜变得有些焦虑。

她真的很喜欢张武林，他是对她最好的男人，可她怕自己没有勇气。

月底，主创团队去了一次部队。

那时候，林子瑜已经动了分手的念头。她怕自己越陷越深，以后脱不了身，也怕自己害了张武林。他那么纯粹、真诚，如果他们分手了，他一定很难过……

他们是不是越早分手越好？

那天中午，张武林训练结束，听说主创团队的人来了，咧嘴一笑，立即跑去食堂。

他在食堂看见了林子瑜，立即大步走过去。林子瑜看见他，想分手的念头就淡了，取而代之的是欣喜。

她很想他。

两人对视几秒，她先开口了："你先去排队取餐。"

曹铭看见了调侃道："小班长！"

张武林瞪了他一眼，挠挠头，对林子瑜说："那我去了。"

“嗯，快去吧。”

林子瑜占了一个桌子，她的对面是空的，身旁坐着主创团队的人。

唐馨笑着对林子瑜说：“看小班长多开心。”

林子瑜看了一眼神采飞扬的男人，低下头笑了笑，笑了几秒，又忍不住叹息。她该怎么办？

唐馨看了她一眼，小声说：“林子瑜，小班长那么好，你要好好对他！我知道做军嫂不容易，但明烛也是军嫂，以后你们俩有伴了，你……”

林子瑜听出来了，唐馨想劝她好好对小班长。

唐馨话说到一半，又止住了。

林子瑜笑了一下，说：“谢谢你了，唐馨。”

张武林端着饭坐到对面，看着她发自内心地笑了。明眼人都看得出来，张武林是真的很喜欢林子瑜。不过，这俩人忽然就在一起了，倒是让大家十分吃惊。

这算是缘分吗？挺奇妙的。

旁边人太多，两人没说上几句话。中午休息时，两人在部队里散步，林子瑜见张武林正高兴地说着话，心底忽然慌乱起来，喊他：“小班长……”

这么久了，她还是习惯喊他小班长。

张武林笑了，问：“怎么了？”

“你……真的很喜欢我？”

张武林的耳根微红，他认真地说：“当然喜欢了。”

林子瑜看着他真诚的眼神，忽然觉得自己问了个傻问题。

她笑了一下，心里更慌了。她害怕了，也有些后悔，后悔招惹了他。

张武林见她的神色有些不对，紧张地问：“怎么了？”

林子瑜看着他，笑着摇了摇头，终究没有说出口。

“你什么时候回去？我下午结束训练后，不知道还能不能再看见你。”张武林不知道她已经在想分手的事了，还想着两人能在一起多待一会儿。

“我等你训练结束。”林子瑜说。

等到傍晚，等天色暗了，等她看不清他的眼睛了，也许她就能说出口了。

傍晚。

张武林一结束训练就急着跑出训练场，撞到了明烛，还被陆焯峰训了几句。

明烛笑着对他说："去吧，林子瑜还没走呢。"

他挠挠头，高兴地跑了。

初冬的夜来得早，两人从食堂出来时，天色已经暗下来了。

张武林带着林子瑜四处绕，绕到没人的地方就抱住她。她说过，他想亲她的时候不用问。张武林低头吻她，林子瑜愣了一下，闭上了眼，就当是离别吻吧。

一个吻结束后，他还想再亲一次，林子瑜却轻轻推开他，低下头说："小班长……"

她甚至不敢抬头看他。

张武林有些不明所以："嗯？"

林子瑜深吸了口气，抬头看着他，说："对不起……我这段时间想了很多，我们可能不合适。以后，我爸妈会反对的，与其越陷越深，不如……我们到此为止吧。"

对，他们与其越陷越深，不如就到这里吧，在她还能抽身的时候，在张武林还没有完全陷下去的时候，在一切都还来得及的时候……

她也没那么坏，对不对？

张武林傻了，以为自己听错了，愣愣地看着她。

天色很暗，其实他们看不清彼此的神色。

他的嗓音甚至有些颤抖："你是说……"

"对，分手吧。"林子瑜迅速说道。

她怕自己再不说，就说不出口了。

她低下头，看向别处。

张武林如遭雷击，整个人都蒙了，脑子里有些混沌。可他还是听清楚她说的话了，低下头，像个做错事的孩子，说："我很努力了，以后我能变得更好……能不能不分手？"

“张武林，”林子瑜的眼泪滑落，此刻，她真的很后悔自己招惹了他，“不要挽留，就这样吧……你这么好，以后肯定能遇到比我好的女孩儿。其实，我一点儿都不好，自私、物质、不可爱，还有些虚荣……”

“你很好，我就喜欢你！”张武林擦了一下眼泪，喜悦的心情全部被冷风吹散，心疼得要命。

林子瑜退后一步，说：“我已经想好了，张武林，你不要再挽留了，我怕……”

我怕我会心软，会后悔。

人怕的永远是未知的事物，她不知道自己以后会因为什么而后悔……她是会后悔自己招惹了他，还是会后悔跟他分了手？

她怕以后遇不上比他更好的人，怕自己承担不起军嫂的责任，更怕那漫长的等待和孤独。

林子瑜不等张武林回答，转身就跑了。

张武林在原地站了很久，眼眶红了，忍不住呜咽了几声，是真的难受极了。

可他不恨她，他只恨自己。

如果他更好一点儿，就能抓住更多的东西了。

回去的路上，林子瑜坐在明烛的车上，问明烛：“是不是当兵的都这样赤诚？”

明烛说了一句让她很有感触的话。明烛说：“不是当兵的都这样，是因为你遇到的这个人，刚好是这个样子的。”

后来，林子瑜常常想起明烛说的这句话。

如果她能像明烛那样坚忍通透，有勇气一直等下去，结局是不是就不一样了？

有些人，你一辈子真的只会遇见一次，抓不住，就永远没有了。

张武林那段时间训练很不在状态，被陆焯峰狠狠地训了几顿，还被加罚。

他不觉得辛苦，反而觉得累一些好，起码能不那么难过。他去 G

国维和的那段时间，心情慢慢地平静下来，但还是会想林子瑜。

他不知道自己会想她多久，因为他依旧喜欢她。

《反恐》剧组出事的那天，林子瑜在家。

她跟大家一样担心剧组里的同事，但并不知道张武林也参加了救援行动，直到网上曝光了那段视频。

在那段画面模糊的视频里，她认出那个人是陆焯峰。那一刻，她的心跳得飞快，眼皮也开始跳。

陆焯峰在那里，那张武林呢？

她等了一天才得到消息，剧组里有人受伤，无人死亡。

林子瑜四处问："那救援人员呢？"

没有人知道，消息还没传回来。

林子瑜那几天一直心神不宁，直到明烛回国。

那个消息是明烛带给她的。

明烛在电话里说："林子瑜，有件事你提前知道可能会好一点儿……

"小班长……他回不来了……"

林子瑜的脑子里一片空白，她觉得头晕目眩，心跳似乎都停了一秒。

她傻傻地问："回不来……是什么意思？"

"救援行动中牺牲了一个维和军人。"

接下来，明烛再说什么，她已经听不见了。

眼前的一切都变得模糊，不知何时，她已经泪流满面。

她撕心裂肺地问："怎么可能？怎么偏偏是他呢？为什么偏偏是他呢？"

明烛说了什么她都不想听，只是一遍遍地喊着、问着。可明烛的话依旧钻入她的耳朵里，钻入她的心里。

林子瑜尝到了心痛难言、撕心裂肺的滋味，哭得快晕厥，难过得想死。

她后悔了，后悔没有等他，后悔跟他分手，后悔对他说出那些话。

如果可以重来，她一定会说："我等你，多久都等，等你一辈子。"

张武林的骨灰被带回国的那天，她、明烛、唐馨参加了他的葬礼……

那天，她见到了他的父母、他的弟弟。

他弟弟跟他长得有几分像，林子瑜呆呆地看着他的弟弟，看了很久。她低头滑开手机，手机里还有她和张武林的合照……

她看着看着，心又被撕开了。

明烛把一个小盒子递给她，说："我四月初去过一趟营区，小班长……"明烛临时改了口，"张武林让我带给你的，这应该是他想送你的东西吧。"

林子瑜蹲坐在地上，狼狈又憔悴，颤着手接过盒子，眼里闪着一丝亮光："他……有说什么吗？"

明烛摇头。

林子瑜失魂落魄地盯着那个小盒子，甚至没有勇气打开。两人在一起的时间不长，张武林没送过什么东西给她。那十天，张武林给她做饭、做家务，把她当公主，什么都不让她做。相比别的男人，他可能比较嘴笨，不会说花言巧语，没什么钱，不会送贵重的礼物给她，但她跟他在一起时却最开心。

她呆呆地看向明烛，说："你说，如果我当初跟他没有分手，他是不是就会小心一点儿，是不是就不会……"

他是不是就不会死了？

如果他还有她，是不是会更惜命。

明烛说："我想，不管任何时候，他都在努力、拼命地活着。"

没人愿意死，没人想死。

他是一名军人，有时候毫无选择。

林子瑜呆滞地看着明烛。

然后，她拉着唐馨，哭着问她："你不是说，七八年后他也会是队长的吗？为什么……"

为什么他就死了呢？

为什么啊？

他那么好！

她想过他的未来，想过他几年后的样子，不应该是这样的。但是，事实已经摆在了大家的眼前。

墓碑上，张武林年轻的脸庞永远定格。

她甚至不敢想象张武林开着那辆装满炸弹的车冲出去时的样子，他有没有一丝害怕？那得多疼啊……

只要一想，林子瑜连做梦时都会被疼醒。

晚上，她回到北城，回到那间小小的、冷清的公寓。

她已经很多天没有好好地收拾屋子了，房间里很乱。如果张武林看见了，肯定会一句话也不说，闷头帮她收拾。

她抱着那个小盒子坐在沙发上，摩挲了很久，终于打开了。

盒子里是一条项链。

林子瑜一看见那条项链，眼泪就落下来了。

他休探亲假的最后一天，两人在商场里逛了一圈，林子瑜在专柜里看上了一条项链，标价上万元。

张武林见她喜欢，舔了一下嘴角，说："你喜欢吗？我买了送给你。"

林子瑜挑眉看着他，张武林的脸有些红，他大概有些窘迫。

她哪里看不出来，他觉得贵，但只要她喜欢，他依旧想送给她。

"不要，我就看看，我的项链多着呢。"她笑了一声，拽着人走了。

张武林还回头看了一眼，语气有些急："我可以买，我在部队里不花钱，有钱。"

他能有多少钱啊？

那是林子瑜第一次拒绝男人给她的礼物，她舍不得他花钱，那种感觉真新奇。

她不知道张武林是什么时候偷偷买下来的。

可他当时为什么没送给她呢？因为她后来提了分手吗？

林子瑜摸着那条项链，泪流满面。

他拥有的可能不多，可他曾经想把他所有的都给她。

她舍弃的，到底是什么？

张武林走的第一年，林子瑜大半年都在浑浑噩噩中度过。所有人都说她变了，变得清心寡欲——不爱说话、不爱八卦、不喜欢逛街、不喜欢买护肤品、不喜欢笑、不喜欢……

她好像对什么都提不起兴趣了，人也瘦了不少。

朋友、家人都以为她生病了，带她去医院检查，没检查出什么。她只是失眠得厉害，只是很想一个人而已。

家里人给她安排相亲，她去了，但都没有下文。

她对所有男人都提不起兴趣，不想谈恋爱。

她想小班长。

“小班长，我这么叫你，你喜欢吗？还是我要叫你的名字？可是你的名字跟武林大侠似的……也不好听……”

“你喜欢怎么叫都行，叫小班长也好。总觉得你叫的时候，跟别人不一样……”

“怎么不一样？”

“就……好听一点儿。”

“好的，我的小班长。”

《反恐》首映的那天，林子瑜坐在角落，看着大屏幕上那辆车以极快的时速冲出去时，心都快碎了。她数啊数啊……数到了十五秒，看着那辆车变成一片火海。

一瞬间，她心如刀绞，疼得无法呼吸，蹲在地上哭得不能自已。

十五秒，他能想什么呢？

小班长在那十五秒中有没有想到她？

十五秒，上天就带走了一个这么好的人。

这真的很不公平！

放映结束后，明烛和唐馨站在旁边看着她，不知道该怎么安慰她。明烛亲眼看见了那一幕，这辈子都不想再想起，更何况是林子瑜。

林子瑜拒绝了明烛和唐馨的安慰，一个人在空荡荡的放映厅里哭了很久。

晚上，她做了噩梦，脑子里一遍遍地闪过爆炸的画面，被折磨得快要疯了。

她已经写不了剧本了。

公司给她放了假，让她调整一下状态，大概是唐馨帮的忙。

她去了张武林的墓地，没有买花，两手空空地站在他的墓碑前，看着他年轻的脸庞。

她跟他说了很多话，说想他，说后悔跟他分手，说她找不到喜欢的人了……

她说了很久很久。

天快黑的时候，她正要转身离开，跟一个朴实的中年妇女碰上了。

林子瑜一愣，然后慌忙抹掉眼泪："阿姨……"

那个人是张武林的母亲。

张母看着她，笑了一下，说："你是小瑜吧？阿林跟我说过你……"

林子瑜的眼圈红红的，她不想以这样的面容面对张武林的母亲，可一听张武林的名字，就蓦地抬头看向张母，眼神里有了期盼。

她说："他……说什么了？"

张母看着她，叹了口气，问："你这孩子，是不是还没忘了阿林啊？"

林子瑜不说话。

张母絮絮叨叨地说："他之前回来探亲，总拿着手机发短信，吃完饭出去散步也不走远，就在附近走来走去地打电话。我一看，这孩子就是谈恋爱了。以前他很少玩手机的，我问了好几次，他才说是谈恋爱了。可能是不好意思吧，他不肯多说，只说以后再带回来给我们看看……谁知道，天意弄人啊。"张母忍不住落泪，"他写的遗书里有提到你。"

他说——

"我跟小瑜分手了，不能带她回去看你们了，真的很遗憾。

"不过，我不怪她，是我不够好。

"我真的很喜欢她，就算她以后不喜欢我了，不再是我的女朋友了，我也希望她永远幸福，过上她想要的生活。"

张武林去世的第三年，林子瑜三十岁。

这三年里，她谈过两场无疾而终的恋爱，接过吻，没上过床。

家里人急得不行，说她是老姑娘了，再不嫁就嫁不出去了，甚至连要求都放低了，只要人好就行，房子和车子可以缓缓。

林子瑜就想，如果她当初勇敢一点儿，继续跟张武林在一起，然后跟家里耗几年，他们是不是也会这么说？

可惜，这世上没有如果。

这大概是上天对她的惩罚吧。

她依旧忘不了张武林，忘不了她的小班长。

三十岁的生日过后，她又去相亲了，这次的相亲对象比以往的男人都有耐心，年纪比她小两岁。他说他其实认识她两年了，还说喜欢她。

林子瑜活到三十岁，经历过太多，感觉心已经老了。

男人的一句“我喜欢你”，在她的心底掀不起任何波澜。

这个男人很执着，追了她半年，林子瑜答应跟他交往。她想，日子还是要过下去的，总得找个人陪着，一个人真的太孤独了。

林子瑜第一次跟他上床后的第二天，他给她做了早饭，是小米粥。她这几年爱上了小米粥，早餐时喜欢吃小米粥和包子。

中午，他问她：“附近哪里有菜市场？”

林子瑜愣了一下，然后看向他。

他笑了笑，说：“中午给你做饭吃吧，我做饭挺好吃的。”

林子瑜咬着包子，忽然哭了，哭得像个孩子。

嘴里还咬着包子，她呜呜地放声大哭起来，鼻涕和眼泪一起往外冒，毫无形象可言，让人听了都于心不忍。

他被吓到了，不知道她怎么突然哭了，手足无措地哄着她，可怎么也哄不好。

林子瑜三十一岁的那年，要结婚了，跟那个说要给她做饭的男人结婚。

婚礼前夕，她去了张武林的墓地。

她站在那里，看着他二十四岁的年轻脸庞，叫他："小班长。"

有时候她会照着镜子，发现自己在一点点地老去，皮肤不如以前白嫩，眼尾有了细纹，可他容颜依旧。

每次来看他，林子瑜都觉得时间真的很残忍。

她俯身摸摸那张照片，嘴角勾了勾，说："小班长，我要结婚了，嫁给一个要给我做饭的人。他比我小两岁，人挺好的，对我也很好，可没你好。他做饭很好吃，但也没你做得好吃……"

跟以往一样，她坐在他的面前，说了很久的话。

日落时分，林子瑜站起来，一步一步离开。

最后，她回头看向身后，看向他的方向。

嗯，他在呢。

他在她的心里。

番外二

朝朝暮暮都是你

早早小朋友出生的时间比预产期提前了一周，她正好赶在八月一日建军节出生了。

所以她的小名叫早早。

早早出生的那天，陆焯峰没有陪在明烛身边。他是个军人，有他的任务，有他的职责，注定不能像普通丈夫那样完全属于妻子、属于孩子、属于家人。

当时在医院的病房里，外婆慈爱地摸着明烛的头发跟她说："这孩子是上天送给小陆的礼物，也是他的福气。以后啊，不管他去哪里，出什么任务，都会平平安安的。"

本来明烛还有点儿失落，毕竟生孩子对女人来说是人生大事，很想陆焯峰能陪在自己的身边。但听了外婆的话，她心底那点儿失落突然就散了。

如外婆吉言，早早小朋友不仅是个小棉袄，还是个小福星。自从早早出生后，陆焯峰确实很少受伤，还升了军衔。

早早两岁那年冬天，陆焯峰休了假，跟明烛带着早早一起回镇上接外婆和徐奶奶。明烛跟陆焯峰结婚后，外婆每年都会去北京跟他们住几个月。徐奶奶很固执，不愿意离开镇上，只有冬天快过年了才肯过去住一两个月。

徐奶奶说她的根在这个小镇上，这辈子都离不开这里。

陆焯峰还是跟以前一样，一有假期就回镇上看看老人。

外婆跟徐奶奶都是八十多岁的老太太了。去年陆焯峰让人把隔着两家院子的墙推了，把两家的院子打通了。两位老太太现在住一个院子里，平时能互相照应。

相比徐奶奶，外婆身体硬朗许多，每天都要摸摸绣针，给早早和明烛做新衣服。

他们一到家，早早就收获了两条新裙子。

外婆的手上还有一件冬装小旗袍，她笑眯眯地对早早说："这个啊，是给你过年的新衣裳。"

那两条裙子是夏款，在北京暖气充足的室内可以穿，但在这里不行。

早早两岁半了，说话已经很利索了，抱着两条裙子仰头问明烛："妈妈，现在不可以穿吗？我好想穿呀。"

"这里太冷了，过几天回北京后才可以穿。"明烛把她抱过来，用手指戳了戳她软软的脸蛋，道，"太姥姥给你做了这么漂亮的裙子，你给太姥姥带的礼物呢？"

"在我的行李箱里！"

小丫头噔噔噔地跑了。她有个粉色的小行李箱，里面装有她的玩具，还有给外婆和徐奶奶的礼物。

小丫头熟练地把行李箱打开，抱着两份从北京带来的糕点，噔噔噔地跑回来。她把一份糕点塞到外婆的怀里，嘴巴特别甜："谢谢太姥姥给我做新裙子，太姥姥特别厉害。"小丫头转了转一双乌溜溜的大眼睛，突然语出惊人，"太姥姥，你可以给我做一件跟妈妈一样的衣服吗？"

外婆摸着她的脑袋笑了，道："不是有了吗？"

确实有，早早和明烛有好几套母女装呢！

"我要那件，要妈妈跟爸爸结婚穿的那件。"早早有点儿着急地看明烛，"妈妈的手机里有。"

明烛愣了一下才反应过来，早早说的是外婆给自己绣的那身嫁衣。明烛跟陆焯峰当年办了两场婚礼，一场在镇上，一场在北京，在镇上办的婚礼是中式的，全程有摄影师跟拍记录。

前段时间，明烛给早早看了婚礼视频。早早本来就对漂亮的裙子没抵抗力，一下就被惊艳了，一直夸“爸爸好帅，妈妈好漂亮”。而且早早一有机会就求明烛放婚礼视频给她看，还惦记上了那身嫁衣。

明烛有些无奈，道：“那个是结婚才能穿的裙子，等你长大以后才能穿。”

“为什么？”小丫头噘起嘴巴，有点儿不讲理，“我也要穿得那么漂亮，然后跟爸爸拍照。”

明烛：“……”

这还说不通了？

明烛有点儿无奈，转头跟外婆抱怨道：“也不知道她随了谁，这么爱臭美，看到好看的裙子都想要……”

“随你啊！”外婆乐呵呵地说，“你小时候虽然不爱说话，但每次收到新衣服都特别开心，话都比平时多了。而且你一收到新衣服就跟我说要穿，眼睛亮晶晶的，跟刚刚的早早一模一样。”

明烛：“……”

明烛的身后传来一声低笑。

她回头一看，陆焯峰挽着徐奶奶走进来，嘴角含着笑，挑眉看她。

明烛瞪他一眼，不满地道：“笑什么啊？你这人真坏，总爱笑话我……”

“笑你……”陆焯峰顿了顿，目光温柔，“跟早早一样可爱。”

外婆和徐奶奶都笑了。

明烛有点儿不好意思，耳根微红，小声问外婆：“那我小时候闹，您给我换吗？”

“给啊，不给你就又不说话了。”外婆抱着早早笑着道，“我们这儿没暖气，冬天都烧炭，我就在炭火盆边上给你换。”

早早竖着小耳朵，听到这话眼睛骨碌碌一转，机灵地道：“早早也要，要在炭火盆边换新衣服。”说完了才迷茫地问，“炭火盆是什么呀？”

半小时后，陆焯峰把烧得火红的炭盆端进房间。

接着明烛把空调打开，又把窗打开一点儿透风。

早早小朋友要在炭火盆边试新衣服。两岁多的北方小朋友没见过炭火盆，正兴奋地围着炭火盆转。

陆焯峰把她抱在腿上，防止她乱碰。

明烛过来帮早早脱羽绒服、毛衣、棉裤，一边脱一边无奈地对陆焯峰说："女儿果然是爸爸前世的小情人，她敢闹，你就敢宠。"

"只是想要个炭火盆、想要换新衣服而已，这么小的愿望还是很好满足的。"陆焯峰在明烛低头的时候抬抬下巴，在她的唇上亲了一下，低声笑道，"吃醋啦？"

"才没有。"

明烛嘴上不承认，但确实有那么一点点吃女儿的醋。

早早小朋友踩着爸爸的腿站起来，两只小手捧住妈妈的脸，奶声奶气地说："妈妈，你没有新衣服，是不是伤心啦？"

小孩儿的手又软又暖，贴在明烛的脸上。明烛把裙子给她套上，道："妈妈没有伤心，只是怕你感冒了。"妈妈也怕太多人宠着你把你宠坏了。

下一秒，早早的小脑袋从领口钻出来，凑过来就往妈妈的嘴巴上亲了一口，一张小嘴又软又甜，小小年纪就特别会卖乖哄人："不会的，早早的身体可棒啦！"

明烛彻底绷不住了，跟陆焯峰相视一笑。

早早哄完人，从爸爸的腿上爬下来，在地毯上转了一圈，有点儿害羞地问："爸爸，我好看吗？"

陆焯峰忍着笑道："好看。"他看了明烛一眼，补了一句，"妈妈也好看。"

"我爸爸最帅，妈妈最漂亮。"小丫头夸完人，迈着小短腿跑向穿衣镜。

"小小年纪，既臭美又会哄人，也不知道像谁。"明烛嘀咕。

陆焯峰握住她的手一拽，明烛跌坐在他的腿上，回头看他。

陆焯峰搂着她，笑着低声道："早早既像你又不像你。她长得很像你，性格像现在的你，嘴甜又会哄人，还会卖乖。别不承认，你想想你哄外婆、哄我的样子，跟早早一模一样。"他看了在镜子前转圈圈的女儿一眼，微仰下巴，在明烛的唇上亲了亲，"但她又不像你。你小时候自闭、孤僻。很多时候我看着早早，就好像看见了小时候的你。所以早早每次想要什么，我都忍不住想满足她，好像这样就能把你小时候缺失的爱都补上一样。”

明烛愣怔片刻，随后搂住他的脖子小声说：“你还想那么多啊？”

也许外婆也是这样想的。

晚上八点，兴奋了一整天的早早睡着了。

明烛跟陆焯峰在楼下陪外婆和徐奶奶聊了会儿。老太太们年纪大了，不到九点就回房睡觉去了。

小镇不比大城市，又是寒冷的冬季，不过九点，明烛却感觉整个小镇都安静下来了。

陆焯峰牵着明烛走到楼梯口。明烛抬头看了他一眼，突然被他打横抱了起来。

“我没说让你抱。”她赶紧抱住他的脖子，说话时声音很轻。

陆焯峰稳稳地抱着她，踏上台阶说：“我想抱。”

万籁俱寂，除了陆焯峰沉稳的脚步声，只剩下两人的呼吸声。

外婆住在一楼，二楼没人住，三楼是明烛的地方。

到了三楼，明烛用手指在他的领子上抓了抓，小声说：“放我下来，我去看看早早有没有踢被子。”

房里留了一盏小夜灯，早早的一只小手从被子里伸了出来。明烛替她盖好被子，又去窗口把窗帘拉好，刚转身就被男人抵在原地。他又把窗帘拉开了一点儿，往对面看了一眼，低头笑笑：“还记得几年前我爬窗的事吗？”

她怎么可能不记得？

明烛故意说：“不记得了……”

“真的？”陆焯峰低头在她的唇上轻咬，在她的唇边呢喃，“早早都知道不可以骗人，你怎么这么不诚实呢？”

前段时间陆焯峰出任务去了，直到今天早上才到家。他一到家就带着明烛和早早赶去机场了。两人连好好温存一番的时间都没有。

现在，轻咬变成缠绵地亲吻。明烛呼吸急促，闭上眼睛环住他的脖子。陆焯峰侧头，将温热的唇含住她的耳垂。明烛整个人都软了，气息不稳地说：“我记得……怎么可能不记得？你趁外婆和徐奶奶睡了，偷偷爬窗户到我的房里做坏事……”

陆焯峰低笑出声，还嗯了一声，道："是做了半个晚上的坏事。"

两人趁早早小朋友睡觉，正要偷偷做"坏事"，床上突然传来早早小朋友憋得快哭出来的声音："妈妈……我要尿尿……"

陆焯峰："……"

明烛："……"

"好……好，妈妈马上带你去厕所……"明烛慌忙回答，飞速推开陆焯峰，整理了一下毛衣和头发。看早早还在床上揉眼睛，明烛顿时松了一口气，踮脚捧住陆焯峰的脸，在他的唇上亲了一口："等会儿补偿你。"

早早前段时间突然就不想穿尿片了，一开始偶尔会尿床。爱美的小丫头很有羞耻心，现在每天晚上都会憋醒一两次，已经不再尿床了。

明烛抱她上完厕所。小丫头虽然困得眼睛都睁不开了，但依旧抱着妈妈不撒手，完全没发现窗边还站着自己那欲求不满的亲爹。

早早一沾床就又睡着了，但用一只小手拽着明烛的毛衣不放。

陆焯峰平息了好一会儿才走过来，弯腰摸了摸早早的脑袋。明烛抬头看着他，两人四目相对。她眨了眨眼睛，搂住他的脖子。陆焯峰手一用劲儿，就把她整个抱了起来。

明烛的双腿顺势圈住了男人的腰。陆焯峰托住她的臀，顺手从床上拉了条毛毯，抱着她走出房间。明烛把头埋在他的肩膀上，在他的耳边小声说："柜子里有你上次买的套，还剩一个，不拿吗？"

"一个不够，我之前出门买了。"陆焯峰捧着她的后脑勺，把人压进沙发里。

他摸到茶几上的遥控器，把空调打开。她抱住男人结实的身体，声音微颤："开空调干吗？"

客厅的空调是好些年前买的，能用是能用，但噪音有点儿大。

"怕你冷。"陆焯峰说着低下头，落下密密实实的吻，手上的动作不停，把她的衣服一件一件脱了。明烛被严严实实地压在他的身下，男人体温很高，轻易地把她点燃。

也许是因为换了个地方，也可能是因为这个小镇对他们而言是特殊的，每一次回到这里，两人心底都会变得很柔软，心越是柔软，身体就纠缠得越激烈。

结束时陆焯峰用毯子把明烛盖得很严实，自己起身去了一趟厕所。

一分钟后，他披着浴袍走出来，把瘫软在沙发上的明烛抱到腿上，沉默得有点儿异常。明烛摸了摸他的脸，闭着眼含混地问："怎么啦？抱我回房间吧。把空调关了，这里好吵。"

"好。"陆焯峰嘴上答应着，但身体没动，低头说，"老婆，安全套……破了。"

"啊？"明烛蒙了，几秒后才消化了这个消息。

客厅很暗，洗手间的门开着，透出一点儿灯光。

明烛抬头看陆焯峰，眨了眨眼睛，突然有点儿想笑，又有点儿不好意思，只能故作镇定："哦，破了就破了吧，反正也不是没破过。要是有了……"她贴近他的耳边小声说，"那就给你生。"

他们本来是打算等早早上幼儿园后再考虑要二胎，但如果真的有了，那也是计划之内的事。

两天后，他们带着外婆和徐奶奶一起回了北京。

又过了一个月，春节到了！

大年初一一大早，明烛轻手轻脚地下床。刚刚还睡得像只小猪的早早突然醒了，噌噌噌地爬起来，一把抱住明烛："妈妈，我的新衣服呢？我要穿太姥姥做的新衣服。"

早早说的是那件大红色的冬装小旗袍，前几天就做好了。旗袍正面绣了一只小鹿，绣工精致。外婆在领口缝了一圈白色的兔毛，还做了一顶长着鹿角的红帽子和一个搭配的小包包。

小旗袍做好的那天明烛就给早早试了一下，粉雕玉琢的小丫头穿上这身新衣服，看起来既喜庆又可爱。

早早自己照了照镜子，喜欢得不得了，都不肯脱下来。明烛哄了她好久，跟她说新衣服要过年才可以穿，她才噘着小嘴，委屈地脱了下来。

"好好好，我这就去拿。"明烛弯腰抱起早早，笑着往儿童房走。

来到儿童房，明烛拉开衣柜，被一排排的小裙子、小旗袍闪瞎了眼："以后你上幼儿园了，一定是班里裙子最多的女孩子。"

早早要九月份才上幼儿园，现在对幼儿园没什么概念，很高兴地点头道："嗯！我就是裙子最多的小仙女。"

明烛被她逗乐了，扑哧笑出了声。她还学会自称小仙女了？不得了！

小旗袍不是很厚，但在有暖气的室内她穿这一身还是有点儿热。不过早早小仙女不嫌热，刚换上新衣服就高高兴兴地下楼找太姥姥、徐奶奶，找爷爷、奶奶，找舅舅、舅妈……她要去向长辈们讨红包，把她的小包包塞满。

明峥去年结婚了，妻子目前怀孕不到三个月。所以早早小朋友目前是这个家里的独苗苗，全家人都稀罕着呢！

明烛下楼时早早正被明峥放在腿上逗着玩，早早的小包已经装得鼓鼓的了。

"舅妈的肚子里有小宝宝？我可以摸一下吗？"早早好奇地盯着舅妈的肚子，将小手伸过去。

明烛的嫂子是个性格活泼的女人，笑着把早早的小手放在肚子上。

早早小心翼翼地在上面摸了一圈，一群大人笑眯眯地看她。小丫头什么都没摸到，一皱小脸，转头看向明峥道："舅舅骗人，什么都没有！舅妈，宝宝没塞进去吗？"

她以为小宝宝是塞进去的吗？

早早天真可爱，一大家子都被她的童言童语逗笑了。

明烛笑着突然想起了什么，脚步一顿。就在这时，明峥转头问明烛："陆焯峰什么时候回来？"

"晚上才能回来。"明烛抿了抿唇，坐下时下意识地摸了摸小腹，垂眸出神了几秒。她突然想起来这个月例假推迟好几天了。最近快过年了，事情很多，她忙着改一个剧本，都把这件事给忘了。

晚上十一点，陆焯峰回到家，几个老人家都已经睡了。

他轻手轻脚地打开房门，左边的浴室门透着光，里面传出阵阵水声。他把外套挂在椅背上，转身回到浴室门边，倚着墙漫不经心地等着。

几分钟后，明烛洗完澡出来，看见他时愣了一下。

陆焯峰抬手抹掉她额角的水珠，然后搂住她的腰，低头叫了她一声："老婆。"随后他便笑了，道，"有点儿意外，但又是意料之内的惊喜，我很高兴。”

两人不约而同地想起了往事。当年邵骏给陆焯峰的计生用品也破了一次，当时虽然她不介意怀孕，但并不适合怀孕。

时隔几年，同样的事有不同的结果，两人都既高兴又期待。

明烛回抱住他，笑着抬头冲他眨了眨眼，道：“可能……我注定逃不过这一劫。”

第二天，早早知道自己即将做姐姐了，表现得异常淡定。

陆焯峰把她抱起来放在腿上，小丫头歪着小脑袋不知道在想什么。

明烛小心翼翼地拉拉陆焯峰的袖子，用眼神示意：她不会不高兴了吧？

陆焯峰搂住早早，抬手捏了捏早早软绵绵的小脸蛋，温声问：“早早，你在想什么呢？跟爸爸妈妈说一说。”

“妈妈，你要生小宝宝了吗？比我还小的小宝宝？”早早小仙女皱着眉问。

明烛跟陆焯峰对视一眼，心都提起来了。

岂料早早忽然叹了口气，奶声奶气地责备他们：“你们应该……”小丫头顿了顿，似乎要在她有限的词汇量里找出最合适的词句，“应该先告诉我，我都没有做好准备。”

明烛：“……”

陆焯峰：“……”

他们心想：宝贝儿，别说你了，我们也不知道会有意外。

“咳咳。”陆焯峰清了清嗓子，揉揉她的小脑袋：“你不需要做什么准备。就算妈妈再生一个小宝宝，你还是我们最漂亮、可爱的小宝贝。”

“是小仙女。”早早强调道。

陆焯峰觉得她太可爱了，低头在她的脸上用力地亲了一口：“是是是，你是小仙女。”

小孩子就是这样的，学到一个新的词，有一段时间就会特别喜欢用这个词。“小仙女”这个词大概是她看电视学来的，小丫头记忆力特别好，脑子聪明，学什么都快。

昨晚明峥跟早早解释了很久，早早已经知道小宝宝不是被塞进肚子里的，是要在肚子里慢慢长大的。

大人们挨个儿逗她："你想要弟弟还是妹妹呀？"

早早在这个问题上就像根墙头草——有人说弟弟好，她就说要弟弟；要是谁说妹妹好，她就改口说要妹妹。

后来，她跑来问明烛："妈妈，可以生两个吗？一个弟弟，一个妹妹。"

明烛："不能。"

一晃入了夏，早早三岁的生日快到了。同时明烛的肚子也已经很大了。

午饭后，外婆跟明烛聊天，随口笑道："要是再生个女孩儿，那早早那满柜子的小裙子就有人继承啦。"

早早听见了，蹦到外婆跟前天真无邪地问："小妹妹是要继承我的遗产吗？"

明烛："……"

她的心跳都停了两秒。

外婆吓得忙捂住早早的嘴，崩溃地道："哎哟，我的小祖宗，这话可不能乱说，不能这么说的！"这话太不吉利了，老人家听不得这些，吓得不轻，慌张地看向明烛："这话都是谁教的啊？啊？"

"可能是在电视里学的。"

明烛抿了抿唇，最近她妈妈在追一部狗血的家庭伦理剧，有时候早早会跟着看几分钟。

早早大概也知道自己说错话了，茫然又无措地看着太姥姥和妈妈，害怕地问："妈妈，我说错了吗？"

明烛最不愿意提的两个词就是"遗产""遗书"，那是她心底最害怕的两样东西。她把早早拉到跟前，认真纠正她："嗯，不能这么说。"

早早似乎能感觉到妈妈的情绪，点头保证道："我再也不说了，妈妈你别伤心。"她仰起小脸，伸手捧住妈妈的脸，又认认真真地说，"我不想要妹妹了，我要弟弟。"

明烛："……"

这不是生男孩儿、女孩儿的问题，也不是想不想的问题，好吗？

她试着跟早早解释，但早早毕竟是孩子，思维模式简单。她觉得妈妈生个弟弟就不能继承她的裙子了，她也不会再说错话了。

从那之后，再有人问早早想要弟弟还是妹妹，她都一口回答道："我想要弟弟！"

几天后，早早三岁生日这天，明烛在家给她办了个生日会，把大院里的小朋友都请来了。

那晚早早被一群小孩子围着，有模有样地吹蜡烛许愿。她双手合十，闭着眼睛说："我想要一个弟弟。"

有人笑道："不行，你们家基因这么好，再生个漂亮的小姑娘最好。咱们这儿的小姑娘太少了。"

大院里男孩儿居多，像早早这样漂亮又可爱的小仙女简直是宝贝，好几家都跟明烛和陆焯峰说要定娃娃亲。

韩靖跟陆焯峰关系最好，他和佟佳生了个儿子，叫韩驿。韩驿小朋友比早早小朋友大几个月，两家关系又亲近，两个小朋友算得上真正的青梅竹马。

每回有人喊着要早早当小媳妇儿的时候，韩靖保准会喊一句："滚一边去，早早是我们老韩家的。"

陆焯峰听见了，回了一个字："滚！"

他家早早才三岁呢，谁都不准惦记！

九月一日那天，明烛、陆焯峰、韩靖、佟佳四人一起送两个小朋友去幼儿园。或许是有韩驿陪着，早早似乎一点儿都不害怕。

对幼儿园小班的老师来说，开学第一天简直是灾难。班里的小朋友哭成一片，整个班里乱成一团。只有早早和韩驿乖乖坐在老师安排的位置上，不哭不闹。

早早四处张望，被其他小朋友撕心裂肺的哭声惊到了，慢慢地眼眶也红了，拉住韩驿的袖子，撇撇嘴巴："韩驿哥哥，他们哭得我害怕。"

韩驿想了想，起身走到她的身后，将两只小手紧紧地捂住她的耳朵。

耳边的哭声瞬间小了，早早眨眨眼睛，回头看他。

韩驿说："别害怕。"

等班里的几个老师把小朋友们哄好，已经是一个小时后了。韩驿给早早捂了一个小时的耳朵，捂得她的耳朵发热。这两个小朋友一整天都不怎么需要老师操心，既不哭也不闹，长得还好看，瞬间成了老师最喜欢的小朋友。

明烛的预产期在九月九日，佟佳不容拒绝地说："你就别去接早早了，等出了月子后再说。这段时间早早就由我跟司机接送好了。"陆焯峰和外婆也同意了这事。

上幼儿园后的第一个周末，早早从早到晚都没出去玩，就守着明烛。因为家里的大人告诉她，她的弟弟或者妹妹这两天可能就要出生了。

她等啊等，一天问十次："妈妈，弟弟还没来吗？"

明烛有些无奈："说了不一定是弟弟，可能是妹妹。"

"那妹妹还没来吗？"早早又问。

不管是弟弟还是妹妹，这小家伙都很折磨人。足足比预产期迟了三天，等到陆焯峰回来的那一天，这肚里的小家伙才有动静。折腾到九月十三日下午，早早小朋友期盼已久的弟弟终于来到这个世界了。

这一次陆焯峰全程陪在明烛身边，也算弥补了上一次的遗憾。

外婆说："这孩子也是个小福星，贴心，知道等爸爸。"

反正不管早出生还是晚出生，外婆都觉得好。

陆焯峰握住明烛的手，放到唇边亲了亲。

明烛还有些虚弱，看向他问："宝宝的名字定哪个？"

宝宝出生前，他们跟家里的长辈商量过，沈曼如还找算命的大师算过，确实把孩子的大名、小名都想好了，按男孩儿、女孩儿各起了两个备选的名字。

"早早出生在预产期前，叫陆朝朝。儿子出生在预产期后，可能是命中注定。我们以前想的那些名字不要了，换一个吧！"陆焯峰伸手，将温热、干燥的手掌贴着她的脸，深情地望着她，"叫暮暮。"

明烛愣了一下，问："是哪个字？"

陆焯峰说："朝朝暮暮。"

此后余生，朝朝暮暮都是你。

番外三

陆家姐弟的日常

暮暮小朋友八个多月时，明烛去年写的剧本开机了，她得去剧组待一段时间。

剧组在外地，她只能每个月抽空回来几次。暮暮有明烛的爸妈、阿姨照顾，而且陆焯峰这段时间也能经常回家，明烛倒没有太担心。

至于早早小仙女……陆焯峰一想起来就皱眉，无可奈何地说："我说让妈和司机送她，她也不乐意，就想跟韩驿一起上下学。"

早早上幼儿园的时间明烛正好刚生孩子，家里人将大部分的精力放在明烛和小暮暮的身上。明成军已经退休了，每天就是跟老战友下下棋、喝喝茶，再带带外孙女。沈曼如和明成军去接送了早早几回，但早早不让，振振有词地说："我跟韩驿坐一个车就好了。奶奶你在家照顾妈妈和弟弟就好。爷爷你去玩，不用来接我。"

早早嘴甜、贴心得让人……心酸。她连外公外婆都不要了？她这么小就跟人跑了怎么行？

但小丫头高兴，他们的态度又不能太强硬。

于是，早早每天高高兴兴地跟韩驿一起上学，放学也高高兴兴地跟韩驿一起回来。

韩靖跟佟佳简直乐死了，韩靖道："早早是我们家的童养媳，我们多照顾她是应该的，对吧，亲家？”

“滚。”陆焯峰把人推开，还骂了句，“别不要脸，以后的事是说不准的。”

就连幼儿园的老师都悄悄问：“你们两家是不是定了娃娃亲啊？两个小孩儿的关系真好，韩驿小小年纪就特别护着人。”

明烛：“……”

陆焯峰：“……”

韩靖：“这个，要等他们长大后才知道。”

佟佳：“哈哈哈哈哈！”

小孩子的世界都是干净、纯粹的，大人们开着玩笑，却没特意解释过什么。

不过有个小家伙不乐意了。

每次韩驿来早早家玩，想要抱抱这个小弟弟，暮暮小朋友都用屁股和后脑勺对着他。暮暮一看见韩驿跟早早一起玩，就扶着沙发和桌子摇摇晃晃地走过去，挤到两人中间，咿咿呀呀地捣乱。

暮暮对韩驿天然的敌意随着长大变得越来越明显。

韩驿一开始还很让着暮暮，毕竟自己是哥哥。而且韩驿要是欺负暮暮，早早会生气的。

再长大一点儿，到了六岁那年时，韩驿学到了一个词，“姐控”。

陆暮辰这个小家伙大概是个“姐控”。

对此，韩驿跟早早吐槽过几次：“早早，你管管你弟弟，他太烦了。”

“他哪里烦啦？他又乖又听话。”早早觉得弟弟一点儿都不烦，还夸自己道，“他有我这么漂亮、可爱的姐姐，喜欢我不是正常的吗？而且他是我的亲弟弟，我们要相亲相爱，要保护对方。”

韩驿：“……”

他早就发现了，早早有点儿……自恋，不仅喜欢夸自己，还喜欢夸别人，而且夸起人来一点儿都不吝啬。

“那……那我还是你哥哥呢，你都叫我韩驿哥哥。”韩驿皱着眉，有点儿不高兴，“你偏心啊！”

早早穿着条粉色的小旗袍，一双小长腿又直又白，小脸也越来越像明烛，五官既漂亮又精致，隐隐有了小少女的模样。

她表情纠结，正犹豫要怎么哄人："我……"

"偏心就对啦！你又不是我们的亲哥。"暮暮从院门口跑出来，站在早早旁边道，"过几天开学，我跟姐姐一个学，我们以后不跟你一起上学了。"

暮暮马上就满三岁了，从九月一日开始就要上幼儿园了。早早和韩驿则还有一年从幼儿园毕业。

不过小学就在幼儿园旁边，就算他们从幼儿园毕业了，早早跟暮暮还是可以一起上下学。

韩驿蒙了，看向早早问："真的吗？"

"嗯……"早早也有点儿伤感。她和韩驿一起上下学三年了，以后就要分开了。

她低头看暮暮得意扬扬的表情，又转头看韩驿，安慰韩驿道："没关系，我们还在一个班呢。"

韩驿深受打击，伤心极了，都不想跟她说话了。

那天晚上，晚饭吃到一半，陆焯峰就接到韩靖的电话。

韩靖在电话里啧了声，道："我说老陆你是不是故意的？韩驿跟早早一块儿上学都三年了，我们接送都习惯了。你这会儿要把两个小的分开，我家小子伤心得饭都吃不下了。"

"你还真把我女儿当你家童养媳了？"陆焯峰哼了声。

韩靖咳了声，商量着道："反正他们都在一个学校，我们也可以一并接送小暮暮，还省得你麻烦。"

陆焯峰笑了："当初是早早自己愿意跟韩驿一块儿上学的，我们就随她了。现在是她不愿意的，我儿子争气，把姐姐抢回来了。"

韩靖："……"

陆焯峰挂断电话，回到饭桌上给暮暮夹了一个鸡腿。

九月一日，新学期开学。早早不再跟韩驿一起上下学了，从来没跟早早冷过脸的韩驿不理人了。

两个小朋友一直是老师的重点关注对象。老师这天上午就发现两个小朋友闹别扭了，一个冷着脸不理人，一个甜甜地笑着说好话哄人。

老师们惊讶不已，平时这两个小孩儿的关系最好了，他们从来没闹过别扭。他们这个样子还是头一回！

早早得到明烛的真传，最会夸人、哄人了。

韩驿别扭地生了半天气。中午吃饭的时候，早早把自己碗里的鸡腿夹给他，软声哄道："你别生气了好不好？以后我把鸡腿全给你吃。"

韩驿："……"

他也没多喜欢吃鸡腿，平时都是他分给她的。

吃完午饭，小朋友们排队上厕所、洗手。早早站在韩驿身后，拉着他的衣服撒娇道："韩驿哥哥你别生气啦，我们就是上学、放学不在一起而已，平时都在一个班呢，一整天都在一起。除了弟弟，我跟你的关系最好啦。"

韩驿："……"

他心想：早早，你气死我算了！

老师听见了，忍不住笑出声，看着他们问："开学第一天你们闹什么别扭啊？跟老师说说！"

"没有。"韩驿立即否认，觉得很丢人，脸都涨红了。

早早那双大眼睛瞬间亮了，惊喜地问："啊，你不生气啦？"

韩驿："……"

早早："太好啦！"

韩驿："……"

这下，韩驿确实没法再生气了！

两年后的又一个秋天，早早跟韩驿已经是二年级的小学生了。

一放学，早早就急忙背上书包，推推坐在外面的韩驿："快点儿……快点儿，暮暮要等久啦。"

"麻烦！让他先回去他又不肯。"韩驿不太情愿地站起来，背上书包跟她一起往外走，"陆朝朝，你就是个'弟控'。"他一有情绪就喊她的大名。

陆朝朝也不像两年前那样只知道说好话哄人了，哼了声："韩驿，你的脾气越来越坏了。小时候你可喜欢我了，什么都顺着我。"

韩驿有点儿无辜："我哪儿有脾气坏？"

"你有。"陆朝朝噘着嘴巴，想起妈妈说噘嘴不好看，又抿着嘴，"以前哄你半天就好了，现在要一天半。你长一岁，我哄你就要多半天。那以后你长到十八岁，我就要哄……"她低头算了算，突然被吓到了，"要哄一个星期？！"

"是六天半。"韩驿提醒她算错了。

"有差别吗？"陆朝朝反问，突然丢下一句，"你太难哄了，我不要做你的童养媳了。"

陆朝朝说完突然觉得不好意思，转身跑了。

韩驿站在原地愣了好一会儿。关于童养媳这件事，他从来没跟早早提过。韩靖和佟佳也不在孩子的面前开这种玩笑，倒是大院里的大人、小孩儿有时候爱把此事拿来说说。韩驿还以为早早不知道呢，毕竟她从来没提过这事。

两辆车分别开进大院，车一停，韩驿就跑过去找早早，喊道："早早，等等……"

这会儿韩驿不喊大名了，陆朝朝知道他不生气，正想说话，却被暮暮伸手把她揽在身后。

暮暮看向韩驿，问："干吗？我姐姐不去你家写作业。"

当晚，陆焯峰回到家。

明烛接过他的军装外套挂起来，柔声问："今天累吗？"

"不累。"陆焯峰低头在她的额头上亲了一口。

饭桌上已经摆好了饭菜，一家人都在等他回来开饭。

陆焯峰往饭桌的方向望过去，突然目光一顿。陆家的小孩儿两岁就开始学习用筷子了，到了三岁筷子已经能拿得很好了。

暮暮去年就不用勺子了，现在手里却抓着一把勺子，看着手腕有点儿肿。

"手怎么了？"陆焯峰皱眉问。

早早抬头，视线刚跟陆焯峰的目光对上，就立马低下头去。她一直是个乖女孩儿，不太会撒谎，也不敢做坏事。她不敢看父亲，就表示她很心虚。

明烛见陆焯峰脸色难看，担心他拿训兵的态度训儿子，轻轻拉拉他的袖子替儿子求情。

早早抬起头小声求他："爸爸，弟弟跟韩驿打架了，但他们已经在我的调解下和好了。妈妈也检查过了，弟弟没受伤。你就不要惩罚他了，好不好？"

陆焯峰对明烛一向心软，早早的那张脸又太像明烛了。他拿她们母女没办法。

最后，陆焯峰看向儿子沉声道："陆暮辰，你自己站起来交代，为什么打架？谁先动的手？"

一个小时前，韩驿跟暮暮在家门口打了起来，是暮暮先动的手。但暮暮打不过韩驿，还没打两分钟就被明烛拉开了。至于打架的原因，明烛一想起来就有点儿头疼。

暮暮站起来生气地握住拳头，特别硬气地说："因为韩驿说姐姐是他家的童养媳。我知道童养媳是什么，姐姐是我们家的，我才不让姐姐去他家。"

早早急了，忙说："我没有要去他们家，也不是童养媳！"

陆焯峰跟明烛对视一眼，几秒后，摸摸早早的脑袋笑了声："你不是谁的童养媳，是我们家的小公主。"

晚上八点，大院里的操场上有两个小男孩儿一前一后地跑圈，正是因为打架被惩罚的韩驿和暮暮。

两个穿着军装的男人站在边上盯着。韩靖喊了声："还打不打架？"

韩驿高声回答道："不打了。"

暮暮："不打了。"

陆焯峰喝道："说什么？大声点儿！"

两个小男孩儿憋了口气，异口同声地大喊："不打了！我错了！"

十年后的夏天，陆朝朝和韩驿高考结束，陆暮辰也结束了中考。三个半大的孩子放暑假了！

外婆和徐奶奶的忌日就差三天，都在七月初。

这已经是外婆去世的第十年了。

每年暑假明烛都会带早早和暮暮回镇上祭拜外婆和徐奶奶，再住上几天。韩驿跟着来了好几次。

今年这时候，陆焯峰正好休假，就跟他们一起回来了。

外婆忌日的前一晚，明烛把一件旗袍放进早早的衣柜里。这是外婆临终前给早早做的最后一件旗袍，按照明烛十八岁时的尺寸做的。

早早长得跟明烛像，身材也像，就连身高都差不多，应该可以穿这件旗袍。

第二天早上，明烛跟陆焯峰一起在厨房做早饭。韩驿和陆暮辰在院子里斗嘴。

突然楼上传来早早的哭声："呜呜呜，妈妈，旗袍有点儿小，我穿不上！"

楼下的几个人："……"

除了陆焯峰继续在厨房做早饭，其他三人都上楼了。

不过韩驿和陆暮辰在二楼就被明烛拦住了。明烛说："女孩子换衣服，你们不准上去，自己玩儿。"

韩驿尴尬地点头："好。"

明烛走进早早的房间，那丫头正对着镜子哭，红着眼眶看过来："妈妈，这里扣不上去，有点儿小。我太胖了！"

旗袍裁剪得很贴身，对身材的要求高。陆朝朝同学看起来身材纤细修长，双腿又长又直，跟十八岁的明烛差不多……

但是明烛当年是真的纤瘦，腰也是极细的，当年外婆给她做的旗袍是正好合适的。

而陆朝朝同学呢，高考前三个月在家里吃得太好了，腰上长了一点儿肉，腰侧有一颗扣子扣不上。即便她憋气后扣上了，那儿也很紧绷，穿着不舒服。

陆朝朝很难过："这是太姥姥给我做的最后一件旗袍，可我穿不上。我太胖了！"

"不是你胖，是旗袍有点儿小。"明烛安慰她说，"你上大学后会瘦一点儿，到时候就能穿上了。等会儿我找一条我以前的旗袍给你穿。"

过了一会儿，明烛给她找了一条稍微大一点儿的旗袍，早早穿上正好合适。

陆朝朝从小就是个爱美的小仙女，因为穿不上那件旗袍而备受打击，都不想跟韩驿和陆暮辰说话，还怕他们笑话自己。

韩驿长大后有点儿毒舌，平时吵架也不一定让着她，还特别爱生气。

陆暮辰也不如小时候可爱了，有时候也跟她吵架。早早觉得自己小时候白疼他了。

第二天一大早，众人到了公墓。

陆朝朝在太姥姥的墓碑前忏悔，絮絮叨叨了半天，说要在开学前减肥，一定要穿那件旗袍去上大学。她忏悔完，又表达了想念的情绪，随后跟韩驿、陆暮辰慢悠悠地先下山了。

“为什么要先下山？不等爸妈一起吗？”陆暮辰还不满十五岁，又是男孩子，心思没那么细腻。

以前陆朝朝也不懂，但这两年长大了，慢慢地懂了很多。

陆朝朝轻声说：“妈妈跟外婆的感情很好，最想外婆的人肯定是妈妈，让她跟外婆说点儿悄悄话。”

陆暮辰：“爸爸也在呢！”

“白痴！”韩驿忍不住说，“他们俩是夫妻，没有秘密的，能一样吗？”

“你才白痴！”

“是吗？我记得你这次考试只考了年级第三名，我以前考得最差也是年级第二……”

“……”

陆朝朝捂住耳朵当没听见，完全不想管这两个人，因为不知道要帮谁……

过了一分钟，陆暮辰生气了，自己一个人跑前面去了。

韩驿看着走在前面的陆朝朝。他们从小一起长大，一起上幼儿园、小学、高中，是真正意义上的青梅竹马。他看着她从一个小不点儿，变成了亭亭玉立的少女。

“早早。”韩驿快步走到她的身后，拉住她的手，“我不是说了你不胖吗？你怎么还跟太姥姥忏悔了二十分钟？”

陆朝朝被吓了一跳，连忙往前看，陆暮辰已经跑得没影了。

她脸色微红，回头瞪他，小声说：“被他看见了，小心他跟你打架。”

“他打不过我。”韩驿低头笑了笑，身上透着少年人的朝气蓬勃。他看着陆朝朝，微微挑眉：“再说了，你本来就是我的童养媳。”

陆朝朝的脸更红了。她咬着唇不说话，抬头看向父母的方向。

他们来得早，此时朝阳正从东边破云而出。

陆朝朝看见爸爸朝太姥姥敬了一个笔直的军礼。在晨风的吹拂下，妈妈的旗袍被风吹散，露出一双笔直白皙的腿，长发也温顺地随风飘动着，发尾扫过爸爸的肩。

陆朝朝想起一句话——岁月从不败美人。

而爸爸、妈妈站在一起的画面永远最温柔，也永远最动人！